赵柏田

私家地理课

私家地理课

赵柏田 ——

著

九州出版社
JIUZHOUPRESS | 全国百佳图书出版单位

图书在版编目（CIP）数据

私家地理课 / 赵柏田著. -- 北京 ：九州出版社，
2018.6
　　ISBN 978-7-5108-7150-4

　　Ⅰ．①私… Ⅱ．①赵… Ⅲ．①散文集－中国－当代
Ⅳ．①I267

　　中国版本图书馆CIP数据核字（2018）第122361号

私家地理课

作　者	赵柏田
丛书策划	李黎明
责任编辑	李黎明
封面设计	吕彦秋
出版发行	九州出版社
地　址	北京市西城区阜外大街甲 35 号（100037）
发行电话	（010）68992190/3/5/6
网　址	www.jiuzhoupress.com
电子信箱	jiuzhou@jiuzhoupress.com
印　刷	三河市国新印装有限公司
开　本	880 毫米 ×1230 毫米　32 开
印　张	10
字　数	220 千字
版　次	2018 年 7 月第 1 版
印　次	2018 年 7 月第 1 次印刷
书　号	ISBN 978-7-5108-7150-4
定　价	58.00 元

博采雅集，文苑英华
——《大观丛书》缘起

　　作为知识的一种载体，延续千年之久的印刷图书正面临挑战，甚至有夕阳之忧，越来越多的人正在疏远纸书。然而，我们相信，纸书是不会消亡的，精品总会留下来。当前出版界看似繁荣，却多为低质量重复，好书仍然缺乏，原创的有分量的作品更少。因此，我们逆流而上，披沙拣金，竭诚出版优质图书，为读书人提供一种选择，遂有此《大观丛书》。

　　这是一套开放式丛书，于作者和作品不拘一格。

　　作者可以是作家、学者、撰稿人、读书人，可以是名家，也可以是名不见经传者，尤其欢迎跨界写作者。但求文字流畅，无学术腔，拒绝无病呻吟，表达必须精彩。

　　体裁以随笔为主，不拘泥于题材和内容，包罗文学、历史、思想、艺术……可以观自我，观有情，观世界；只要有内涵，有见地，言之有物，举凡优秀之作，皆文苑英华，即博采雅集。清人周中孚《郑堂札记》云："博采群书，洋洋乎大观哉！"

　　冀望这套丛书，能给读者提供新知识、新思想，以及看问题的新角度，唯愿您在愉快的阅读中，得到新的收获。王羲之《兰亭集序》称颂的境界，也是我们的追求："仰观宇宙之大，俯察品类之盛，所以游目骋怀，足以极视听之娱，信可乐也。"

　　亲爱的读者，期待您与这套丛书相遇！

本书作者

赵柏田，当代作家，学者。1969 年 8 月生于浙江余姚。著有长篇小说《赫德的情人》《买办的女儿》，短篇小说集《万镜楼》《扫烟囱的男孩》，文集《南华录：晚明南方士人生活史》《岩中花树：十六至十八世纪的江南文人》《历史碎影：日常视野中的现代知识分子》《帝国的迷津：大变局中的知识、人性与爱欲》等十余部。曾获第十四届华语文学传媒大奖"年度散文家"。

目　录

1　　不离家舍，常在途中（代序）

5　　平昌夜访汤显祖

11　天一阁

15　夜游，飞翔，谈谈黄公望

24　跟随袁中道去明代中国旅行

29　一个享乐主义者的早年生活

33　崇祯二年中秋夜戏

37　金陵上元夜

49　和达夫先生游方岩

54　去波兰读米沃什

70　刹那

78　草台红颜劫

87　1929 年的去莫干山之路

93　从白云山馆到裸心堡

100 转塘一夜

104 河边的教堂

110 失踪的诗人

114 向西，向西

130 明亮的喀什

134 正午的高昌故城

137 扬州行

142 在路上的杜甫

146 倦游归来

149 塘河记

156 海湾记

162 湖墅记

169 湘湖记

173 雁荡山记

178 南方运河记

183 诸暨两日记

188 缙云记

192 横店记

196 白衣巷记

200 村庄记

209 县城记

222　流水九章

236　大河沧桑

242　飘飘何所似

247　到处地方都有个秋风吹上心头的时候

252　一次想象的旅行

257　蝉声穿石

261　大地风景无语

264　某时某地

271　火车，或记忆的群像

294　在异地

不离家舍，常在途中
（代序）

　　我常想，这世间的好文字都是要勘破些什么的。李叔同勘破红尘，所以有"长亭外，古道边，夕阳山外山"，史铁生勘破生死，所以有《我与地坛》，胡兰成勘破情欲——也可能是更深的沉迷，所以有《今生今世》。什么也勘不破的俗人，只有埋头赶路。

　　川端康成的小说《雪国》开头写道："穿过县界长长的隧道，便是雪国。"少年时代起，我着迷于幽暗堆积尽头的那一抹微光。在我看来，那就是东方的审美和格调。还有一年，去西宁，带了一本陈渠珍的《艽野尘梦》路上看，书上写的是民元之前，他带兵驻藏的经历，还写到一个爱上他的藏女西原，一路跟着他，最后历尽艰难回到西安，却死了。写边地风光，非常硬辣的文字，写到男女之情，却又变得柔软无比。常读的还有沈从文在沅水漂泊，写给女友张兆和的那些私人信件。读着这样的文字，总觉得他们都是特别认真赶路的人，在途中，处处可以安身立命。

　　将近知天命之年，突然发觉，这世界有多少地方是我没到过的。我未曾到过的地方，此生或许不会再去。即便机缘凑巧去过某些地方，也时常恍恍惚惚，不知是在途中，还是在家里。

　　人年轻时，随便买一张车票就去了远方，年纪混大了，却愈发懒了，离城十里，就像是在异乡。常常就那样痴坐竟日，但心神还是不安分，常常作着远游。这时回想走过的路，远的、近的，原来地理就是一生最早的启蒙。三十五岁时，我借同乡王阳明之口说，"地理是我记忆的核心"。我那时说的地理，是"一次次的离去、抵达、思乡、怀念以及旅途中归属感的疑问"。它们构成了一张复杂、密致的网，是一个人成长并获得自我身份确认的重要部分。

我现在多么怀念那些远游的时刻。我原来写诗和短篇小说，后来写长篇小说和历史非虚构，中间有两年，我成了一个无所事事的人，以为我此生再也不能写作了。是一次突然降临的远游，帮助我走出了心理困境。那是 2004 年秋天，我一个人走河西走廊古丝绸之路。拉远了的地理空间给了我返观自身的一个机会。

出门准备行囊时，正好手头有一本美国汉学家谢弗的《唐代的外来文明》——原名《撒马尔罕的金桃——唐朝的舶来品研究》（ *The Golden Peaches of Samarkand, A study of T'ang Exotics* ）——就随手带上了。正是这本书使那次行走成了一场火花四溅的激越的爱情。那些公元 8 世纪前后的物事，在一千余公里的旅途中一一得到了印证，万物各归其位，每个词也坐到了实处。收在集子中的《向西，向西》记录了那次行走。此后每次出门，不论长途短途，都要带几本书在路上。有时，带去的书与风景相宜，途中便有悠然心会。但更多时候，走了，也读了，人与事、词与物，却都隔膜着，碰不出一点火星，费心费力准备的书，到回来还没有打开过。

但还是会一次又一次毫不气馁地准备着书和行囊，相信"到处地方都有个秋风吹上心头的时候"，相信旅途中会有爱情发生，会有灵光闪现的一霎，让四时沧桑、胸中海岳在某时某地如通了电般，圆融正觉了起来。那是多么美妙的一刻，每个词都坐到了世界的实处，而凌乱着的物，也在天地间的秩序中一一归位，如同头顶的星空，无言中却有大美。

就像华莱士·斯蒂文斯找到那只"田纳西的坛子"，让凌乱的荒野和山峰重新得以安排：

荒野向坛子涌起，

匍匐在四周，不再荒凉。

……

它君临四界，

这只灰色无釉的坛子。

它不曾产生鸟雀或树丛，

与田纳西别的事物不一样。

大地风景无语。"我多么富有啊，我必须奉献。"在行走中阅读，又在阅读中体证行走的人生。一次次在词与物的世界里的双重行走，相互诠释，又相互印证，成了认识自我和他者、认识世界的一种方式。一颗灵明的心，不能少了来自四时风景触发的欢乐。就像17世纪日本俳人松尾芭蕉说的，"乾坤的变化，乃是风雅的种子"。

临济宗的义玄禅师有一偈，"在途中不离家舍"，途中的一棵树，一片云，都可以是家。他还有一句话是，"离家舍不在途中"，离开了家，也并没有一个旅途可言，人生本是一场远行。

不执着，也不疏怠轻忽，活到快五十岁，我好像才学会走路。

有道是，"不离家舍，常在途中；途中家舍，触处相逢"。同样的意思，在我喜欢的历史学家费尔南·布罗代尔那里也得到了印证："离开本土而又不真正离开家是一种诱惑，这是一种产生于旅行癖好的乐趣。"

这本书是一个人的私密地理课。一个个地名和坐标，它们是具象的，又超越了具象，其间记录的，是地理给予一个人的心智和情感的双重教育。感谢李黎明兄精心编辑了这个集子。书中有二十余篇，陆续发表于 2011 年以来孙小宁女史责编的《北京晚报》副刊"人文地理"专栏。我与小宁相识垂二十年，见面无多，与其交接，却常觉如秋月澹面，春风扇人，我很高兴有这么一本书来作我们二十年友谊的一个纪念。

偈云："人从明州来，却入庐山去。"我现在生活的地方，以前就叫明州呀。

是为序。

2018 年 3 月于苏园

平昌夜访汤显祖

　　甲午年中元节前两日，我过平昌（遂昌县古称，三国吴赤乌二年始名），宿汤公大酒店。是夜，月上东岗，虫声唧唧，遂披衣起行，赴县城北街四弄的汤显祖纪念馆。馆在街衢巷陌间，沿着窄窄的巷子口进去，路灯昏黄，人声鼎沸，这个人口不足五万的浙西山城，夜色中似乎比白日里更显繁华。一瞬间我有一种走进《金瓶梅》世界中的恍惚，也是这般的灯如昼，人如潮，软侬小语嘈嘈切切。那小说写的是万历后尘俗世界的冷酷与妖艳，是一册悲悯之书，我今夜来访的主人，世所共称的情教教主，也生活在万历这样一个奢靡灿烂的年代，却鲜有人知悉他的《临川四梦》，也是一册参透了世道人心的虚无之书。

　　馆门就开在小青砖铺就的小巷中段。青瓦，白墙，漆色剥蚀的板壁，粗粗看去，不过山城一寻常民居。迈入大门，长相酷似戏中女子的馆长谢文君女士含笑侍立一侧。在她细步引领下，进得前院，外面街市的喧嚣顿时消歇，灯下四处打量，竟是一座保存完好的明代宅院。崔巍的马头高墙，梁柱上刻工精细的木雕，再兼回廊曲折，甬道寂寂，月洞门外三角梅、山茶和鸡冠花开得正艳，此中情致，正有如《牡丹亭》中"游园"一出所唱："袅晴丝吹来闲庭院，摇漾春如线。"我素知汤显祖在遂昌五年，所居衙

5

署不在此地，他辞官后短暂居住的妙智禅堂，亦应在城内济川桥头，但这一刻，我也相信了，汤显祖的魂，就居栖在这个经营有年的纪念馆里，他的气息，已然遍布了这一井明代的老宅院。

拜谒过"平昌遗爱"匾下的汤夫子像，再看了馆中陈列的《牡丹亭》历代抄本，身边已无一人，遂信步走入后院。灯光尽头，蔓草丛中，传来水声铮淙，目光再越过水池，树影掩映下竟是一座宽可盈丈的戏台。台上有匾，草书"姹紫嫣红"，台前两柱，写的分明是《牡丹亭》中的句子："良辰美景奈何天，赏心乐事谁家院。"此一刻，照着后院的月亮突地明亮了几分，周遭静到极处，而草丛中的虫鸣却愈发地宏大起来，竟至有了丝竹的婉转。

此时院中，唯一月、一树、一戏台，再加一台上踟蹰的人，都云作者痴，谁想还有更为痴绝者。此时我的心情，有如张岱驾一小舟在湖心亭看雪，把长堤看作水墨一痕。虫声鸣复歇，歇复鸣，良久，后台似有脚步声，正要去探个究竟，一老者从门框的阴影处转出，看他眉眼细长，颏下短须，戴一四方平定巾，瘦削的身量罩着一件斜襟灰色袍服，不是汤义仍先生是谁？

知道我从宁波来，义仍先生呵呵笑了。"这么说来，东海之滨、赤水之珠屠长卿是你同乡？"他说与屠隆相识于北京，但相处时间不长，他不久就去南京任职了。他虽不喜欢屠隆为人放浪无忌，但还是很感激刚到这个小县任职时，屠隆赶了大老远的路来看他。

"都说屠隆的《昙花梦》取材于他与京城西宁侯夫人的一段情史，是他晚年的忏悔曲，先生您的《牡丹亭》又是在忏悔什么？"

听闻此言，他细长的一双眉眼突然睁亮了，"我忏悔什么！我又不是屠长卿，没那么多花花绿绿的往事。世人都以为《牡丹亭》的主题是爱情，小子，我告诉你一个秘密，这出传奇的主题实际上是时间，那穿透我们、让人一命呜呼的时间！我年轻时的《紫钗记》的确是写爱情的，让男女主角在爱的狂喜中忘记了时间，而《牡丹亭》，是我向时间发起的一次挑战。我刚来这座小城时，这里连一座像样的钟楼都没有，百姓都不知时间为何物，真是宁静得如太初混元一般，在这里做官，终日与白云、青萝、石泉为伍，有时连麋鹿都会大摇大摆闯进衙署来，我笑称自己是个仙令，实际上这日子与居住在岩穴里的山鬼何异？静生鬼，岩穴之地必有哲学，我说的这鬼，就是我对时间流逝的恐惧。在平昌的五年里，我从来没有放弃过离开此地的努力，但我也担心，要是我调动不成，就在此地让时间把我蚀成一堆朽骨吗？我以前的老师罗汝芳先生乃是阳明先生的再传弟子，他对心学的一大发明就是引入了生的概念，发展出了自己的生命哲学。正是在罗先生的启悟下，我突然明白，情，这个生命里最基本的要件，乃是我们抵抗遗忘、抵抗时间的最好手段。情可以战胜空间，同样可以战胜时间。爱，就是那种可以让时间逆转、可以穿越生死两界的东西。那些害怕死亡的人，为什么不去尝尝爱情这杯浓烈而销魂的酒？于是我虚构了杜丽娘、柳梦梅，虚构了这一个为了爱起死还魂的故事。'原来姹紫嫣红开遍，都这般付与断井颓垣。'你发现了吗，这句子唱的正是时间对众生的摧残。"

"先生很喜欢花吗？都说喜欢花的男子感性呢，您为那个痴情女子杜丽娘找的还魂地点牡丹亭，真是点睛之笔啊！"

"没你说得那么神吧。我要讲的是一个穿越阴阳两界的故事，场景就不能那么凄凄惨惨，要不然就要把观众吓跑了。牡丹，我喜欢这国色之花，重瓣、肉欲、感性、天机奔放，以之命名这个花园里的亭子，我觉得很对得起那个穿越死亡地府、不惜以情爱和生命去与命运抗争的女子。"

说到这里，义仍先生咳了几声。我知道他早年寒夜苦读种下的肺病，一直没治好，每到春夏季节，南方潮湿的空气和飞扬的花粉总是让他咳个没完。"偶然病肺怯春风，避酒嫌歌百兴空。"唉，谁能想得到呢，在戏中把情色渲染得天地动容的他，现实生活中却是个远离感官享乐的苦行者。

"啊，爱情，多么伟大的爱情，它可以穿越生死，回阴转阳，所以有了杜丽娘与柳梦梅，有了罗密欧与朱丽叶……"

"够了！"义仍先生不客气地打断我，"你们称颂不已的爱情，不过是镜花水月，它就像草尖上的露珠大风中的麻雀，现实世界中根本不存在。你难道没有看到吗，丽娘地底下睡了三年，一旦还阳回到人间，她马上就换了个人一样，在明媒正娶之前，再也不让柳生碰她身子了，新婚之夜享受了销魂的肉欲之爱后还这样对柳生说：'柳郎，今日方知有人间之乐也。'真是笑话！难道她先前没与柳生享受过性爱的乐趣吗？难道她先前所有的情感付出都是虚假的吗？每个时代都一样，鬼可纵情，人须守礼，鬼可虚情，人须实礼，所以，爱情不过是梦境中才有的东西，丽娘也只有在花园中做梦或死后化作游魂时，才会那么大胆地去追求爱情，一旦她梦醒回到人间，时间便又把她收回了，她再也不是那个大胆火辣的女子了。"

"这么说，先生一直在梦中未醒？"

"自小我就被各种各样的梦包围着，幼年时在临川香楠峰下的祖屋，后来在北京、南京、广东，我都被梦追逐着，也在追赶各种各样灵异的梦境。我记得一个经常做的梦里，我被缩小成了只有一尺高的小人儿，在一个破屋子里四处摸索门户，想跑到外面去，外面月光细碎黯淡，我就是找不到一扇出去的门。我是多么渴望挣脱这个让人透不过气来的世界啊。开始我找到了爱情，以为爱情能打败时间，可是如同我告诉你的，那个寄托着我的灵魂的丽娘，后来也被时间俘虏了。梦了为觉，情了为佛，山河大地本是尘土，这浩渺的时空里，什么都是幻影，什么都须放下，就好比，你昨天爱李娇娘，今天爱黄美娘，可是这样的爱与一只蚂蚁的爱有什么区别？"

我叫了起来："这样说不对，我的爱是真心的，我的付出是真诚的……"

"你道你的情是真，不知此刻的你是梦还是醒？你未醒，无情而之有情也，你已醒，有情而之无情也。爱情在你们的时代，不过是力比多的通道，合法性交的外衣，又比蚁类高尚到哪里去呢？当然，人的国度本来就如同蚁类的世界，我也没必要轻视一只蚂蚁的感情。"

我无法接受他对我爱情的嘲笑。看他渐向台角移步，像是不屑再与我谈论下去，我喊了起来："可是，多少人奉你的《牡丹亭》为爱情宝典啊，一些女读者都读得伤心而死了呢！"

"四百年来，这正是我负疚于读者的，爱情是有毒的，而阅读是危险的，可惜我在这四出传奇中都未及明说。"他停住了隐入黑暗中去的脚步，"我看你身上，倒是很有贵同乡屠长卿风流放诞之风啊，可是我提醒你，年轻人，屠长卿是得情寄之疡死去的，你也要当心啊。"

"我都到了你当年写《牡丹亭》的年龄了，想做坏事也没本钱啦。"

看我气咻咻的模样，黑暗中他轻笑一声。"前些年，有个姓白的同志来馆里，坐在暗屋子里老半天，装给谁看呢，就冲着他身前身后那些拍照的，我也不会附体到他身上。可是，年轻人，我倒觉得与你颇为投缘呢，你的愤怒，也与我年轻时的愤怒一样。"

我问何时能够再与他相见，继续今夕未完的谈话。他说，思想交流不拘形相，明日，出城二十里，有一个叫石练镇的地方，两棵千年古樟树下，会有十个古稀男女操十种乐器演奏昆曲十番，那本工尺谱《牡丹亭》上所载曲谱，就是他亲自传授的……

兀地，前院一阵喧哗，是晓敏、大象两君从松阳踏月携酒而来，找我和诗人马叙清谈国是。我一分神，眼前老者已倏地不见，就像一滴墨溶入无边夜色。戏台一侧树枝轻轻晃动，就好像他的衣袂划破空气所惊动。回望门楣，长廊尽头的灯光赫然照着四字：妙笔勾魂。

天一阁

从长春路转入天一街，天就暗了。长春路上满街樟树，而此间的树木愈加茂密。不足十米宽的小街，两边蔓长的枝叶纵横交错着几乎让天光漏不下来。即便百米外的大马路上日光朗照，这里也还是暗。那般的暗，一叠叠地加深，加重，行在地上如同行在水底。枝叶罅隙间漏下的几缕光则成了晃动的水纹。还有一个差堪比拟的经验，是一个人走在剧院长长的走廊。那长廊似乎在无限地延展，你走着，却不知道内里的剧院将要上演的是一出什么戏。

但这条街事实上并没有如此幽深，它一目到底，百米开外就是天一阁森然的西大门。谁说这不是又一个剧院呢。那里的假山、亭台、楼阁、花园和花园里的阴影不也同样是戏台上的布景一般，虚幻，且美好。一个家族四百年的惊情故事在这里上演。老爷，侍妾，小姐，丫环，兵部侍郎，哲学家，教师，诗人与盗贼。一些人来过，一些人离去。还有一些人在黑暗的楼梯里静气屏息蹑足行走，饿了吞枣，渴了吃雪。对书籍的尊崇使他们不自觉地拱肩、弯背，把头勾得低低的，如同一条条衰老的虫子。这些故事的前传，则是这个园子的主人范侍郎如同一颗不安分的精子般的游荡生涯：从南方到北方，从沿海到内陆，伴随着他宦游的是越来越重的书囊和一颗从躁进到疲惫的心。还有芸，一种能辟书蠹的优雅的植物的传说——几百年来这个神话化了的家族故事里，我说到的芸，演化成了一个哀怨的妇人的名字——"这个女人只是抱了花蕾睡"——她对文字的敏感如同对异性手指触摸的敏感。于是乎，小姐郁郁而终，死前的手指还指着园中藏书的阁楼——设若有来生，我倒情愿她转世成了黄宗羲在1673年秋天看见过的那只在花园中白色闪电般飞掠而过的白鼠——她轻盈的腰身足可以登临十丈高的风火墙，并像一张薄薄的纸片侧身挤入那些藏书的黑匣子——在更早的宋人的笔记里，她又叫七里香——"叶类豌豆，作小丛生，其叶极芬芳，秋后叶间微白如粉污，辟蠹殊验，南人采置席下，能去蚤虱"……女人与植物，妖娆的，或是苍白的，哦，这些阴性的名词这些潮湿的虚虚实实的往事。

这些故事让我迷惑。是的，迷惑。它们让我一靠近天一街就仿佛闻到明朝雨水的气息，那样的腐朽和清新，如同花朵沤烂在水里。东明草堂。西园。曲池。南园。水北阁。这个南方中国的古老园子好像有着魅人心性的神秘力量，那么多年了，我一次次地进入其中，那么多的门，正门、边门、暗门，还有门背后的一处处转折、暗道，还是会让我一次次地迷路。我曾经把这个古老的园子作为我在这座终日海风吹彻的城里的日常生活的一个隐喻：一个令人迷惑的园子，它内部交错的小径，直接对应于生活背后的幽暗和神秘。1997年，它初次出现在我梦中——实际的情形是那时我还没有见过它——醒来后我记下了那次梦乡旅行：梦里的情境好像是冬日的夜间——天色有着一种暖洋洋的玫瑰红——下过雨，天一阁墙门外的水洼闪闪发光。青砖铺成的甬道，非常长，像清宫戏里的某个场景。旁边的屋子里，木匠在锯一根根圆木，空气里有好闻的刨花的香气。夜色中的楼阁、翘檐，好像是比墨还黑的纸剪出来的。我为什么要梦见这座玫瑰色夜空下的古老建筑？它瑰异的外形又在向我昭示什么呢？十年后我再度描述这个梦，生活已越来越让我感到是一座让人迷失的宫殿。

"当年画栋横朱楼，今日尘埃在荆棘。"那是一个叫陈登原的历史学家在1930年夏天访天一阁的心情。从叙述来看，他也是从西大门进入这个园子的。只是不好断定他之所谓"纡回""屈折"而入的"鸟道"，是不是今日这条如同在水底的街巷？陈以一个历史学者的忠实记下了他之所见：杂生的怒草，苔藓与爬山虎，见人乱窜的飞燕，酱紫的木头楼梯（已从原位置抽去）与全祖望的字，屋宇纵深处几乎不见底的黑。让我高兴的是陈登原和我一样注意到了这屋子深处的黑。从某种含义上说，正是这黑，一次次地吸引着我进入这个园子并努力想去看个究竟，它对我的诱引，或可说远甚于可感的碑林、石像、古籍珍本或一张明代的印版。

"其处甚昏黑，几无以辨人"——黑暗中浮上历史学家记忆的是这个园子的第一个客人黄宗羲，他断定，就是那架抽去了的楼梯把1673年秋天的黄宗羲送入了这个园子的秘密心脏：藏书楼。前修可念，为之默尔，他这样对我们说。1930年的陈登原想象着1673年的黄宗羲，而我在2006年春天想象着1930年的陈登原想象着若干年后他一个人在西北孤独的死，想象着1673年的黄宗羲。我见过照片上的陈登原：瘦，且老，一张愤怒者的脸，严厉地盯视着你，让你为品行的不洁和对花园里的妇女的遐想羞愧。愤怒的陈登原说出这样温暖的话真让人吃惊。而他后来在用了半年时间完成的《天一阁藏书考》中，把书视作范氏家族灾祸的种子，更显出了学者身上难得一见的人性的关怀："范氏藏书，自懋柱以来，无读书种子久矣。家贫者以书为奇货，而有串同盗窃之嫌；家贫者忙于赎书，亦多牵累之虞。是则书为范氏祸，明矣……"

每天早晨我经过天一阁西大门的时间是 8 点 30 分。此时阳光正从青灰的院墙后面蔓延开来——当然须是晴天——天一街两边旧街区的房子里，老妇人生起了炉子，呛人的烟缭绕着总不肯散去。再过去，汽车修理厂打开了锈蚀的铁门，穿蓝色工装的修理工开始用钢钎敲打汽车轮胎。梆梆梆，梆梆梆。幼儿园的孩子们开始用他们拙笨的动作跳一支《嘻唰唰》或者《今天是个好日子》了。前一日抵达的从上海或江苏方向来的大客车把一天里的第一批客人拉到了天一阁西大门口。在郭沫若和潘天寿的字后面，尽职的门卫结束晨练，坐到了功德箱般的桌子后面，他的桌上摊开着一本股市大全。而此时，阳光正透过头顶密云般的樟树叶，落在范钦先生石像的肩头，并顺着他衣服上的皱褶，落在他膝前的青砖地上。

夜游，飞翔，谈谈黄公望

　　说富阳，总要说到黄公望，说到郁达夫。如果是小说家朋友聚会，还会说到麦家。这次到富阳的前一日，郁达夫小说奖刚在黄公望美术馆颁过，小说家们已作鸟兽散。晚上住在龙门镇，一个距杭州市区约四十公里的古镇，于酒店大堂等入住时见一人，壮实敦厚，眉宇间文气隐然，似觉相识。后来才知是麦家在一篇文章里写到过的，他的同乡，大源镇蒋家村人蒋金乐。蒋先生多年热心地方文事，尤以研究黄公望见长，难怪我一见此人，就觉文气拂风。

　　晚餐后，天色未暗，有心找蒋先生谈谈黄公望，可我性怯，总怕唐突。于是与春祥、晓敏走了一趟古镇。龙门镇并不大，夜色中，触眼都是祠堂、古塔、石桥、牌楼，这些老底子的东西，晓敏自然是见之心喜的。可我总觉得夜色太过幽深，连河边走来的女子都辨不清眉目。这个号称东吴时孙权大帝后裔所居的古镇，它按照某种复杂的方式布局的建筑、道路，似乎存心是拒绝外人进入的，是要把人给绕晕了的。这一夜，要不是风水大师晓敏作带路党，我和春祥怕是要夜宿龙门街头了。

　　龙门镇北依剡溪，龙门溪与剡溪呈丁字相交穿镇而过，距富春江自是极远。但穿行在夜色中的街巷时，耳边却似乎总是那条著名的大河的声响。细视之，路灯下不过是小溪奔流。我疑心是起了幻听。这种奇怪的感受，待得第二日上午去永安山滑翔基地时，还是挥之不去。

永安山已是在富阳的常安镇郊外。此地三面环山，常年吹西风，最易作滑翔运动，故此，国家体育总局才会把这地方作为中国滑翔伞训练的一个基地。当然，现在也是一个旅游项目了。一个叫铁妞的女子，带我们做着起飞前的各项准备。她是专门做滑翔教练的，她父亲、丈夫也都是做这行的，想着一个女子都能经常飞，这无形中让我们陡然胆大了许多。

这是我第一次飞翔。当向着斜坡助跑后，摆脱地球引力飞起来的一瞬，我感觉有一双巨手把我往空中提。我知道，那是风。邵双平兄说到一个电影，就叫《等风来》。我想这青春年少的游乐，于我终究已不再适合，却还是欣喜着，为这平生里的第一回。这一日，阳光隐现在云层背后，平林之上，雾气涌动，从高处看去，视线尽头那一片河水般的白光，我疑心是富春江了。但同行的人告诉我，从这里是看不到富春江的。

看不见也好。我一直在凝视的，也许就是一条内心里的河流。

1347 年秋天，画家黄公望与僧人无用禅师同游富春山。这里是他五十岁开始就隐居的地方，对着满山秋色，他兴致勃发，答应作一幅《富春山居图》送给无用。但黄公望是个闲不住的人，一年中大半日子都在外面跑，这幅他答应的画，直到三年后他回到松江才画成。

作此画时，黄公望已年近八旬。他学画虽晚，却出手不凡，师法董源、巨然，又出乎其上，艺术史家公认他的一手山水"千丘万壑，愈出愈奇，重峦叠嶂，越深越妙"。这件晚年的作品聚集了他毕生功力，画卷为六接的纸本，即由六张纸连缀而成，展卷但见树木苍苍，峰峦叠翠，沙汀、村舍、平坡、亭台、渔舟、小桥等皆疏密有致，把初秋时节浩渺连绵的南方山水以一种魔力般的笔触表现得淋漓尽致。原来，黄公望辍笔不画的三四年间，这幅画一直在他胸中酝酿、发酵，终竟喷薄而出了。

这样一幅呕心沥血之作，无论布局、笔墨，还是行家称道的以意使法的运用上，都堪称无上妙品，它散发的光芒焉知不会招来射利者贪婪的目光。所以，当1350年的某一日，无用从黄公望手中接过此画卷时，就对画家说出了他的忧虑，他担心这幅画将来的命运，有朝一日可能会沦落到巧取豪夺者之手。

无用在世之日，这样的事没有发生。此后一百余年间，由元入明，皇帝换了一茬又一茬，不管是在血腥的洪武、永乐朝，还是天下承平的宣德年间，这幅画都没有再出现，就好像它在这个世上彻底消失了一般。直到明中叶成化年间，它终于惊鸿一现，在辗转多人之后，这幅画落到了苏州名画家沈周手上。无用当年担忧的事开始应验了。

沈周的画艺承自家学，又出入宋元，这个从未被考试制度所延揽的杰出画家乃是画坛"吴门派"的领袖，一向视绘画为性命。自从得到素所仰慕的黄公望的这幅真迹，沈周秘藏于室，反复欣赏、临摹，画上的每一处景致，画笔的每一处转折和细微的变化，也都了然于心。但看着看着，他就发现了一个问题：这样一幅旷世名作，除了画家的卷末自题，竟然没有一个名家的题跋，这也与黄大痴先生在画坛的名望太不相称了！

沈周决定请一位诗人朋友来题跋。他把画送到这位朋友那里。两人相交多年，他做着这一切很放心，就好像把画从一个橱子转移到另一个橱子里一样。但他送去题跋的那幅画竟然失踪了。日后才得知，那位朋友的儿子，见画这么好就生了歹念，偷偷拿出去卖掉了。沈周几次上门讨画，开始这一家子还以各种理由搪塞，后来瞒不下去了，干脆说画被人偷了。沈周听了将信将疑，但碍于故交情面，却也无可奈何。

1487年秋天，一次偶然的机会，沈周在市肆的一家书画铺看到了这幅不知被转卖了多少次的《富春山居图》。对方出价很高，他没带那么多现银在身上，于是他让书画铺老板替他留着画，他赶紧回家去筹钱。可是等他筹够了钱赶到市肆时，却不见了那幅画，老板告诉他，刚才有位买主，出的价要高得多，已经早他一步买走了。沈周跑出去一看，街市上人头熙熙，哪还有那位书画客的影子？不由得蹲在当街，放声大哭。

他已经两次失去了它。一次被巧取，一次被豪夺，无用的预言真的在他身上应验了。他明白，余生中他再也不会与之相遇。这六张纸的长卷，每一处山峰，每一株树，甚至每一块石头，每一处云霞的呼吸，都已经深深地刻在他的大脑里，每一笔他都能背下来了。唯一可以拥有它的方式，就是凭着记忆把这幅画背临出来。这年中秋，沈周默写出了这幅记忆中的画，卷末的一段自识，还是掩不住地怅惘：

大痴翁此段山水殆天造地设，平生不见多作。作辍凡三年始成，笔迹墨体，当与巨然乱真，其自识亦甚惜。此卷尝为余所藏，因请题于人，遂为其子干没。其子后不能有，出以售人，余贫又不能为直以复之，徒系于思耳。即其思之不忘，乃以意貌之，物远失真，临纸惘然。成化丁未中秋日。长洲沈周识。

让沈周饱受相思煎熬的这幅画，犹如石沉大海，很长时间里又没有了消息。但只要它一露面，必定牵动沈周的视线。但无可奈何地，这幅画就像断线的风筝越飘越远，并最终离开了他的视野。以下几十年里，这幅画的流转路线是这样的：先是被苏州一个姓樊的画商购得，1570年，樊氏后人转手卖与无锡人谈志伊，又后归于一位姓周的官员幕僚。1596年，经朋友华中翰居间说合，时在京师翰林院任职的董其昌购入此卷。董其昌说，前辈大痴先生的作品，他之前见到过两件，一件是嘉兴项氏"天籁阁"所藏《沙碛图》，长不及三尺，另一件是娄江王世贞所藏《江山万里图》，长可盈丈，但这两件作品笔意颓然，看上去真不像是真迹，唯有这幅长达三丈许的画作，一派天真烂漫，展之令人心脾俱畅，必是黄子久生平最得意的笔墨。狂喜中的董其昌在跋中连呼"吾师乎！吾师乎！"，表示要把此画深藏画禅室，与文人画始祖王维的那幅《雪江图》并置，时时观瞻，"共相映发"，从中汲取山水和笔墨的灵气。

说来堪奇的是，三十一年后，沈周那一幅仿作的《富春山居图》也辗转落到了董其昌手上。董同样以欢快的笔调记下了这次奇遇："予以丙申冬得黄子久《富春大岭图卷》（他一直把《富春山居图》称作《富春大岭图》），丙寅秋得沈启南《仿痴翁富春卷》，相距三十一年二卷始合。"他对前辈画家沈周凭着记忆默写这幅名画的艺术功力给予了激赏，称之"冰寒于水"，因为在他看来，"背临"的过程，既融合了前人技法，又加入了画家的自我感悟，乃是一种艺术性的再创造。许是这一因缘凑巧触发了他的艺术灵感，就在得到沈周画作后的次年，时年七十三岁的董其昌也参用黄公望的笔法，仿写了一幅《仿大痴富春大岭图》。

晚年的董其昌因遭受奴变，一世清誉尽毁，他在华亭的家也几乎遭受一场没顶之灾。灾变后的董其昌依托门生、故旧，过了一段东飘西荡的日子，经济大为拮据，那幅《富春山居图》也典押给了宜兴收藏家吴正志。1636年，董其昌去世，这幅抵押在吴家的画未及赎回，从此成了吴家的镇宅之宝。吴正志死后，这幅画归了二儿子吴洪裕。吴洪裕对这幅画珍爱至极，专门辟出一室藏之，名"富春轩"，他的朋友曾不胜羡慕地感慨：名花绕屋，名酒盈樽，名书名画，名玉名铜，全都环绕、拱卫着这一幅名画，这日子过的，天上的仙人也不过如此了！清军南下时，吴洪裕夹杂在难民潮中出逃，家中的珍宝全都丢弃了，随身只带了平生最为珍视的两件艺术品，一件是智永法师的千字文真迹，另一件就是这幅画。

转眼到了1650年，乱离之后回到宜兴的吴洪裕已到了弥留之际，几度昏睡过去的吴洪裕还兀自强撑着不咽下最后一口气，悠悠醒转时，他的目光死死地盯住架上的宝匣，家人明白了，老爷临死还念念不忘那幅心爱的画呀。家人取出画，展开，吴洪裕看了半晌，吃力地吐出一个字：烧。

此前一日，吴洪裕已经把那幅智永的千字文真迹给烧了，亲眼看着一个个字在火苗中一点点扭曲、变形，直至化为灰烬。可叹的是，这么一种极致的爱，竟然是让心爱之物与自己一同毁灭，"焚以为殉"。

他抖抖索索地点着了火，因病体难支又回到了床上。火光先从画的中段窜起，像一张黑乎乎的嘴蚕食着山川、树木和河流，室内荡开了一股焦糊味。这味儿就是死亡的气息。就在这幅画即将沦于万劫不复之境的当儿，有一个人悄悄离开了，快步奔到散发出火光的堂前，抓起火中的画用力一抢，"起红炉而出之"，扑灭了火星，愣是把这幅画给救了下来。此人即吴洪裕的侄子吴子文。在飞快地卷起这幅残卷的当儿，为了掩人耳目，这个机敏的年轻人又往炉火中投入了另外一幅画。

画是给救下来了，却已断为一大一小两段，满是火烧烟燎的痕迹，且画的起首一段也已烧去。吴子文在重新装裱时，将前半段烧焦部分细心揭下，他庆幸地发现，重新接拼后的一尺五六寸，正好有一山一水一丘一壑之景，几乎看不出是经剪裁后拼接而成的，于是这部分被称作《剩山图》。原画后半段，装裱时为掩盖火烧痕迹，特意将原本位于画尾的董其昌题跋切割下来放在画首，被称作《无用师卷》，一画从此身首异处。

这两幅分开了的画一直在寻找对方。吴其贞在 1670 年前后送给王廷宾的，就是此画的前半段《剩山图》卷。这半幅图卷此后很长时间绝迹于江湖，20 世纪 30 年代流入江阴一户陈姓人家，为上海汲古阁的曹友卿得到，拆开分售，找到的买家是画家吴湖帆。吴湖帆是用了家藏的一件商周时代的古铜器换来了这幅残卷，又找到这户陈姓人家，捡回了被当作废纸的王廷宾的题跋，吴湖帆从此把自家的梅景书屋称作"大痴富春山图一角人家"。后经沙孟海说合，吴湖帆以五千元的天价把此图卖给了浙江省博物馆。

此画后半段《无用师卷》吴其贞也曾过眼，那是在此画刚经火烧后不久，已由丹阳张范我转手泰兴季寓庸收藏，1652 年春日某一天，吴其贞上门借观了此画，当时日已西落，面对着画中清润的笔墨，吴"犹不忍释手"。当时有一个叫程正揆的画家曾不无天真地请求季寓庸，让这前后两段画破镜重合，以成画史上一段佳话，季不知基于何种想法，拒绝了他的这一请求。

此半幅残卷的流转线路据说是这样的：先是由浙江平湖高士奇以六百两银子购得，后成为王鸿绪的藏品。王鸿绪在1723年去世后，家道中落，家人持此卷在苏州市面上出售，为沈德潜所见，因索价过高，沈德潜无力购入，怅惘莫名的他在卷后题写了一段话："计詹事（高士奇）、司农（王鸿绪），品地声势，极一时之盛，今不过三四十年，如春花飘零，云烟解散，而山人笔墨，长留人世间，泃秾华难久，而淡寂者多味外味也。"后来王家人拿着这幅画去扬州碰运气，在那里被收藏家安歧买走，具体出资金额不详。到18世纪40年代中期，安家也败落了，想把此画和其他藏品一起打包卖给大学士傅恒。傅恒是个毫无艺术眼光的人，吃不准此画是不是该收，把它介绍给了雅好字画的乾隆皇帝，于是，这位天底下最大的主顾以两千两银子的出价把这批字画全都买下收入了内府。

其实此前一年，乾隆已经收进了一幅据称出自黄公望之手的《富春山居图》。此卷因自题中有"子明隐君将归钱塘"句，又称"子明卷"。这是出自明末无名画家的仿制品，后人为牟利，将原作者题款去掉，伪造了黄公望题款，并且还伪造了邹之麟等人的题跋。这幅伪作的漏洞是显见的，比如说，元画上作者题款都是在绘画内容之后，而子明卷却将作者题款放在了画面上方的空白处，这显然不合元画的惯例。但乾隆认为它是真的，且在上面密密麻麻写了几十年的"御题""御跋"，那些大学士们就没一个敢说不是。1746年冬天，乾隆以不菲的出价把《无用师卷》买入，他的理由是此画虽假，但画得还是不错的。为此他还把手下的大学士们请来，让他们在真假两卷画上各自品鉴题跋。前来观画的大臣们无一不把得到邀请视作莫大的荣耀，他们纷纷称颂今上热爱艺术、不拘泥真伪的博大胸怀，在这出皇帝的新装一般的闹剧中，没有一个人敢站出来点破：皇帝认为真的那幅画是假的。

被视作伪迹的《无用师卷》在乾清宫里安静地躺了两百年。直到1933年，日本人欲染指华北，战事吃紧，它才和故宫的万余箱文物一起运抵上海，再转运至国民政府的首善之区南京。当这些文物在上海停留期间，一个叫徐邦达的文物鉴定专家在比照了两卷《富春山居图》后，终于纠正了这一流传两百余年的谎言，他宣称，乾隆御笔题说是假的那张，实际是真的，而乾隆题了很多字说是真的那张却是假的。1948年，内战即将结束，此图与2972箱故宫博物院的文物一同运往台湾。

距此图问世六百年、身首异处三百六十年后，亦即2011年6月，相互寻找了数个世纪的这两幅图终于找到了彼此，重逢在台北故宫博物院。当时的政府首揆以他惯用的咏叹调式诗人口吻说，"画犹如此，人何以堪"。在这次名为"山水合璧"的展览之后，有拍卖行人士作了一次估价，那无论如何都是一个让当年的吴其贞们咋舌的数字。

因有急事赶回杭州，一直想去的黄公望美术馆这次还是没去成。这也给了我下一次再来富阳的一个借口。蒋先生说，有一千个读者，就有一千个痴翁，我说着的黄公望，也就只是这一个罢。

跟随袁中道去明代中国旅行

　　说到袁中道，眼前就浮现出一条船。这条从《游居柿录》中游来的江南木制楼船有一个正式名字叫"泛凫"。小修（中道字小修，一作少修）把这条寄托性命的船取作这个名字是想仿效伟大的《楚辞》作者屈原，"泛泛若水中之凫，与波上下，偷以全吾躯"。万历三十七年春天，两次会试落第将近不惑之年的诗人袁小修驾着这艘收拾得风雅别致的楼船从家乡公安县沙头启程，顺长江而下，正式开始了他筹划了一年之久的吴越之行。

　　这是袁小修的第五次江南之行。前四次出游，基本上都是在考试落第之后出来散心解乏。说来难以置信，才三十九岁的小修已经有了八进考场的非凡经历。为考取举人的学位他参加过六次乡试，从二十岁考到三十五岁耗时十五年；为了取得更高一级的进士学位也已经有了两次失败的记录。现在，船已解缆离岸，诗人袁小修要用吴越精致的山水洗涤"俗肠"了。甫离尘世的牢笼返归自然，他觉得自己像黄昏掠过河面的水鸟一样自由无羁。心情一好，自然手痒难忍，袁小修在舟中铺开日记，以《东游记》为题兴致盎然地记录起了沿途风光和经历。

　　上溯二十个年头，二十岁的小修对科举应该说还有很高的期待，但他那时已经开始谋划另一条人生途径了。是出仕还是退隐？

他曾认真地考虑过这一问题，并在京城预购了一处房产"杜园"作为退路。他认为，现在这年纪，"心躁志锐"，未来人生的方向是显是隐尚不分明，但中年一过，生命的情势自然会像棋局一样分明起来，到时这个园子自然就可以派上用场了。

此后的近二十年间，袁小修一面在科举的路途上继续蹭蹬前行，一面又不断地对为了功名奔走如牛马的人生产生质疑，退隐的念头不时在脑海中盘旋翻腾。在北京探望大哥伯修时，他发现大哥虽居高位，生活却劳累不堪。而当他见识到北京官员的奔劳时，更不禁自省："家有产业可以糊口"，却"舍水石花鸟之乐，而奔走烟霾沙尘之乡"，实在是把人生的手段与目的颠倒了。

一次次的考场铩羽，一次次自尊心的饱受打击，小修不禁感叹：人为什么削尖了脑袋要往官场钻呢？当官真有那么好吗？（"人生果何利于官，而必为之乎？"）他已经从实际的操作层面规划起了退隐后闲雅生活的种种可能性。

袁氏家族自曾祖起已是当地的豪族，袁小修有经济实力设计这样一个士绅的现实生活构图：以一定的田产租金来作日常开支，在此基础上过着不劳而获的悠闲日子。同时我们也可以看到小修在支付家人日常所需之外，尚有余裕来供应自己的"游玩度支"，也就是说，除了可以不虑衣食、无求于人之外，他还可以有充分的空间发展休闲娱乐生活。这般有钱有闲的生活，自然不是像戴名世这样的没有恒产的寒士可比的。如果小修愿意，生活的经营自可以展开另一番不同的面貌。也即是说，小修已拥有足够的生活资本去经营另一种生活形态，一种充满着声色犬马的感官生活了。

科考入仕既成极为强势的主流价值观，博得功名的念头已像跗骨之疽一样深入了袁小修这样的读书人的心灵深处，并一步一步地毒害着他的生活。虽深知仕不如隐，但他也无法截然拒绝仕途，正如我们看到的，购买杜园后，小修一直在科举的途中屡战屡败，屡败屡战。万历三十八年，再度应考失败后，小修向中郎表白：今弟年亦四十余，升沉之事，已大可见，将从此隐矣。话虽如此，可他隐得了吗？

但在万历三十七年（1609）的春天，小修完全有理由把饱受打击的生活信心交付给这条向着吴越山水一路逶迤而去的楼船。本来他已经借了他舅舅的一条船，准备了足够一年之需的粮食，但临到出行，考虑到这只船太小不宜远行，他还是另行购置了一只宽敞坚固的船。他已经决意去过一种"煮鱼温酒，倚醉豪歌"的生活，从船上的布置我们也可以想见他那种闲放出尘的心态：船舱一壁挂着新购的沈石田的画，另一壁则是他喜欢的黄太史慎行的草书；苏合香在香笼里缭绕；船上矮几，摊开着他新写的字，边上的石砚里酽酽的墨汁散发着好闻的香气；一伸手就可以拿到他喜欢的书。在这些"长物"的包围中，小修对着江水也对着自己发誓："我拼此生住舟中，舟中即家。他不可必得，清闲二字更少我不得也。"

小修此行的计划，是经汉阳、黄石矶、繁昌、芜湖抵达金陵，然后游过镇江金山后再沿运河前往浙江。一路走走停停，到得南京已是五月仲夏。"泛凫"从上清河过江东门入城时，南京城刚下过一场大雨，雨后的山色更加苍翠浓郁，几欲沾衣。正是端午赛龙船时节，俊美的少年们驾着五色的龙舟在河上飞渡，箫鼓声、歌笑声震天动地，在桃叶渡口上下五六里间，男男女女结伴观看赛船，水边楼阁鳞次栉比，刺绣的门帘卷起一半，阁中妇女佩戴的珠翠头饰隐隐闪现，装饰华丽的游船载着酒在河中飘荡，连水波也被映射成了丹砂般的红色。公安名士袁小修的造访南京成了一个重大的文化事件，于是有了"词客三十余人大会秦淮水阁"盛会。这一天恰逢小修的生日，朋友在妓院里备下酒席为他祝寿，一路看去，歌声似雏莺宛转，脂粉似赤霞一片，啊呀呀，那些个狐狸精般的女人，个个能诗善画，妙解风情，懂得芙蓉作纸，柳絮裁诗，怎不让袁才子蠢蠢欲动呢？

此情此景让袁小修似乎回到了秦淮河畔纵情声色的少年时代。早年的粉黛之癖致使血亏气虚让小修不得不有所收敛，但一回到风月场中面对如此撩人的场面，如雷开蛰户，春萌草色，他早就不能自控了。尽管他一次次检讨自己的酒色之癖，但骨子里还是以为，情欲出自人之天性，是无法铲除干净的，"刚骨腻情，亦名人之常态"。所谓刚骨，自然是指与世俗格格不入，情腻者，情欲多多是也。小修自认是骨刚情腻之人，所以不能断绝丝竹粉黛之好。可千里泛舟，难道就为追逐情色而来？晚上踉跄着回舟，可能欢宴时过分的血气浮动，吐出的痰里竟有了丝丝血痕，看着秦淮河里半轮妩媚的月亮，不免一番忏悔自责了。世间的种种繁华快活，那可都是"刀尖上的蜂蜜"呀，一经沾着，虽暂时可口，哪一天毒性发作，弄得个裂肠破肚，怎生是好？

七月初，在镇江游过金山寺，友人陶望龄去世的消息终止了小修计划中的吴越之行。因为在小修的设想中，这次吴越之行在很大程度上就是为了去绍兴拜访这位品行高洁的当代颜回，与他把酒言欢参证学问。心灰意冷之下，他掉转船头重回南京。接下来，当"泛凫"在返程途中将到丹徒县时，小修作出了一个让我们目瞪口呆的决定，他打发"泛凫"回公安老家，自己从陆路北上，准备去北京参加明年春天的一场会试。他的态度在这里转了一百八十度的大弯，坦然承认自己连年奔走场屋却还是"名根未断"，种种的享受不过是"锋刀上蜜，甘露毒药"，说不上有多少快活。接下来我们看到的是让人啼笑皆非的一幕：没有了主人的"泛凫"一路向西独自回楚，而我们的小修先生则在秋风中由京口渡江，经真州（仪征），过扬州、高邮，渡过黄河，一路向北陆行进入帝国的心脏。两个月后，他将出现在北京西山一处僻静的地方，闭关三月，精心准备八股制义，用他的话说是"为入试资粮"了。

故事的结局几乎在我们的预料中，诗人袁小修在来年春天的这次会试中再度落第了。不仅这一次他功名未就，再过三年，他还是没有撞开那道专为他而设的门。而不幸的事件将要在他的身上接二连三地发生：先是他视为精神导师的二兄袁中郎因血疾去世，然后是两年后老父的死，再是落在自己身上冥顽不化的病。事情要在他守孝三年后参加第四次会试的万历四十四年才会出现转机，在第十次科考中，名满天下近二十载的公安名士袁小修终于取得了他梦寐以求的进士资格，并得以外放就任徽州府学教授这一闲职。而这一切，他的父亲和两位兄长是看不到了。

载着小修一路东来的"泛凫"在万历三十七年的秋天终于掉棹西去，正如我们看到的，当感官的磨砺和发达到了极致，生命离颓败就不远了，一种文化也已走到了崩盘的边缘。性灵诗人袁小修让我们看到了这些风雅之士更为完整的内心图景：他们的半边身体享受着此间的声色；另半边，则像一张紧绷的弓，时刻等待着来自高处庙堂的感召。

一个享乐主义者的早年生活

从长江北岸冲积平原上的如皋城，一路向西，就到达大运河西岸的繁华城市扬州。在这里弃马登舟，坐上那种张着白帆、黑色舱盖的乌篷船，溯水南下，横渡长江，就是南岸的重要城市镇江。接下来的旅程，无锡、常州、苏州至南太湖的湖州，都是17世纪中国最为富庶的地区，旅行者无疑会在氤氲的烟火气息中获得极大的愉悦。船到杭州，那条贯通中国南方和北方的水道上的旅程结束了，随之转入的却是风烟俱净的富春江。那次第展开去的山水长卷，怎不让旅行者心神为之一振？

1634年秋天，李渔第一次从江苏如皋回祖籍地浙江婺州府兰溪县，走的就是这一条旅行线路。"渔虽浙籍，生于雉皋"，他回原籍，是准备参加下一年秋天在金华府举行的府试。处于浙中丘陵地带上的兰溪，是婺州府下面的一个县。这一年，这个药材商人的儿子二十四岁。

府试的成功使他获得了"生员"的资格，这意味着他的儒生地位得到了政府的承认。但在四年后省城杭州的乡试中，自居八股文高手的李渔落榜了，他那一套"临去秋波那一转"式的作文法并没有打动考官们。他像一个精明的商人一样计算了年龄和功名之间的距离，无奈而又解嘲地写道："问年华几许，正满三旬。

29

昨岁未离双十，便余九，还算青春。叹今日，虽难称老，少亦难云。"为了纪念消逝的青春，他出版了平生第一部诗集，为此他卖掉了琴、砚台和心爱的宝剑。

三年后的1642年，李渔准备再度赴省城应考。这一年，明帝国派驻山海关负责对清军作战的最高指挥官洪承畴的降清，使得帝国东北部大门完全洞开。地方上的骚乱更是愈演愈烈，李渔深切体会到了国家的严重危机和个人的不安全感。虽然在母亲的坚持下他又一次踏上了前往省城之路，但在半路上得知即将发生一次动乱的消息，他就收拾行李打道回府了。回乡不久，他母亲就去世了。很久以后的一个晚上，他看见母亲走进卧室，温和地责备他耽于嬉戏荒废了功课，他醒来才意识到这是一个梦。

三十二岁的李渔搬到了府城婺州，此时，外面的世界正发生着巨变。时局就像一幅色彩凌乱、变幻不定的后期印象派绘画，帝国在内乱外患下正面临全面崩盘。就在李渔移居婺州的第二年，一场由当地人许都领导的起义在邻县东阳爆发。他以前总以为杜甫那些记述战乱和苦难的诗作是在夸大其词，现在终于体会到了什么叫毁灭和蹂躏。一个多月后，婺州解围，生活似乎又恢复了正常。但实际上这座城市的灾难才刚刚开始，接下来南明溃军和清军的洗劫使它几乎遭受没顶之灾。接二连三的动乱中，李渔失去了他生命中最为珍贵的东西：房子、朋友、书籍和手稿。

在经过了一段时间东躲西藏的徘徊观望之后，李渔带着他的家人从栖身的山林中走了出来。回到兰溪夏李村，他所做的两件事，一是剃发。"晓起初闻茉莉香，指拈几朵缀芬芳。遍寻无复簪花处，一笑揉残委道旁。"再是建造一座名为"伊山别业"的宅院。他亲手设计了全部建筑的图纸并亲自组织施工，据他自称，别业内有燕又堂、停舸、宛转桥、宛在亭、踏响廊、打果轩、迁径、蟾影口、来泉灶等景观。又造亭一座，名且停亭。他开始了向着一个享乐主义者的转型：喝酒，唱戏文，吹着西风吃蟹，对着一张施工图纸布置园中的石头和水流……

别业成后，他开始了自己说的"识字农"的生涯。耕读之余，写些诗文，不再为名利奔忙，"名乎利乎，道路奔波休碌碌；来者往者，溪山清净且停停"。他已经想好了用这种轻松愉快的方式度过他的余生。还不到四十岁的他给自己取了一个新的别号"笠翁"。迁入新居，已届新春，窗外盛放的油菜花带给他真正的春天的感受。后来在《闲情偶寄》里，他说，当你走进油菜花地这个金色的海洋时，就会体会到什么是真正的自由和解放。

"窗临水曲琴书润，人读花间字句香"，这就是三十八岁的李渔为自己安排的未来生活图景。他后来回忆在伊山别业三年的生活，简直是"享列仙之福"，"追忆明朝失政以后，大清革命之先，予绝意浮名，不干寸禄，山居避乱，反以无事为荣"，一到夏天，不去访客也没有客至，不但头巾不用了连衣服也成了累赘，"或裸处乱荷之中，妻孥觅之不得，或偃卧长松之下，猿鹤过而不知"，在飞泉下洗砚，用旧年的积雪来试新茶，想吃瓜了瓜就在户外，想吃水果了果子就挂在树上，"可谓极人世之奇闲，擅有生之至乐者矣"。

虽然身处乡野，出生并成长于商业气息浓郁的如皋小城的他并没有停止对城市生活的向往。经济的拮据迫使他不得不在三年后放弃隐逸生活，把房子出卖以养家。1649年秋天，李渔带着他的三个妻子、两个女儿离开了刚建成才两年余的伊山别业，前往省城杭州。

身上流动着商人血液的李渔相信，在那个集中了各种各样的剧团，有着最好的剧场、书店的陌生的城市，他的小说和剧本一定会找到好的买家。路途遥远，他只带了一些随身常用的家什，其他东西全都扔掉了，包括自费出版的一本诗集。"又从今日始，追逐少年场"，这一年他正好四十岁，心还不老。后来成为17世纪中国最为成功的剧作家和出版家的李渔，他的职业生涯当由兹始。

崇祯二年中秋夜戏

　　1629年10月2日，是为崇祯二年中秋翌日，张岱带着他庞大的家庭戏班，自杭州沿京杭运河，行经长江南岸北固山。此行他是前往山东兖州，为在鲁王府供职的父亲祝五十大寿。两年前，他的父亲张耀芳，这个屡试不中的老童生终于以副榜贡谒选，以"右长史"之衔，在山东鲁王府做了个小官。

　　深夜时分，船过金山脚下，从船舷一侧望去，金山寺大殿的飞檐虽在山树掩映之下，却也翼然可见。此时月光愈加皎洁，照在露气凝重的水面上，江涛吞吐，气象更是万千。镇江西北的金山一带，正是南宋名将韩世忠力抗金人南侵，鏖战八日，将金人逐退过江的地方。一念至此，张岱心中忽地冒出一个孩子气的想法，他命令船改变方向，驶向金山寺。

　　越地风俗，向来把十六作月半，月圆之夜，正好经行此地，去金山寺过这个中秋之夜，岂非天意？于是一行人趁着夜色，停舟系缆，施施然穿过龙王堂，进入大殿。一路但见林间漏下的月光落在地上，疏疏如残雪一般。张岱特意关照随身小仆，把灯笼、道具、服饰全都搬上岸来。

　　不一会，漆静一片的大殿被挂在柱子上的灯笼撕出了几片亮光。锣、鼓、铙、钹，次第响了起来，渐如疾风骤雨。幢幢灯影中，那粉墨登台的人，皆拖了长长的影子，这情景真是诡异莫名。被鼓乐声惊醒的僧人们从寮房跑出来，他们循着声响的方向来到大殿，眼前的一幕不由让他们目瞪口呆：只见一群伶人正在庄严的佛像中间咿咿哦哦地唱着韩蕲王金山及长江大战的戏剧，一个三十出头的男子则神色怡然，坐在大殿前厅独自看戏。

多年以后，张岱在《陶庵梦忆》中回忆起繁华靡丽年代里自己一手炮制的这场中秋"金山夜戏"，还是掩不住一脸得色："一寺人皆起看。有老僧以手背撒眼翳，翕然张口，呵欠与笑嚏俱至。徐定睛，视为何许人，何事何时至，皆不敢问。"

想来僧人们是被这场没头没脑的戏搞得如堕雾中了。等到演出结束，已是天将破晓，这群人把乐器道具包裹起来，回到他们来时的船上，当他们解缆过江，鼓起风帆驶离金山寺时，僧人们还是默默地伫立在山脚下，从他们惊愕、好奇的神情来看，就好像还在纠结于这群人到底是人、是怪，还是鬼。

这只是自称"纨绔子弟"的张岱平生无数放诞事之一。他此番北上，虽是去为父祝寿，但他却最看不得父亲对功名的热望。沉埋于帖括制艺几十年，一次次考场折戟沉沙，坏了一双眼睛，落下一身病痛，真是何苦来哉。所以他自己撞过一两回南墙之后再也不应那个劳什子试了。没有功名、公职算得了什么？那都是跗骨坏疽呀。梨园，鼓吹，古董，花鸟，华灯，烟火，精舍，优伶，园林，歌童，茶寮，这物质世界里的种种，哪一样不比做官风雅有趣得多。四十岁前的张岱，就这样周旋于读书、享乐之两端，满足于技艺和趣味为他带来的新名声：茶道高手，业余琴师，鉴赏家，旅行家，著名戏剧赞助人……

为了安慰张耀芳的一次次落第，从 1616 年开始，张家在女主人的张罗下开始大兴土木，造楼船，采买歌童演戏，园亭、娱戏不能慰藉一颗沉浸于功名的心，倒是让张岱一出世就落在了一个浮华世家里，练出了鉴赏家的眼和耳，传说张家戏班子只要张岱在座，伶人们就格外卖力，谁也不敢打马虎——"焉敢草草"。就在兖州之行的前一年，张岱听到魏忠贤倒台的消息，改编的一出传奇《冰山记》在绍兴城隍庙演出，观者竟达万人。三十岁的青年艺术家竟已有如此气场！

除了金山寺中秋夜戏，张岱还描述过苏州虎丘的中秋夜，"土著流寓、士夫眷属、女声乐伎、曲中名妓戏婆、民间少妇好女、崽子娈童及游冶恶少、清客帮闲、傒僮走空之辈"，全都出来赏月，月亮刚露半边脸，就铺开了百十处鼓吹，大吹大擂，"动地翻天，雷轰鼎沸，呼叫不闻"，这十丈红尘的喧嚣，他也能看出个好。但既为艺术家，就算他最为陶醉之时，也还保有着一份自觉，也就是说，他看月，更看人。在《陶庵梦忆》的另一个著名的篇什中，他把西湖边的赏月之人分成五类，也真是后人说的你在桥上看风景，看风景的人在窗上看你了。你道是哪五类？

——"名为看月而实不见月者"，伪风雅派；

——"身在月下实不看月者"，狎游派；

——"看月而欲人看其看月者"，装 B 派；

——"月亦看，看月者亦看，不看月者亦看，而实无心一看者"，短衫派；

——"看月而人不见其看月之态，亦不作意看月者"，故作优雅的唯美派，或曰装酷派。

1629 年秋天的这次兖州之行，除了在当地上演经修改的《冰山记》，张岱还跑到曲阜谒孔庙，进香泰山，看起来兴兴头头，却也并不十分愉快。父亲在鲁王府的尴尬处境让他难过。鲁王好神仙之术，张耀芳以道家引导之术才得以立足。看着父亲胸怀济世之志，一生襟抱未开，只能在虚无的长生术中求得内心的解脱，张岱只觉尘世的悲哀与无奈。四年后的1633年，张耀芳去世，张岱在一篇纪念文章中说："先子少年不事生计，而晚好神仙……先子暮年，身无长物。则是先子如邯郸梦醒，繁华富丽，过眼皆空。"

他为父亲感到惋惜的是，当年母亲试图用现实世界里的种种来点化痴迷于功名之途的父亲，都没有让他迷途知返。他感谢母亲，让他往另一个方向上去实现自己的人生。

但现实就像1629年中秋的那场金山寺夜戏，演戏的，看戏的，都是在戏中，待到曲终处，繁华摇落终成空，十五年后，亦即1644年的那场巨变后，他苦心经营的一整个世界摧毁了，他只能像剧终之后那些沉默的僧人，目送一个时代渐行渐远，不知苟活于世的"是人、是怪、是鬼"了。

金陵上元夜
——一种剧场体验

一

这一刻，我什么也不必做。我只消把心腾空出来，让它像一把音色喑哑的古琴，裸陈于愈来愈重的夜色中，去感受空气中细小的漩涡和神秘的律动。

美术馆外，是京城三月如酒浆一般流淌的阳光。我可以视作不见。我是在 16 世纪末叶的金陵城，上元节之夜。身旁穿梭的青年男女，我也可以视若不见。他们都幻化成了一个个提灯人，或者是相携看灯的士人游女。

邱志杰说，历史是一个剧场，剧情一再上演，剧本早就陈旧不堪。他设置了一个剧场等我们入座。他把我从南方邀来，出席他历时九年创作的《邱注上元灯彩计划》的开幕雅集，却不曾想，我在人群中看到的是一个坐在轮椅上的邱志杰。一个月前，他在脚手架上画画，一脚踏空，摔成骨折。我还以为，坐在轮椅上的艺术家，是今天这场开幕雅集最大的一个"装置"呢。

"因思书画的命运，得对的人蔑视，也胜于被错的人青眼"。我默念着邀函中他的这句话，对接下来的遇合还懵然不知。我不知道我在这里会看到什么，听到什么，偌大的美术馆里，我又会与谁遭遇。

我唯一知道的是，这一切的缘起，是明朝的一个风俗画家。这个生活于嘉、万年间的画师，曾应江宁县某富商之约，在绢本上画下了那个上元之夜。因为身份卑微，这个画师甚至没有在作品上签下自己的名字。今天的"邱注上元灯彩计划"，即是以四百多年前的这幅画为起点。这使我一脚踏进展厅，就似乎落入了一双眼睛无处不在的凝视中。这个无名画家，他在打量我，观察我的言行举止，伺机要把我画入他的笔下。

二

下午 2 点，我随着潮水般的人群涌入美术馆一楼大厅。身前、身后，全是一张张陌生而年轻的面孔。开始，我只感到无所适从。这情形，就好像刚刚走出地铁车站，或置身于一个庞大的集市中心一般的茫然。

预定的 3 点钟到了，聚集在美术馆一楼大厅的人越来越多。他们成群成团地涌进来，时散时聚，似乎一时间无法判断自己该出现在哪个位置，或做些什么。每个人都试图在人群中寻找熟人，就像一滴水在寻找另一滴水。我这样的独行者成了最尴尬的人。进入大厅快一小时了，我还没有找到邱志杰。本来我以为他会像新郎一样出现在门口，站在他最得意的装置作品边上与人握手、合影。但并没有。人群中，我看见了戴着圆框眼镜、一头王尔德式卷发的徐冰，看见了范迪安（我暗暗嘀咕，他怎么看上去像一个南方来的商人）。他们的笑容和电视上一模一样。我还远远地看见了李敬泽，他标志性的长风衣和围巾我一眼就认了出来。他站在人群的漩涡中，好像笑得也有些迷惘。而那个坐在楼梯上神情落寞的英国老头，谁也不知道他是从牛津赶来的艺术史家柯律格（Craig Clunas），中午，我们刚刚同车从机场到了同一家饭店。

抬头就可以看见一长排错落着悬挂的灯笼。有人想去二楼展厅看个究竟，但在楼道口被几个身量壮硕的保安拦住了。争执了一会，他们不得不返回一楼大厅重新汇入人群。这里成排的摊位上罗列着的古物，瓷瓶、手串、旧书、石像，使他们暂时忘却了等待的焦虑，在集市上闲逛开了。有人在观察器物的年代和成色，有人在讨价还价，也有钱物两讫的，欣喜地奔向下一个摊位。没有刻意安排，剧情已经在不知不觉中上演，这众声喧哗的场景，正对应着四百多年前金陵城秦淮河夫子庙前的那场华灯高张的盛会。人群聚集的地方就是剧场，人与人相遇产生对话，对话带来关系，而艺术就是对这千万重关系的一种呈现。这，也只是我的一种揣摩。

其时，这件野心勃勃的作品正掀开一角来，那是"邱注上元灯彩计划"的开幕戏《古玩市场》。这是一个自说自话的市场，也是"邱氏"历史剧编撰的初步演示。这个坐在轮椅上的艺术家，用一种几乎无缝对接的魔术，让时间暗换，乾坤挪移，让在场者于懵懂中，一脚从现实踏入了艺术的太虚幻境。

他几乎有点固执地把这个上元夜设定在嘉靖四十五年，从这个给定的历史时刻，"邱注"计划悄然开始，大厅里响起了一个女声的旁白："西元 1566 年，大明嘉靖四十五年丙寅年虎年，上元节。秦淮河畔游人如织。沿岸酒楼妓馆皆满。露天古董花鸟市场生意兴隆。当夜，名甲天下的金陵灯会照常举行。万民争看鳌山灯，名士才子缱绻逗留，吟咏不绝。一个月后，江宁县富商委托画师制作的《上元灯彩图》顺利收笔。"

一个生活在晚明南京的低层文官，曾有诗记录类似的狂欢之夜："光借王城云烂漫，影流千户月婵娟。"每一个被无名画家捕捉进了画面的人，似乎他们每一个心里都明白，当极绚烂的一幕消逝后，接下来就是时代的永夜。是以他们尽情游赏着、享乐着，想要把好日子过完。画家的笔触是欢快的，而绢布背后他的眼神，却忧虑而苍茫。当四百多年后，邱志杰以一种追忆者的心情面对此画，重返那个盛世之末，他的不安更甚，忧心更甚：这现代性曙光降临的前夜，历史的三岔道上，我们究竟丢失了什么？

好吧，他说服我了，也说服了在场的每一位，我们是在嘉靖四十五年的上元之夜。我们所处的地理位置，是在南方，大明王朝的留都金陵，"秦淮河往北过三山街的内桥一带"（此语来自故宫文物鉴定专家徐邦达和杨新对这张古画的判断）。霎时间，我几乎是以一种追忆前世的心情，想起了那些不禁夜的狂欢，家家走桥、户户看灯的盛况，想起了那些把夜空照得灿如白昼的灯盏，也想起了陪我们一起看焰火的女友的脸（"星星在她的眼里冷却"）。而这一幕今生繁华的背后，是那个无名画师热切而忧伤的眼睛。

他看着狭巷通衢里三教九流的各色人等，看着出没在瓷器店里的书生和商人，看着奔跑的孩子、杂耍艺人、怀抱鲜花的女子。他也看着在人群中用力挤着的登徒子们，看着抬着一只鹿走过大街的屠户们。他的目光在夜色中伸得更远，越过那些纱灯、滚灯、槊灯、弹壁灯和做工考究的鳌山"万岁"灯，越过古都上空已然黯淡的王气，他看到了这欢腾游乐世界的尽头，那是在帝国的东北，或者西北，渔阳鼙鼓动地来，而朝堂上的清流派、元老派正混战一团。他爱这盛世的欢愉，但一切终将逝去，马蹄声碎，华厦将倾，所有的歌都将成为挽歌。他把这无人知悉的悲，融进了充满喜气的笔意里。悲欣交集，当是他临风展纸时的心情。

那么，这高张的华灯，是在张岱的《陶庵梦忆》里，也是在刘侗的《帝京景物略》里，而那个散乱地堆放着清刻《金瓶梅词话》《性理大全》《婚俗纪闻》和《鲁迅选集》《让良知自由》等古今图籍的书铺，则是秦淮河边三山街的蔡益生书铺了。日后的《桃花扇》里，乙酉三月，侯方域、陈贞慧、吴应箕三个复社少年，来这里赴李香君之约，不料香君被选入宫，三人刚见面，就被公报私仇的阮大铖捉将官去。那书铺主人，一开场就如此这般自夸："在下金陵三山街书客蔡益所便是，天下书籍之富，无过俺金陵，这金陵书铺之多，无过俺三山街，这三山街书客之大，无过俺蔡益所……"而一出《桃花扇》的最后，金陵玉殿，秦淮水榭，在女真人的铁骑下全都冰消雪澌，唯留下一曲白鸟飘飘水滔滔的《哀江南》。

此时的剧情已行进到了第三幕，"碰瓷"，一个顾客和商家发生了争执，一个身着制服、手持发出尖利啸音扩音器的城管登场了。这个现代人的突然闯入打破了预想的剧情年代设定。这时，场中人突然发现，他们已不再是单纯的围观者，不知不觉间，每个人都成了剧中的一个演员。

黑色的纸飞机，从不知何处飞出来，滑翔在每个人的头顶。一方巨大的玄色布帛在场子上空翻飞，如同一具飘忽着远去的灵柩。此时，应已到萧鼓渐歇、星倦灯残时，睡梦已在向每个人发出召唤，排成长队的鬼魂上场了。中央美术学院实验艺术系学生串演的鬼魂们，头发打着干胶，穿着结满蛛网的前朝官服，他们行走时黑色衣袂破空处，空气都似乎冰住了。"鬼梦"让喧嚣的市场突然如沉到了水底般安静。他们在想这鬼魂是何者所化，会不会进入我们的梦，一种巨大的宿命感如沼泽地的雾气，渐渐浮了上来。

就在这时，我透过二楼栏杆看到了坐在轮椅上的邱志杰。场中人的目光都落在那些行走的鬼魂上，谁也没有注意到，艺术家是什么时候悄悄上的二楼。他拿着相机，对着一楼大厅不住地变换着角度。我相信我们每个人都落入了他的镜头里。从一入场，我们不只是落入了四百多年前那个画师的眼里，也落入了邱志杰的眼里，落入了他为我们预设的剧场里。

三

现在该说说那幅画了。

长久以来，画史不载此卷，海内外艺术品拍卖市场也难觅此画踪影，一直到上世纪 90 年代初，一个偶然的机缘，这幅《上元灯彩图》卷才落入一个叫徐政夫的台湾收藏家手里（画卷的正式定名也是在鉴赏家徐邦达写下题跋后）。这个在开幕式现场一直推着轮椅上的艺术家的貌不惊人的老者，现在是这幅画暂时的保管者（所有收藏家都难逃临时仓库保管员的角色，要不怎么说物比人更长久呢。）

九年前，正在是徐政夫那里，邱志杰初识此画。无从揣想他彼时的心情，他说他看到了"一个时刻"，"一个市场"，一出上千年来反复上演而脚本缓慢演化的"戏剧"，更看到一个"追忆者的共同体"。那么，这是一个艺术家运思的起点了。他说他曾花了五年时间临摹此画，与这个前辈无名画师相互凝视并秘密交流，最终发展成了今天这个"邱注"计划。

于是他把画中的场景，演绎成了一个剧场。那就是开场让每个人都参与其中的《古玩市场》。但这只是大幕徐启，穿过这个不需门票、也不必纳投名状（邱志杰语）的入口，它即将通往的是"邱注"计划的幽暗曲折处。在那里，艺术家邱志杰像一个知识考古学者一般，通过对这张画中诸元素的阅读、注解、笔记、考释、推演，一步步地建构起了对历史乃至整个现实生活的思考。

这是怎样一个天机冷然的世界啊。而经由开场演出，观看者们也都做好了进入这个世界的准备。此时上二楼，已没有那些保安拦着了。派定给他们的角色任务已经完成，他们即便还在，也只是些影子了。这个巨大的装置展厅里陈列的，邱志杰将之称为"金陵角色绣像"：

——两个倾斜屋顶，用旋转轴驱动，瓦片潮水一般地依次翻起和落下。这件装置叫《百姓》。邱注云："百姓的本质是税收的田野。后来百姓变成市场和购买力，变成票数，并被称之为人民，有时还用作国家的名号，但是作为税收的田野，它的本质毫无变化。百姓并不是麻木的物种。百姓中暗流涌动，他们也随时可以是霍乱的媒介。"

——成组火柴状木棍靠穿过它们的绳子拉紧则成为密实的墙体，同时连接火柴棍的剪刀合拢，绳子放松则剪刀张开，另一组板状木块则可以通过绳子连接成木桶。在这件名为《长城》的装置旁，邱注云："国家的城墙从来都阻止不了寒流。杀戮从未沿着一条线展开。边界只是一种提醒，让异族成为意识形态，让统治者成为自己人，让攻防的双方都免于迷茫。"

——一个摇晃木马，插京剧舞台上威风凛凛的旗子，它弧形的轮脚上安装着各种斧头，每次摇动，连杆连接到的那个装置都会向空中散布红色粉末。装置名《悍将》，邱注云："悍将孤忠在怀，左冲右突，如入无人之境。他们的敌人不是人类的体能，他们的敌人是阴谋。悍将总是死于泥潭，或陷阱，或一根绊倒他的绳索。就其命运而言，悍将只是一个血液的摆渡者。他收集他人的血在自己身上，然后暴烈而灿烂地喷洒而光，将平庸的生命变成礼花。"

——一台特制的制作绳子的机械，写有书法文字的宣纸报纸布条等等放入机器中，启动机器，这些材料就会不断编织成一条长长的绳子。这件名为《历史学家》的装置，邱注云："他存在在那里，就足够行动者心中升腾起一种跌宕的不安。他们既生活得像一种诅咒，总是提前知道结局，却又故作糊涂谦卑地自称一无所知，然后扮演马后炮售卖其睿智的结论。历史学家是永远不会犯错误的人。崇拜并供养这群人，是一个过分早熟而不相信神话的民族的责任。"

——渔网接锥形捕捞，网中放静电球和方向杂乱的流星灯，整个渔网在不断上下蠕动。这件装置叫《相思》，邱注云："只要有相思在，一切都将焕发出意义。风花雪月都是消息，但萱草和黑夜尤其是。我是一株超越了生死的植物。我相思故我在。"

《光阴》：传统竹锦灯笼工艺制作的一群鱼，大鱼嘴里飞出小鱼。邱志杰说："光阴是你在旅途中偶遇的一位智者。他反复地忙个不停。随着他的忙碌，你看到他的桌面上慢慢长满青苔又慢慢褪去。鱼塘里每一条鱼的嘴里都游出一尾更小的鱼。你看到他的须发越来越长，而他的眼中早就噙满泪水。你问他为什么，他说人类对于时间其实一无所知。"

《渔翁》：垂钓者斗笠的竹叶上画着地图，蓑衣上嵌满了钩子，鱼竿的钓钩则被一块磁铁取代，它可以吸起散落在周围的钥匙。邱志杰说，这个角色是一个等待者，他钓的不是鱼，是天下和权力。

…… ……

在这里，艺术家邱志杰启动他强大的历史想象力，像那个说出皇帝的新装的孩子，说出了帝制中国的一个秘密：历史总是在抄袭自身，历史的情节总是惊人相似，而脚本的数量总是那么几个，是以，不管朝代如何更迭，恒定的角色总是那么几个。比如权力总要吃人，美人总是红颜误国，盛世总是一种自吹自擂，诗人要么御用，要么成为革命的同谋。这是一个多么令人悲哀的事实，如同一个无力摆脱的噩梦，当邱志杰把它说出，他肯定是被历史深处的宿命击中了。

对一幅古画的临摹和注解，由此成了一个艺术家方法论构筑的起点，但整个作品的完成又远不止于此。历史任人打扮，意识形态自以为胜券在握，其实也是速朽，作为事件的历史、经历者的历史和神话的历史交互并作，你越说我越不明白的事在在有之，所以最紧要的还是你自己究竟怎么说。这场艺术展说是"邱注"，其实也大可以"李注""王注"，寻常人看来，这"注"，乃是"我注六经"，而邱志杰走得更远，直接来一个"六经注我"了。他画卷上旁注的碎片式思绪汇流成河，带着诗人的激情和辩论家的机锋，已经溢出了他的前辈画家设定的河道，而自成气候。

这乃是因为，他超越了那个特定的夜晚——嘉靖四十五年上元夜——也超越了地理——金陵秦淮河畔，而进入了对历史和现实普遍性观照的玄思。他如同一个炼丹术士一般，在历史的坩埚中提炼角色，把它们一一锻造成形，尔后，又像陈洪绶画水浒叶子一样，出以笔法高古的绣像（一家叫"虚苑"的版画机构成了他理想的合作伙伴），给它们在"金陵"的剧场中一个位置。这一刻，艺术家给自己设定的角色，是神。他在创世。

在一次访谈中，邱志杰说到，提炼的角色（或基因图谱）有一百零八个，它们有时候是人物，如权臣、幼帝、悍将、告密者、革命者、税吏、流寇，有时候是某样事物，如漕运、狼烟、谶言、丹药、遗嘱、南渡、桃花源，有时是说不清道不明的某种思绪，如夜雨、相思、良知、理。他的计划是把这些角色或用版画，或用装置，散布在巨大的空间里，每一个都分别对应于一种在中国历史上反复出现过的形象或现象。

我现在看着这些物件和画作，它们从嘉靖四十五年金陵上元之夜而来，从秦淮河边那个人声鼎沸的市集而来，却已然凌空飞驾于这些具象之上，成为一个紧丝密合、相互制动的"金陵剧场"。穿行、低首、徘徊在这个剧场，每个人都成了百代之过客。沉沦于时间，又在时间的岸边慨叹。

更有那些黑衣人，不住地在场中穿梭，操纵着这些装置。他们摇动，敲打，填装，倾倒。看不清他们的表情，甚至他们都没有影子。邱志杰说，他们不是角色，充其量只是雇佣军，是操纵着历史的不可知的力。

每一个时代都在循环、复制，都在吞噬自身。每一个时代都是末法时代。一念及此，外面满世界流淌着的阳光也是黑色的。而此刻，我已站在了"不夜天"系列灯笼下面。其实，在进入一楼大厅时我已注意到了这些灯笼。当我穿过长长的历史绣像画廊，站在这奇幻的不夜天，我明白了邱志杰为什么把它们称作"金陵之心"。它们是剧场的灵魂，是人类亘古的情感，是世界最后的安慰。任何一个世代，都不能没有来自艺术之光的烛照。但众生都被参与历史的幻觉蛊惑了，都没有心情来抬头好好看一看它们。

在二楼的绣像展厅，我好几次看到沉思中的敬泽。我们就像两个猜谜人，秘密交流各自猜中的谜底。和这个自称"文学新锐"的前文学评论家一样，此刻我也被一种语言的无力感淹灭了。我们从来没有像现在这样感觉到，我们赖以安身立命的文学，竟是那样的自说自话、故步自封。当代艺术已经玩到了这个地步，而文学还沉睡在小国寡民的幻梦里，即便各文体之间，也是鸡犬之声相闻，老死不相往来。就在此次来京之前，我还在构思一个小说，我设想过把背景设置成明朝、晚清，或者民国。走出金陵剧场，不说如受电击，却也令我深自检讨，一个受制于具象的小说，总会被时代的意识形态局限，而一个《红楼梦》式的假语村言的世界，大荒山无稽崖下一块顽石在尘世间的游历故事，才更具永恒性。"金陵剧场"就是艺术家邱志杰的《石头记》啊。

开幕雅集的晚宴上，徐政夫先生出示了《上元灯彩图》真迹。这幅画被小心罩在玻璃柜里，和邱志杰初识此图时的一幅临摹作品一起，接受宾客们的观瞻。未来人凝视的眼睛，想必也会如今夜我们凝视四百年前的那个无名画师一般，落到我们在座者身上。辞别主人出来，三月的京城还有些凉意，走在观想艺术中心周边青灰色的夹墙下，我突然有些领悟到，邱志杰为什么说要感谢这位生活在四百多年前南京城的画家。因为正是这个无名画家，帮助他，也帮助我们，认识了什么是中国，什么是中国艺术。

这里是金陵。邱志杰说，这个叫作金陵的剧场，可以是任何地方，任何一个记忆与失忆交错，欢庆与告别同步，朋友和敌人同体的地方，都是金陵。

我想，它还应该有一个名字：人间世。

和达夫先生游方岩

昔年郁达夫从金华去方岩，既是冲着胡公庙香火之盛，也是慕此地风景幽静灵秀。达夫为文，如嚼老姜，苦辛味居多，独独这篇《方岩纪静》，写山水，纪风俗，也写宋儒习性，通篇皆有静气，在他文集中是个异数。

上方岩，先经芝英镇。这也是当年达夫先生走过的路线，就连山下那座倾塌在荒草丛中的石亭子，也曾进到达夫的眼里。这让我恍惚觉得，八十年并不远，他好像昨天才来过，或者，他就是身旁坐着轿子登山的一个香客。

芝英，最早名官田，是晋时官军屯田之所，因有灵芝产于其间，明永乐年间乃改此名。其实芝英还有一个旧称，汝南郡，这是河南上蔡的一个古地名，移用至此，也是两晋之交迁居此地的中原豪族难忘故土。达夫先生到此时，说居民千户，多应姓者，我特意留意了一下族谱，应氏集居此地已逾千年，他们的远祖，可以追溯到东晋时的镇南将军应詹。

穿镇而过时，诗人章锦水兄特意安排去走了当年达夫停轿去买油纸作雨具的半面街。街面入口处逼窄，往里有一半月形小广场，街两旁店铺林立，集中了永康当地的打制五金器具的传统手工艺人，有打铁、打铜、打锡、打银、钉秤、铸锅的，那些摆放的器具都带着金属沉稳的光泽。永康的小五金工艺，源自东晋，又有南朝时炼丹术的推动，也是所来有自。永康地处金衢盆地要冲，田少人稠，民国时，这里的手艺人挑着家什外出谋生，近到金华、衢州，远到上饶、南昌，皆是他们的劳碌身影。诗人早年打过铁，说这条街也是当年的一个劳力市场，东家要雇手艺人，也都到半面街来物色。

古驿、义庄、道观、书院、祠堂，使这个千年古镇在外观上还保留着传统中国社会的浓重痕迹。尤其是祠堂，迄今保存完好者，尚有五十余座。小宗祠堂、思文公祠等，皆是明清时就建了的，水磨青砖，廓梁浮雕，皆外观宏大，做工精细。传统中国，皇权不下县，能维系两千年传统于不坠，宗族制功莫大焉，这些祠堂，曾是古镇等级最高的建筑，举凡祭祖敬宗、训诫子弟、催课完粮、息讼御盗，民间日常里的一些重大活动，都是在此做出。

应氏后裔，于晚清时崛起两人，皆与洋务有关，一是曾任苏松太道、曾得李鸿章专折叙功的应宝时，一为曾任驻西班牙使馆参赞的应祖锡。于这么一个传统的腹地，却有子弟投身于时代前沿，也是世风渲染吧，却也证明中国文化自有其生生不息之力。应祖锡故居为一清中叶砖木混构，重檐歇山钟楼，三合院式，上下两层，硬山顶，门窗、花拱等处的花鸟雕刻，刀法精微，见辄心喜。

在镇中一处祠堂里——祠堂太多，委实想不起了——喝过岩茶，吃过永康本地产的烤包子和馄饨，向着方岩脚下而去。八十年前达夫登山，说石级密而且峻，盘旋环绕，需一个钟头方得上去，那是因为他走的是前山。我们走的是后山（前门在修缮），山径清幽，鸟鸣啾啾，间有笛声可闻，上山的途程是短了许多，但郁达夫所说的岩下街是不及见了，想当年香火旺的时候，这些专靠胡公庙吃饭的生民，生意都是好的，日子也过得富裕。

胡公实有其人，那就是北宋初年的胡则，初名为厕。胡则在公元 11 世纪南方的一场大旱中，上疏请求朝廷免江南各地身丁钱，为官时又宽刑施仁，故此在他死后，多地百姓立庙祭祀。胡则是永康人，又在方岩读过书，故庙在此处方称正宗。但即便宋时文臣地位极高，死后民间称"大帝"，也是僭越，数百年来没见官方禁止，也真可怪也欤。据说胡公大帝极为灵验，这也是数百年来吸引着香客络绎不绝上山的原因吧。

从后山上来，穿过一极险峻之峰门，即为天街，也就一略宽的石径。山顶平地，林木丛生，亦明瑟可爱。胡公庙即在天街另一侧。庙门依山而建，内极宽大，我看供奉的胡公面相，也就是连环画上常见的文官模样，只是多了些慈悲与蔼然。大概民众总是按着他们的理想，来制造心目中的偶像。天街西侧，有一绝壁，笔立数百米，大藤垂于下，旁边石上有书"千人坑"三字，却有一本事，说的是方腊陷永康时，乡民避难于山顶，乱兵攀藤而上偷袭，山上砍断藤索，多有坠崖死者。乱世中，幽僻如方岩，也是难逃兵祸，即便有灵验的大帝，也是护佑不得。

从永康至芝英五十里，从芝英到方岩又二十里，七八十里地，也就为看山。方岩的山，果然是雄奇的，郁达夫说"绝壁陡起，高二三百丈"，绝无夸张。从顶上的望景台看去，四面的山几乎都是柱状的，山体从上到下，一般粗细，加一锥状的山顶，如硕大的帐篷，也如林立的粮囤。"峰的腰际，只是一层一层的沙石岩壁，可望而不可登"，达夫有文在此，任何的描绘都是贫乏的了。这种成片的巨岩，我见过的山中，只有雁荡差堪比拟，若有画家要写景，也只有油画方压得住，达夫先生说中国画的画山点石功夫，无论怎样的皴法皴叠，都有未到之处，确是到过方岩的人才说得出来的行话。

灵岩也是去了的，乃一极幽深的洞，几乎对穿山体。山顶有一观音塑像，是新塑上去的，线条不甚灵动。有洞穴之地必有宗教和哲学，我所爱者，还是后者，离此相去不远寿山下，五峰书院所在的那处山洞。

那洞，如蛤口翕张，亦如覆船扣于崖下，达夫所说"冬暖夏凉，红尘不到"之所也。洞内支开数张大桌，喝茶，说话，也不觉局促和喧闹。顶上洒落的一缕细泉，长年不断，被风吹散，时作潺潺雨声，让人总也听不厌。洞前静潭，映着被五峰挤压着变得缩小的一方天，飞鸟、流云、绿树、红花，皆似在触手可及的水镜里，"仰视天小，鸟飞不渡，对视五峰，青紫无言"，八十年前感动郁达夫的那种极大极深的静，我也是体味着了，只不知那布幔般遮在四面的，巨厚、瀑布、桃花、覆釜、鸡鸣五峰，又各是哪一座？此次上方岩，好在可与八十年前的达夫先生一路对话、争辩，想到此处，不由微笑。

五峰书院、学易斋、丽泽池，朱熹、叶适、吕东莱、陈亮等宋儒们时作勾留的这些处所，都是在此洞的另一侧，依山而成，无椽无瓦，又不侵风雨。达夫说，不看金华的山水，不知宋儒苦心，他们借山洞作讲堂，大多是想借了自然的威力来压制人欲，但我看真正的修学者，他们的天机也是奔放泠如的，书院、学易斋这边固然高冷，向东步出数十步入此天然涵洞，听风听瀑，看云看树，也是运思者的乐趣罢。

1938 年日军侵浙，浙江省府在省主席黄绍竑率领下迁入五峰书院所在山岩办公，以避日军轰炸，一直到 1942 年。黄绍竑把裸露在外的办公楼漆成黑褐色，既与山体伪装成一色，也示不忘国耻。洞前有一省府南迁纪念石碑，这是达夫先生 1932 年秋天来时所未能见的。

下得山来，在永康还逗留了两日，诗人锦水兄好客，那两日里还安排去看了厚吴、大陈、塘里等古村。那都是些散在平原上的村落，移步换景，秀色处处，良可回味。塘里古村，聚居的是三国时的孙权后裔，这里有个叫孙孝贤的乡绅，1927 年在老家开办了同文书局，以木印和石印印刷账簿、课本，到 1938 年浙江省府西迁，书局的印刷业务一下到了鼎盛。我找了很久，想看看当年的印刷机器和书籍，村人告，已找不到一件实物了。这让我再次想到了宗族制和乡绅阶层在传统中国社会的作用，他们是基石，也是一种文明的薪火传承者，维系着传统中国县以下的基层社会的文脉和秩序。乡绅一死，群氓遍地，这八字，几乎可作一部 20 世纪中国史的缩略来看的。

去波兰读米沃什

一、刺猬与狐狸

2004年8月14日，九十三岁的诗人米沃什在波兰格拉科夫去世。我得知这一消息是在三天后的晚上。那个晚上我正在读三联书店刚于这年6月出版的《米沃什词典》。联想到另一位流亡作家布罗茨基要求死后将自己的灵柩运回圣彼得堡，米沃什选择曾经生活过的格拉科夫为终焉之地，也算是死得其所了。

从书架上找下了十余年前买的一本诗集，绿原译的《拆散的笔记簿》——米沃什在加州大学伯克利分校时期的一本自选诗集，据我所知，也是国内翻译的米沃什最早的一本集子——上面是我不同时期读米沃什时划下的线条和符号。很难凭着这些随兴所致的线条和符号去复原当时读米沃什时的心境。经典不是凝固的，它像流变的大气，一直在变动中。而笔记簿也终于散了，那一页页的时间、地点和人名，在米沃什写下的那一刻——或写下它们之前——就已死了，只是化简为一个个词条，夹在一本词典里。

词典，米沃什以这个词作他自传的书名，流露出了把世界纳入他的知识谱系的野心——一个诗人的野心，那就是用语言重新安排世界。

那个晚上一直在看米沃什的那本书。在书页的边角处我写下了这么一段话，作为对他的纪念和致敬：

米沃什在这里用一种很好的方式结构起了他的一生，那就是词典的方式——当历史翻去一页，一切的人和事，都是以词语的方式寄身在一本词典里——这是出于一种对词语的信任，或者说，是出于对世界与词语之间关系的敏感……九十岁那年，他还在说，他一直在寻找一种语言以表达他眼中的世界。他找到了。这本有着许多亡者姓名的书传达出了他的一个信念，那就是抓住自己的语言。他是一只刺猬，因为他如此的固执。但他魅人心魂的语言，总让我觉得，他是一只狐狸。

不同于布罗茨基后来成了一个"英语作家"，米沃什离开波兰后一直在用母语写作。这或许就是我在那段话中说他"抓住自己的语言"的意思吧。一个诗人对母语的忠诚，实质上是对一种文化的眷恋和乡愁。在我的阅读经验中，从另一个出生于波兰的作家艾萨克·巴什维斯·辛格的身上——他于1935年赴美，八年后加入美国籍——也可以看到这一眷恋和乡愁。艾萨克·巴什维斯·辛格一直是用意第绪语这一东欧小语种（"一种濒死的语言"）写他的小说。这种语言据说二战前有一千一百万犹太人在使用，当今则只剩四百万人，且逐年递减。他自嘲说，写鬼故事，没有一种语言比一种将要死亡的语言更适合的了。长篇小说《萧莎》的开篇，就是用一种反讽的语调谈论语言：

我受过三种濒死的语言的教育——即希伯来语、阿拉伯语和意第绪语（有的人根本不把意第绪语算作一种语言）——并在源于巴比伦文化的犹太教法典的熏陶下长大成人。

世界的形相取决于观者的眼睛和他的经历。大屠杀给欧洲的犹太人留下了永久的创伤，一切都变得虚无、不确定。在辛格眼里，世界成了一个屠场，一个巨大的地狱。而肉体，则意味着痛苦，它们是一对同义词。诗人米沃什由此转向了《圣经》中那个著名的花园："唯有乐园靠得住，世界是靠不住的，它只是昙花一现。"

1951 年，米沃什从驻法使馆文化参赞任上出走，时年四十岁，他还要在法国和美国生活长长的半个多世纪才走向人生的终焉。可以断定的是，波兰，以及关于波兰的一切，将是贯穿他后半生和诗艺的一个中心词。带一本米沃什的诗去波兰，去华沙，去内陆的小镇，去维斯瓦河边的森林，以这样一种方式走近一个诗人，是否会呈现出更广阔的其内心生活的图景，和他诗艺的秘密？

预定去波兰的机票是 6 月 4 日。随着日期的临近，华沙，这个一次次在电影和小说中出现的城市似乎近了许多。读了米沃什的两首诗，《在华沙》和《献辞》，是 1945 年的作品，《拆散的笔记簿》中未收录。米沃什说，生活在这个国家的重负，超出了他的笔所能承受的——"我的笔比一只蜂鸟的羽毛更轻"。那悲伤超出了忍耐的力量。而他的心就像一块石头，里面封闭着的，是对最不幸土地的隐秘的爱。

他如此诘问：我怎能生活在这个国家，在那里脚会踢到亲人未曾掩埋的尸骨？

我不想这样去爱，

那不是我的意愿。

我不想这样怜悯，

那不是我的意愿。

于是他在 1951 年离开了这个国家，定居巴黎，成了一名"自由作家"（一个不无讽刺意味的名称），并在十年后移居美国，在加州大学伯克利分校任一名波兰文学讲师。世人眼里他很快融入了美国主流社会，和米兰·昆德拉、索尔仁尼琴、哈维尔、布罗茨基等流亡作家成了美国艺术文学院的院士。但他在波兰的根以及与波兰精神生活的联系却始终没有割断过。

这天下午，站在江厦桥上，陡然变得开阔的江面上，散漫铺展开去的江水几乎和白茫茫的雨云衔接在了一起。我想着 1945 年《在华沙》里的"你"——那个站在维斯瓦河边的"无能"的诗人。奥斯维辛之后，几乎所有的诗人都是"无用"的了。

你在这里做些什么，诗人，在这

晴朗的春日，在圣约翰大教堂的废墟上？

你在这里想些什么，在维斯瓦河

吹来的风播散着

瓦砾的红色灰尘的地方？

二、血液里的耻

6 月 4 日上午 10 点 10 分，坐芬兰航空公司的 MD-11 飞机从浦东起飞时，下着大雨，落在机翼上满是蒸腾的水汽。飞行十小时后，抵达此行中转的赫尔辛基，因有五小时的时差，当地时间为下午3点。从地图上看，从太平洋西海岸到波罗的海沿岸的赫尔辛基，横穿了整个亚欧大陆。

原定6点三刻去华沙的航班推迟了近两个小时，8点过后才起飞。此时太阳还悬在地平线上，照着机翼下的河流和大片的针叶林。飞机爬升不久，一头就扎进了云层里，但云层并不厚，一会儿就穿越了过去。飞机先是向西，然后折向南行。阳光再度落进机舱，它如此炫目，坐在边上的芬兰老太太发出了低低的一声惊叹。当太阳整个地陷身于云层里，那光还是顽强地穿透出来。

机窗外散布着零星岛屿的蓝色海面，应该就是波罗的海了。夕阳下的波罗的海，近处蓝得明亮，远得则消弭在混沌的大气中了，海岸线也由明晰变得模糊。不知不觉，我靠着窗口睡了过去。

飞机向着云层俯冲而下，当它破云而出，城市出现在了我的视野中。白色屋顶的建筑散布在连绵的绿地上，如同鸟粪。我看见了维斯瓦河。它是银亮的。它是宽阔的。它在大地上弯曲着，像是什么力量让它痛苦得蜷紧了身子。接下来的几天，我会天天看到它，闻到它一个女人般潮润的气息。

午夜12点入住Novotel，午夜的华沙街头几乎没有了人影。天边的半个月亮，照着这城，像是一幅黑白摄影。

华沙城是二战后从废墟上重建的。1944年华沙起义失败后，希特勒下令把华沙夷为平地，市区百分之九十的建筑都被炸毁。且城中所有大的建筑都是工兵依次爆破。二战时期的德国曾有人把波兰称作"世界的阴沟"，纳粹杀起波兰人或斯拉夫人就像处理屠宰场里的牲畜一般。这样的场景对看过斯皮尔伯格执导的电影《辛德勒的名单》的人们来说不会太陌生。

现在我们看到的旧城，所有的纪念性建筑，都是按照 14—18 世纪的原样重建的，杂糅着哥特式、巴洛克、文艺复兴时期式等多种建筑风格。一大片中世纪式样的红色尖顶建筑群，四周环绕着红砖砌成的内墙和外墙，四角则是高耸的城堡。广场周围一些装饰性的拱顶和游廊，当是后来增建的。

这是一个被各种利益集团多次出卖的民族，历史上的波兰，在 14 和 15 世纪的鼎盛期过后就开始走下坡路了，多次受到沙皇俄国、普鲁士、奥匈帝国的挤压和瓜分，1939 年，在与苏联达成一项秘密协议后，希特勒出兵波兰北部港口城市格但斯克，继而占领波兰全境，第二次世界大战由此爆发。米沃什站在斯德哥尔摩的讲坛上如此描述那个耻辱的日子："1939 年 8 月 23 日，那时两个独裁者签订了一个协定，包括一个秘密条款，借以瓜分他们邻近的有自己的首都、政府和议会的国家。那个条约不仅发动了一场可怕的战争，它还重申了一个殖民原则，据此各民族不过是牲口，可以买，可以卖，全凭当时的主人的意志。它们的边疆，它们的自决权，它们的护照，不再存在了。"（见《拆散的笔记簿》，绿原译，漓江出版社 1989 年版，第 225 页）

波兰及整个的东欧（"第二个欧洲的居民们"），就此——如同米沃什所说——"命定地坠入了 20 世纪的黑暗中心"。而苏军"解放"波兰之后的专制，让波兰人至今还对俄罗斯人抱着一种复杂的情绪。

"耻"的意识，历史的屈辱感，渗透了波兰人的血液：

在帝国的阴影里，穿着古老斯拉夫人的长内裤，

你最好学会喜欢你的羞耻因为它会跟你在一起。

它不会走掉即使你改换了国家和姓名。

可悲地耻于失败。耻于供宰割的心。

耻于献媚的热忱。耻于机巧的伪装。

耻于平原上的土路和被砍倒当柴烧的树木。

······

你时刻受到耻辱。

——米沃什《一个装镜子的画框·第二十九页》

旧城广场上的美人鱼雕像前，叽叽喳喳地围了许多孩子。鸽子见人不惊。孩子的老师在讲解神话故事，也有可能是在讲解这个城市这个广场的历史。沿着旧城广场的一条倾斜的小巷，愈往里走，空气里的水汽愈见浓重。小巷到了尽头，一折，眼前豁然一亮，从斜坡上看下去，竟是一个宽阔的河湾。这就是维斯瓦河了，几乎贯穿波兰全境的最大的河流。它起源于巴尔喀阡山脉，在由南而北注入波罗的海的一千余公里的漫长流程中，把格拉科夫、华沙、格但斯克几个大城市串在了一条线上。

"你是牛奶是蜂蜜是爱情是死亡是舞蹈"——米沃什曾这样称颂它。我突然好奇，在华沙，在其他的一些城市，米沃什曾多少次跨过这条河？

我们随着响在所有沉没城市的钟声走下去。

被人遗忘了，我们为死者的使节所迎候，

当时你无尽的流动挟着我们向前向前，

没有现在也没有过去，只有一刹那，永恒的。

——米沃什《河流》

米沃什写下这首《河流》是 1980 年，在加州大学伯克利分校。他离开他的祖国已经三十年了，记忆中越来越鲜活的，却还是他的出生地维尔诺和这条河。在这四行诗里，河流、钟声，成了流动的时间的一个征象，但尽管"时间在我们的头顶狂风似的怒号"，尽管我们所有人都要被"死者的使节"所迎接，有一刹那已成永恒。或许，这就是米沃什说的"探查那使时间屈服的法律"？

看《河流》及米沃什在流亡期间写下的大量诗歌，很大程度上，米沃什克制住了他的乡愁——维系他的乡愁的只有语言，他使用了一辈子的波兰语。他没有浮泛地赞颂维斯瓦河，这使得他的诗歌承载了更大的历史、道德和形而上想象的空间。

但这是什么样的语言啊。或者说，这种属于斯拉夫语族的小语种能否成就伟大的诗篇？尽管米沃什称一直在侍奉忠实的母语：

每天晚上，我总在你面前摆下你各种颜色的小碗

你就可以有你的白桦，你的蟋蟀，你的金翅雀

像保存在我的记忆里一样

——米沃什《我忠实的母语》

但正如有论者所指出的，这种语言缺乏哲学的表达方式，缺乏形式感和准确性，正是米沃什所面临的困难：狭隘的民族主义、只能表现日常生活却不能表达历史生活的可能性，对思想的无能，对悲剧的漠然，等等。（参见西川《译者导言》，《米沃什词典》，

三联书店 2004 年 6 月版，第 13 页）

因此米沃什才会有这样的感慨：

现在，我承认我的疑虑。
有时我觉得我浪费了自己的一生。
因为你是低贱者的、无理智者的
语言，他们憎恨自己
甚至超过憎恨其他民族；
是一种告密者的语言，
是一种因自己天真
而患病的糊涂人的语言。

他试图拯救这一语言。和他的前辈诗人密茨凯维奇一样，他也用自己的诗歌改造着这一语言，但他最后还是感慨："我没有能够拯救你。"

不能拯救国家和人民的诗歌是什么？米沃什以三个类比回答了这一自问：一种对官方谎言的默许。一支醉汉的歌（他的喉咙将在瞬间被割断）。二年级女生的读物。

三、"我的笔比一只蜂鸟的羽毛更轻"

早晨六时，太阳把我们下榻的 Novotel 对面的斯大林宫（文化科学宫）染得金黄。这座庞大、笨重的建筑，矗立在华沙市中心，如同一个古堡，象征着二战后斯大林在波兰的威权。早餐后匆忙赶至火车站，坐 9 点钟的火车前往波兰南部城市格拉科夫。

因是一等车厢，乘客不多，车内很是整洁、安静。火车刚驶出华沙，天气还很好，不一会大块的云团飘来，下起了雨。雨水在车窗玻璃上冲下了一道道污渍，看出去，树林、平原、草坡，全都变了形。

从华沙到格拉科夫，凡三百公里，火车驶行两小时四十五分，与时刻表上一分不差。这一段维斯瓦河，河面并不开阔，流速也平缓。

在1596年波兰国王齐格蒙特·瓦萨三世迁都华沙前，格拉科夫一直是波兰的首都。格拉科夫建城于公元10世纪，而当时的华沙，不过是维斯瓦河边的一个中世纪市镇。格拉科夫比华沙幸运，在于二战期间这座城市几乎未受大的破坏和损害，那些数百年历史之久的教堂、皇宫、城墙、大学都得以保存。

去格拉科夫，是为看臭名昭著的"死亡工厂"——奥斯维辛集中营。出发前安排旅行线路，从华沙出发有两个方向可走，一是去北部港口城市格但斯克（Gdańsk；德语：Danzig，译为但泽），那片狭长的出海通道曾是二战爆发的策源地，写出《但泽三部曲》的君特·格拉斯就居住在这个城市；另一条线路则是去南部的格拉科夫。我说去奥斯维辛吧，去看看人类怎样一边创造文明，一边为同类建造巨大的杀戮场。

哲学家阿多诺说，奥斯维辛之后再写诗是野蛮的。他没有明白说出的是，死亡本身并不可怕，最可怕的是人性的丑恶。

下着雨。中午时分的天色阴沉得有如黄昏。刚进入集中营时的塔楼、电网、铁轨、站台和一直延伸到极远处的囚房，它们在一些电影场景中出现过，已经不再让我感到陌生，但空气中浓重的死亡气息还是让人喘不过气来。

世人所称的奥斯维辛集中营,是奥斯维辛市附近四十余座集中营的一个总称。它由纳粹德国陆军司令希姆莱于 1940 年 4 月下令建造,是德国人在二战期间修建的一千余座集中营里最大的一座。据波兰国家博物馆历史学家派珀于 2005 年公布的一项最新研究数据,在奥斯维辛集中营存在的四年多期间,共有一百三十万人在此关押,一百一十多万人在集中营丧生。派珀还指出,被关押到集中营的犹太人只有约二十万人登记过,其余一概是一到集中营就被杀害。

图片资料上,成群的犹太人坐着火车来到奥斯维辛,他们中有些人还对那个美丽的谎言坚信不疑。但德国士兵和一些"犹奸"已经在随意处置他们的行李。

优雅的妇女——很快她们就要受到牲畜一般的对待——和哭泣的儿童。毒气罐。焚烧尸体生成的白烟。焚尸炉。毒气浴室。纹身人的皮肤制作的灯罩。女人的毛发编织成的军用地毯。只走了编号为 1 号和 2 号的两处集中营,我说我不想看了。一个人站在沙砾路面上,好半天才把想要呕吐的心情克服下去。

我不想这样去爱,
那不是我的意愿。
我不想这样怜悯,
那不是我的意愿。
我的笔比一只
蜂鸟的羽毛更轻,这重负
超出了它的承受
我怎能生活在这个国家

在那里脚会踢到

亲人未曾掩埋的尸骨

我听到声音，看到微笑，我什么

也不能写；五根手指

抓住我的笔，命令我去写

他们活着或死去的故事

使我生来就成了

一个例行的哀悼者

——米沃什《在华沙》

诗人可以暂时挣脱他的乡愁，但又怎么摆脱生活在"20 世纪最黑暗中心"的耻？他不愿意成为一个"例行的哀悼者"而离开祖国，半个多世纪后不是像老俄狄浦斯一样回来了？

回忆一生中遭遇的人和事的"词典"，不也是生者对死者的哀悼：

我的 20 世纪是由一些我认识或听说过的声音和面孔所构成，他们重压在我的心头，而现在，他们已不复存在。许多人因某事而出名，他们进入了百科全书，但更多的人被遗忘了，他们所能做的就是利用我，利用我血流的节奏，利用我握笔的手，回到生者之中，呆上片刻。（《米沃什词典》，三联书店 2004 年 6 月版，第 304 页）

傍晚，回到格拉科夫，独自一人去市政厅广场散步。这个建造于中世纪的广场到了傍晚也是人头熙熙。流浪艺人在奏琴。孩子们围着装扮成童话中角色的乞丐，脸上掩饰不住的好奇与吃惊。

圣母玛丽亚升天大教堂的钟声响了，惊起了密茨凯维奇雕像下的灰鸽，纸屑一样在黄昏玫瑰色的空中纷扬。不一会，天色已由玫瑰红转成了淡淡的灰，广场上的人面也已模糊不清。

进教堂默念一段主祷文。身前身后的孩子们，说话、走路，都是轻轻地。在这个宗教气氛浓郁的国家里，他们大概从小就被告知，这里是神的居所，要轻些，再轻些。白天在格拉科夫的街头，也会看到一些还是上幼儿园的年龄的孩子，由几个修女带着在走。他们每周都要上神学课。对世界的敬畏之心，那么小就在他们的心里植下了。

回去时，绕了一个大圈子，穿过了住所 Hotel Orient 附近的一个小村庄。月亮升起来，照着格拉科夫市郊这个村庄的房屋和树木，空气里有着植物在露水中开花的香气。一排排红色墙面、小尖顶的屋子，窗台上几乎都摆放着一盆盆的鲜花，屋前屋后也都有花园。月光下，木栅栏后面，我可以辨认出芍药、玫瑰、苹果树和樱桃树。踢碎的露珠里仿佛有着诗人米沃什的声音："在灾祸中所需要的，正是一点点的秩序与美。"

临睡前，我打开带了一路的《拆散的笔记簿》。我看的是《世界》，这首诗还有个副标题，"一首天真的诗"。米沃什在这里以一种平静的、历尽沧桑的语调叙述了家乡维尔诺的小路、屋顶、篱笆、门廊、楼梯、林中的一次远足、父亲的教诲，这是他在暮年回忆他怎样认识世界，世界又怎样进入他心中。

在曾经发生大屠杀的"世界肛门"之地，写下田园短歌般的《世界》，这难道不会受到谴责吗？但米沃什放弃了辩护。他把这组诗看作对毁灭的反抗——"在恐怖之中写下的轻柔的诗歌宣示了其向生的意愿"。

66

这一夜，我是在格拉科夫读米沃什的唯一一个中国人了。

我要把手指停在"信念"这一页上，进入今夜的睡眠：

信念这个词意味着，有人看见
一滴露水或一片飘浮的叶，便知道
它们存在，因为它们必须存在。
即使你做梦，或者闭上眼睛
希望世界依然是原来的样子
叶子依然会被河水流去。

它意味着，有人的脚被一块
尖岩石碰伤了，他也知道岩石
就在那里，所以能碰伤我们的脚。
看哪，看高树投下长影子
花和人也在地上投下了影子：
没有影子的东西，没有力量活下去。

　　——（《世界——一首天真的诗》,《拆散的笔记簿》,绿原译,
漓江出版社 1989 年版，第 97 页）

四、坐火车穿越波兰

火车在平原上奔驰，河流、草坡、一个个村庄和市镇在窗外
掠过。

当白鸥掠过水池飞向远处的树林，乡村教堂的十字架在 6 月
的阳光下闪亮，当火车穿过平原惊醒田野上的稻草人，维斯瓦河

在雨中泛着小小的浪，而死者的亡灵化作飞鸟回来，我想着，这一切，如何用米沃什的语言说出，是憎恨的，诅咒的，还是哀悼的？

就像他自己说的，因为不想做一个例行的哀悼者，因为不愿意一生下来，就重复那些死者的名字，他选择了离开。一个白人世界的成功者，在异国说着卑贱者的语言。然后，他回来了。他给自己安排的死的仪式，是听着格拉科夫市政厅广场的钟声闭上眼睛。

一个天真的世界，它一直在那儿等他回来。

此行是去波兰北部城市比德哥熙（Bydgoszcz），参加该市建城六百六十周年的其中一项纪念活动——国际图书节。这是波兰北部滨海省的一个省会城市——如果我没有记错，米沃什出生并度过整个童年的维尔诺也是一个省城——位于维斯瓦河与布尔达河的交汇处，人口约四十万。我将在这里度过三个晚上。米沃什描绘过的维尔诺城，这段话用来形容比德哥熙大概也是确切的："这是一个奇妙的城市，巴洛克建筑移植到了北方的森林，历史写在每块石头上，有四十座天主教堂和许多犹太教堂。"照米沃什的说法，这样的城市还应该包含如下特征：一种宽容的无政府主义，幽默感，群体感，一种对任何集权的不信任。

几天行程结束后，坐火车从比德哥熙返回华沙。铁路沿线，麦子已快黄熟，油菜花还未全谢，黝黑的土垄里，还不时可以看到翠绿的马铃薯叶子。波兰的纬度要高些，此时的气候和节令，相当于中国南方的 4 月中下旬吧。

这一路走下来的几个城市，华沙、格拉科夫、比德哥熙，都是在维斯瓦河上。格拉科夫在河的上游，再往南过了喀尔巴阡山脉就是斯洛伐克了。比德哥熙和土伦城，则是河的下游了。

定的是 6 月 10 日下午 4 点的航班，趁在华沙逗留的最后几个小时，去看了瓦年基公园的肖邦雕像和拿破仑的另一处行宫。杨树、柳树正在吐絮，风一吹，雪花般狂舞，草坪上全是薄薄的细雪般的一层。

那些公园里拍婚纱照的男女、奔跑的孩子、支着画架写生的青年艺术家，那散发着湿润气息的河流、窗台上的盆花、街头行走的姑娘，很快就要成为记忆。

米沃什便是这样命定的"记忆的承担者"，半个世纪的流亡生涯，使他只能在回忆中一次次地访问故乡。因此他赋予诗人的两个属性是：眼睛的贪恋和描写所见一切的欲望。而记忆在他身上便也有了这种力量，那就是：忠实于自己的语言——"它使我们避免采用一种像常春藤一样在树上或墙上找不到支撑便自身缠绕在一起的语言"。

我没有这样的使命。这样的行走只能是一次轻快的滑翔。

你在这里做些什么，诗人，在这

晴朗的春日，在圣约翰大教堂的废墟上？

你在这里想些什么，在维斯瓦河

吹来的风播散着

瓦砾的红色灰尘的地方？

刹那

一弹指六十刹那，一刹那九百生灭。

——《仁王经》

一

我看着雨中的广场和广场上的路易十四雕像。不远处的车窗玻璃映出了雕像，此刻进到我眼里的有两个路易十四像，一个实，一个虚。我跟着一群波兰来的中学生穿过凡尔赛宫后面的花园，此时已是正午时分，雨愈下愈大了。雨滴沾在车窗玻璃上，又齐刷刷地往后退去。它们追逐着，并吞着，那摆尾游动的模样就像一个个奔跑的精子。透过窗玻璃上的雨滴，这个城市的某些内容被放大了。雨中的新桥，行人，街上骑自行车的人，一个缓慢的长镜头。车子开到巴黎圣母院门口，雨已经大得连车门都打不开了。坐在车上等雨停，听头顶的雨声响成一片。那些坐在街边咖啡座上的人们也都进店铺躲雨了。满世界的雨声中，一下亮出了各种颜色的伞和雨披，整条街都变得色彩斑斓了。

大团的云飞逝而过，雨停了，大街上雨水还在流淌，此时的阳光明亮得让人几乎不能逼视。人们又三三两两走到了街上，塞纳河边的旧书摊在雨后又开张了。潮湿的街道，潮湿的风，这真是一座适于雨中看的城。当我坐电梯登上那座巨大的 A 字形铁塔时，空气中已没有一点水意，塔上吹着大风，塔下是学习飞翔的鸟，更远处，河上跳跃的波光像是一块熔炼的金子。这炫目的、巨大的城市，这巨人的心跳！傍晚 8 点下塔，天光还大亮着，车子在乡间公路上奔驰，穿过一大片麦田，向着郊外的 Best Western 酒店而去。晚霞给路边建筑的外墙涂上了一抹红色。汽车发动机的嗡嗡声更显出周遭的静来。

一早起来，大团的云在田野上移动。我看见了彩虹，在大约五百米外的田野上，其下是麦地。我倒了一杯茶，点起一颗烟，当我再转过身来时，彩虹不见了，窗玻璃被大颗的雨点撞得铮铮作响，明亮的周遭一下子变得模糊。

二

依然是下午 8 点半的太阳，依然是金黄的河流和房屋。船依次穿过市中心的几座主要桥梁，亚历山大三世桥，新桥，艺术桥。河边的巴黎人（或许也是我一样的过客）在交谈，亲吻。桥上的人向游船上的人招呼，两艘交错而过的船上的人们也在相互招呼。我想起托马斯·沃尔夫描绘过的新泽西州上两列交错而过的火车上人们欢声招呼的情景，心情突然变得美好。"在亨利四世雕像的所在地，岛最终变得像一个尖尖的船头"。我看到了当年海明威在《流动的盛宴》描绘过的那地方。早晨出门时我读的是这本书的一个章节，"一个虚假的春天"。海明威说，他在巴黎这座城中时时感到饥饿。"这里什么都不简单，甚至贫穷，意外所得的钱财、月光、是与非，以及月光下躺在身边的人的呼吸，都不简单。"

10 点钟，太阳终于落下去了。空气中有了凉意，半个月亮孤独地挂在几百米外的水塔边。这次在巴黎停留的三日，于一生的长河只是弹指一瞬。但佛经上说，一弹指六十刹那，一刹那九百生灭，刹那是时间最小的女儿。我享受这刹那的美。

三

早晨出门时，田野上草尖的露水在初阳的照耀下熠熠闪动。沿日内瓦湖向东驶行一百公里，至西庸城堡。这一礁石上的古堡，地处意大利和法国之间的交通要厄，最早为 11 世纪时萨瓦家族的萨沃伊伯爵建造，19 世纪后又有重建。诗人拜伦游过此处后写下《西庸的囚徒》，至今尚有影印手迹。这里的每一个房间都是石室，推窗都可以看到湖。可以想像一下在这些石室里的生活：城堡主，瞭望塔，祈祷室，酒窖，小教堂，私型室，夫人和小姐们。

湖边的小城蒙特勒，去西庸城堡不远，从这里可以看到湖对岸的阿尔卑斯山耀眼的雪峰。再从洛桑，转至苏黎世。是夜落住苏黎世边上一个德式小镇，街道不甚宽，却整洁。早晨起来发现已经下过雨了，空气异常清新，利马河水流湍急，此河向北七十公里进入德国境内，为莱茵河上游。我忽然明白乔伊斯晚年为什么迁居这里了，小说家喜欢的是这里的安静。听介绍说他死后也是葬在这里。雨后的大街，偶见有轨电车驶过，人影寥寥。孩子们骑着滑轮车跑过，一个男人孤独地坐在路边长椅上。我总觉得这样的男人似曾相识。

然后就到了卢塞恩，去走了著名的廊桥。桥建于七百年前，几经火灾，桥的梁柱上还残留着大火没有烧去的彩绘。桥建在堡垒的护城河上，桥边石塔，是引船舶入城的灯塔。这里给我留下至深印象的，除了廊桥，还有一座雄狮之死的雕像。这座岩石雕刻的主体，是一头表情痛楚、哀伤的石狮子，纪念的是1792年法国大革命时期保卫巴黎杜伊勒里宫时为路易十六战死的瑞士雇佣兵，马克·吐温曾说它是世界上最哀伤、最感人的石雕像。而这座中世纪古城最美好的年代，则在19世纪初至一次大战爆发前，维多利亚女王曾多次造访这座小城。

四

从圣哥达大道穿越阿尔卑斯山，这是连接北部欧洲与意大利的一条通道。不时飘过大颗的雨点，车窗外云雾缭绕，这样的能见度，雪峰只能时隐时现。

从"两湖之间"的小城因特拉肯出发，坐齿轮火车上阿尔卑斯山少女峰，至半途，车窗外已大雪纷飞。这里是阿尔卑斯山在瑞士的最高峰，火车站的海拔三千余米。山顶风大，站在玻璃屋子里看雪，那雪好像是布景一般。

火车往返五个多小时，我看着山下的绿色渐变为风雪世界，又看着皑然的雪山渐变成森林和草坪，好在带了一本小书，可以不寂寞。这本叫《马丁·盖尔归来》的小书是闵艳芸推荐我读的，写的是16世纪意大利一个"冒名顶替的丈夫"的故事。正义会迟到，但永远不会缺席，国内有学人据此写过一本《木腿正义》。我本来想把这本小书作为进入意大利的一次预习，但在摇晃的车厢里我很快就读完了它。

五

　　穿过阿尔卑斯山腹地，往南到了意大利境内，一下就感受到了几乎没有遮挡的阳光的热力。每年从5月起，亚平宁半岛就很少下雨。米兰，我记得它蓝得有些森然的天空为背景的那座哥特式教堂。达·芬奇曾很长时间生活在这座城市，至今城中心还有他和弟子们的雕像。水城威尼斯，是在波河平原向着亚德里亚海的一片潟湖上，其下密植的木桩，托起了这座水上城市。眼前时常闪回的一个场景：一千多年前建城时把阿尔卑斯山南麓的树几乎都砍光了，那些高大的树木顺着波河涌向下游，几乎堵塞了河道。我沿着海滨大道前往圣马力诺广场，一场突如其来的大雨把我阻在了一家路边小店，直到我坐船离开水城，雨还没有止歇。晚宿于PARK HOTIALE，这是一处行宫式的私家庄园。房间高敞，地板嘎然。晚上喝了点酒，在园内散步，夜空如洗，星子历历可数。酒店门口两棵枇杷树已结果，吃了两颗，如同老宅庭前那棵，味甚鲜美。

　　接下来到了佛罗伦萨。阿尔诺河穿城而过，带来丰沛的水汽，站在米开朗琪罗广场远眺老城区，河面是绿的，屋顶是红的，墙壁是黄的。我似乎有些明白徐志摩为什么叫它翡冷翠。一本美第契家族的传记中，有过对阿尔诺河两岸奢侈之风的描述，一切有仆人保姆代劳，贵妇只管享乐。市政厅广场前骑马武士的雕像，就是美第契家族第一代的科西莫一世。乌菲茨美术馆展出是这个家族14—15世纪的私家藏品。藏品率多宗教题材，圣母圣子，皆有平常的喜乐，到了圣父，始见血腥与暴力。达·芬奇十七件存世油画中的三件，这里存了一件《天使报喜》。创作《维纳斯的诞生》的波提切利，似乎也画过但丁的地狱图，这些是被惊悚小说大师丹·布朗写入他的最新小说《地狱》里去的。但丁故居自然是必到的，小巷深处那间据说是但丁出生的屋子里，一束利剑般的天光照着一块暗色的石头，这块石头是来自炼狱吗？有炼狱之处必有救赎，巴洛克风格的圣母百花大教堂，白色墙体簇拥着红色屋顶，是我见过的教堂中最华丽的。

六

我发出第一个音节 RO，我的舌面再滚过一个音节 MA，我来到了这座阳光之城。罗马的天空是深蓝的。异常强烈的阳光碰撞在高大、厚重的巨石间，切割下一片片阴影。这里是奥古斯都和图拉真的罗马，这里也是奥黛丽·赫本和格里高利·派克的罗马，那片圆形建筑下的街角就是派克骑着摩托车带着赫本飞驰而过的地方。我喜欢它建在七个连绵山丘上的老城，喜欢它门面窄小、长廊纵深的书店和街头随处可见的旧书摊，虽然我读不懂意大利文，但我习惯性地把一本本书打开又合拢。当我伫立在书摊边，我抬头就可以看到台伯河对岸的天使堡，看到河上的划艇和飞鸟，树荫下休憩的人们。

我的"罗马假日"就是这样展开的：先是在市政厅广场观摩一场天主教徒的婚礼，然后来到角斗场，在这里想象两种陈年的气味，看台上的香水味与斗兽场上的血腥味，两千年前罗马的贵妇们总是一边尖叫一边把大腿紧紧夹住。我行走在七个连绵的山坡上，乳房一样舒缓的坡度并没有让我有爬坡的吃力感。我走过圣彼得教堂，这里有伟大的米开朗琪罗设计的大圆顶建筑和他二十五岁时创作的雕塑《悲戚》。我走过许愿池，看了罗马城的城徽，母狼和它生下的两个孪生兄弟。我坐车经过威尼斯广场和旁边的威尼斯宫，墨索里尼曾站在这里一家酒店的阳台上忽悠他的人民。我还看见了总统府广场上的警察和盘旋在空中的巡逻直升机，有人告诉我，法国总统奥朗德正和意大利总理蒙蒂在里面商讨如何应对欧洲经济危机。然后，车队开走了，警察也散了。这一日的白天快结束时，我正站在万神殿里，我身边的空气里游动着金箔的分子，一束明亮的光线从屋顶的圆孔里斜射进来，似乎这束光来自公元1世纪前。

这个最强盛时连地中海都成为它的内海的庞大帝国，终于无可奈何地衰落了。我想到了爱德华·吉本在《罗马帝国衰亡史》里对之惊心动魄的书写。而在这个城市的最后几天里，最让我感念的是一个叫尤瑟纳尔的法国女作家。在《哈德良回忆录》里，她唤醒一个古罗马皇帝重新开口，让这个伟大的暴君和情人说出他一生的感官回忆录。我曾写过一首诗献给她，以感谢她帮助我建立了小说的坐标。在那首诗里，我小心翼翼地赞美了她的头发、帽子、精致的脸，我说她是珍异的（"如同金饰的鸣禽"），同时又是冰冷的（"像13世纪的积雪"），这是我读了她的《东方奇观》、《熔炼》后的结论。关于《哈德良回忆录》这本小说，她已经有很长的写作笔记交待了心曲，我认为她唤醒哈德良给马可·奥勒留写信倾诉，这一行为近乎"施展巫术"：哦，那宫廷里一夜夜的宴饮，金樽里的酒泛着细小的漩涡，弄臣们的歌喉太尖细了，姑娘们的裙子也太短了，却没有什么能燃起爱欲的火苗。

尤瑟纳尔准确地写出了一个权力崇拜者晚年时的无力，她把自己"代入"到了罗马城，也"代入"了一个垂暮男人的心灵。在这项长达几十年的工作里，她一直是在做减法，就好像拿着一把刀不断地删削自己，"削去乳房，露出胸骨，削去耻骨，露出黑暗"。在罗马的最后一个晚上，我坐在西班牙广场附近的一家酒吧里，还在想着这个近乎自虐的作家。是的，她在我眼里已不仅仅是个女人，而是一个伟大的作家。我想象着自己有一天也会和她一样衰老，把自己雕刻得只剩下最基本层面的存在，几场疾病，再加几场欢爱，而把所有的力量都投入到美和艺术的创造中去。因为，"时光的守恒律对谁都一样"。

草台红颜劫

从前的季候好像要比现在来得早。十一月落霜，收进晚稻，村场里就开始做年糕。刚出笼的米花是松软的，放在石臼里捣，再到案板上搓，一条条年糕码成垛，打头摆放的，做成元宝和鲤鱼状，寓意五谷丰登、年年有余，元宝极大，鲤鱼的眼睛嵌的是赤豆，这是越地的年俗，平常日脚里透着的喜气。

大雪酿米酒，元旦灌腊肠。民间里的喜事，都是轧着闹猛来。农闲了，稻茬干净，飞鸟藏，就到了唱戏文的时候了。戏台子扎在从前的祠堂，或是生产队的晒场，连唱三日是常事，五日、七日也是有的。唱的有武戏，绍兴大板，声可裂帛，还是文戏居多，送花楼台碧玉簪，楼台会，宝黛恋。戏班子，多来自相邻的上虞和嵊县。

小时候的菱池村，南首是姚江支流最良江。姚江源出上虞县的夏家岭。越州八府，余姚亦居其一，尽管后来划归宁波，余姚人心里，总与宁波不搭，反与绍兴有一种娘胎子里的亲。南至梁弄，北至五车堰，都与上虞地界接壤，霉干菜扣肉、鸡羹糊这般待客的大菜，固然一个口味，婚嫁习俗也是一式，就连说话语气，也都一口一个唔哉。这戏班子唱的，武戏文戏，全是越音，透着一股子乡人的亲切。

从前甬绍金三地，宁波人多去上海做小生意，金华人永康人往内地走，去江西串街走巷打五金，嵊县人则是组了戏班子到处唱，沿门卖唱、落地小唱、走台书，就是这么一路过来的。甬人实利，婺人耿直，绍兴人混大了有师爷式的精明，民风里却是尚素朴的，如黑的泥，也如清的水，这反而让他们的性情里生出了一种曲折和旖旎来。就说嵊县，旧说嵊县出强盗，出文士，强盗如王金发，文士如胡兰成，都是民国史里的有趣人物，起码在我看来是。偏巧这一百年来，嵊县也出美人，嵊县的美人，放到民国群芳谱里头，也是不遑多让的，那都是溪山人家结的珠胎，光华灼灼，见风长的。

　　越剧的前身，有叫吟嗄调（男班）、"四工调"（女班），开头是有山歌小调、宣卷佛曲的影子的。的笃班，则是因其伴奏至简，檀板一响，立成曲调。唱到上海辰光，至有越剧，乃是因地赋名。古有越女浣纱，今有越调传遍沪上各大舞台，这名也真是赋得好。汉语里的越，因其地处多雨潮湿的南方，自有番动人的风光在。越剧百年，惠泽南北，几成国音，到我母亲一辈，几乎人人诵唱，越剧名伶，几同今日超女，这全赖从男班改作了女班，从山溪村野走到了上海，而王金水、金荣水等一班早期男艺人筚路蓝缕之功，也是历历在焉。

　　王金水是嵊县施家岙人，史传说他长得身高体壮，早年租保柴山谋生，后与光复会往来，与一班参与反袁的绿林人物结交，往返沪嵊，经营旧衣、布头，为小歌班包饭。是他第一个开办女子科班，吸收年幼女子入科，早期越剧名伶施银花、赵瑞花、屠杏花，皆有其哺育之功。传说他为了支撑戏班，积蓄殆尽，把建房子的木料都给卖了。金荣水者，人称"矮尼姑"，一肚子传奇故事，是戏班教戏师傅，也近似导演，把那些戏曲本事，抄成单片，"赋子""引子"，对口清白，一一传授给那些不认字的女娃子们。更难得的是身浸梨园行多年，不酒不烟，不绮不色，可称行中君子。

那些从山野到了大都市的女子，她们的运命又如何呢？她们中的出挑者，被新兴的市民文化造就，成为一时明星，但女大当嫁，如花似玉的年龄，一涉婚姻的浅滩，几乎都是靠不了岸、着不了地的。男权世界，把她们作欲望的对象，而女孩儿们又少经人世，不懂自保。早年名伶小白玉梅、施银花、姚水娟，都是所遇非人，越剧十姐妹中的傅全香，与神州旅社老板朱翔云的那段婚姻，也是多有不堪，以诉讼离婚终场，以致她的姐妹，另一个名伶袁雪芬早早宣布独身主义，以规避骚扰和不幸的婚姻。而其中最令人唏嘘的，当是民国三十六年人称越剧皇后的筱丹桂仰药自尽。

在甘霖镇的施家岙女子越剧博物馆，我看过筱丹桂的剧照和几张生活照。生活照似乎是照相馆摆拍的，饰珠花，着貂皮，初看色不甚美，然天生一副俊眉，朗脸如月，体态亦好，怎么看也不是命薄之人。筱丹桂驰誉沪上八年，擅旦角，也会武戏，以致当年梨园界有"三花"（施银花、赵瑞花、王杏花）不如"一娟"（姚水娟），"一娟"不如"一桂"（筱丹桂）之说，而今美人尘土多载，珠喉玉音早成绝响，当年让沪人震惊不已的自杀事件又是怎么一回事呢？

她本名钱春韵，又叫春凤，嵊县长乐人，苦人家出身，幼年失怙，只读了两年义塾，就入了女子科班学戏。那科班叫高升舞台，班主裘广贤也是嵊县人，待这些女孩儿如同己出，不仅请来最好的教戏师傅，还像一个严苛的老父一样守护着她们的贞操。他雇了一位女管家照料女孩儿们的起居，巡演时也把她们看得牢牢的，不准与粉丝交往，不准收受礼物，等等，还以一种打"满堂红"的办法来训诫她们，只要一个女孩犯了错，班里所有女孩都跟着挨一次打。

筱丹桂是个有天分的女孩儿，学过的身段、唱腔过目不忘，还在学徒期就成了班里的头牌，初露头角，却是在宁波一座规模不大的戏院，兰江戏院。1930 年代，她跟着高升舞台已然走遍整个浙江，班主请了"四工调"创始人施银花这样的当红花旦来做客师，筱丹桂在同台献演中已学得一身本领。戏班在上海演出时，裘老班主已意识到，班规已管束不了女孩儿们跃动的春心，担心城市这头怪兽吞噬这些如花的生命，他遂又带着戏班回到浙东，在宁波、绍兴和嵊县等地演出。

这小姑娘嗓音甜润，扮相俏丽，她简直是为舞台而生的，婷婷娜娜一站上去开唱，真有让人如饮甘酿之感。她在宁波、杭州等地散发出的灼灼光华，已经引起了上海滩上一双眼睛的注意。此人名叫张春帆，上海梨园行的操盘手，也是她命中的克星。

张春帆也是嵊县人，在仅有的一张筱张合影上，他身着西装，头面光亮，模样如同上海滩上很吃得开的小开。张春帆原先做小生意，开过丝厂，看到家乡的女子戏班在上海大有市场，于是转做此行。此人读书不多，性贪，控制欲强，却也有慷慨、豪爽的一身草莽气，他聚集了一帮小兄弟，组建越剧雇主工会，自任会长，凭着打拼沪上多年的关系网络，此时已是上海梨园界最有权势的人物之一。

1938 年春天，高升舞台在宁波天然舞台演出，张春帆特意从上海赶来，一睹筱丹桂风采。一看果然是文武双全、唱做俱佳，即找到裴广贤，亮明身份，提出想把高升舞台聘请到上海恩派亚大戏院去演出。当时宁波已成危城，日军飞机常飞至开明街轰炸，裴老班主权衡之下，就答应了。筱丹桂迅速蹿红，封后，成为上海孤岛最耀眼的越剧名伶之一，当是此次重返上海后。据说她喜吃糖炒栗子，到电台录节目，总问新长发的糖炒栗子送来了否，新长发的三老板无意中听到，一闻听她去电台做节目就早早遣朋友送去，连带着这家炒货店也出了名，可知其当时声名之盛。

筱丹桂到上海不久就被张春帆控制了，她成了这个男人的赚钱机器，也是他明目张胆的外室。起初，她和其他女演员都住在浙东大戏院的后台，张得到了她之后，她搬到了楼上，与张及其妻儿生活在一起。到1947年筱丹桂自杀，这种不明不白的同居生活她已过了六年。

1947年10月13日，就在和袁雪芬、尹桂芳等姐妹为自建剧场举行《山河恋》义演一个多月后，"十姐妹"之一的筱丹桂在家中仰药自尽，一时震惊沪上。她的死法，是喝来苏尔眼药水，这药品并非自杀首选，可知也是事出突然，并非蓄意要死。这种化学名吗啉的药物，吞咽量多会灼伤消化道，可想筱丹桂死状之凄惨。

筱丹桂死后第二天，停放着她尸体的乐园殡仪馆成了公众关注的焦点。十二年前，一代名伶阮玲玉的葬礼也是在此地举行，筱丹桂之死唤起了这座城市的人们更多不堪的回忆。葬礼这天，所有剧场全都停演，全上海的越剧女伶都去祭奠，一时间，约两万名越剧戏迷和上海市民涌进殡仪馆，筱丹桂的一幅遗像也在混乱中不见了。越剧九姐妹在葬礼上指控说，是戏霸张春帆的虐待

82

导致了筱丹桂的自杀。不久，她们拿筱、张本事自编自演了一出叫《筱丹桂之死》的社会剧，在警局介入前，提前对张春帆进行了一场道德审判，并言明：上海越剧界不欢迎此人，将中断与之的所有合作，将之逐出越剧界。筱丹桂的这帮仗义的姐妹们还宣布，国泰剧院是筱丹桂生前私蓄顶进的，不允许张过问，将由她们来管理，以作为筱丹桂的坟墓和每年的祭礼费用，并把剩下的钱，交给她在嵊县的家人。

张春帆为开脱自己，唆使同乡朋友、手下小兄弟们编造了一个性丑闻故事，把一代名伶之死归咎于冷山——国泰越剧院导演兼编剧，一个受过西式教育的知识分子——的引诱。故事捕风捉影称，冷山与筱丹桂、张春帆都至为熟稔，对筱与张之关系也了如指掌，然冷山恋慕筱伶财色，欲加染指，乃设法编《秦淮月》一剧，描写一女子为环境所迫，最后跳秦淮河自杀，由筱饰此角，在跳河一场，为求演出逼真起见，特令筱在台上高处跳下后台，冷山则候于后台，俟筱跳落时将其抱住，《秦淮月》生意兴隆，共演百余场，冷、筱每场有此热情动作，久而生情，致筱与张春帆间之感情日趋恶劣。日后，冷、筱双方钟情，时通鱼雁，冷山一步步展开引诱，有时挟筱游乐，深夜方归。关于筱的死因，他们归结到了其性格悲剧上去，说她为一旧思想极重之女性，且惯饰悲剧主角，于其人生观影响颇巨，10月7日晚，筱与冷山夜游归来，为张严诘后，外界啧有烦言，筱一弱女子，不堪受此打击，遂于次日自杀，以求解脱云云。此一故事经小报记者翻炒，一时舆论都对勾引者冷山道路以目。

然据《大公报》随后发表的一篇冷山访谈称，他与筱并无男女情事，他素来钦佩筱持身谨严，他们只是普通的师生关系。至

83

于说到 10 月 7 日晚，他们的确是打算一起去看一部好莱坞电影的，但因为到影院电影还没开场，两人散了会儿步，讨论演技，因讨论太专注以致错过了电影场次。第二日一早，张春帆把冷山叫到住所，要他说出昨晚的真相。冷山发誓，自己与筱丹桂并无他事。"这由衷的誓言，却未能博取一个嫉恨者的怜恤，而终至于使一个弱女子萌短见，我感到惋惜与悲痛。"冷山说。

有一种说法认为，筱丹桂是因为做生意赔了钱，欠下巨款无力偿还，再加上生活琐事烦心才走的绝路。但随后坊间有调查称，筱的自杀不是因经济困难，其生前也无暧昧情事。在女演员们的要求下，张春帆不得不向充当调停人的黄金荣交出了一份筱丹桂遗留物品和财产清单。

警局也在试图查明轰动一时的筱丹桂自杀的真相，张春帆以"筱丹桂自杀案主要嫌疑人"为名被带走询问，在冗长的自辩书中，张把冷、筱关系说得很不堪，说冷山不道德，又说筱丹桂则是个糊涂女人，如果不是他的忠告，筱丹桂就会被冷山引诱。他一再强调，他是出于对筱丹桂"清白"的关心才向她施压，而冷山的引诱已经危及她的贞操。他的辩护未能奏效，警局经十多天侦讯后，认为张有"教唆自杀嫌疑"，将之押送地检处，准备向法院正式起诉。

专门研究上海女子越剧史的姜进先生在专著《诗与政治：20世纪上海公共文化中的女子越剧》里说，任侠的越剧姐妹们争着为死去的姐妹出头，"袁雪芬自称系局外人，唯因筱死得太惨，故以结拜姐妹关系，请求法院申冤"。书中还提到当时《申报》刊登的两幅照片，"版面的右方靠边位置的是身着长袍的张春帆垂头丧气，在警卫的押送下走进法庭；左边更靠中心的位置则是穿着朴素旗袍的袁雪芬，面带微笑，站在法庭前，面对记者；背景里是穿西装戴眼镜的冷山"，姜女士说，两张照片之间的对比非常有意思，"把冷山年轻的西式知识分子形象与年岁稍长的张春帆身着传统中式长袍的形象放在一起，而在前方的是面带微笑的、自信的袁雪芬。"

两个多月后，地方法院以证据不足宣判张春帆无罪释放。但此时的张春帆已经倒却了架子，他在上海梨园行再也混不下去了，他想独占筱丹桂遗产的阴谋也没得逞，筱丹桂在家乡嵊县长乐镇的一个兄长继承了她的财产和个人物品。

张春帆终究难逃一死，三年后，他被新政府的军管会判处死刑。

筱丹桂归张春帆六年，与其家室混居一处，即便如民国世界的开明，这样的处境想来也是不合人伦。张捧红了筱，使其有"皇后"之名，但也伤害了筱的戏路，使之粗俗化，此一遇合，也不知幸耶不幸。筱丹桂的遽尔自杀，张春帆自然难辞其咎，若不是他羞辱、虐待，筱丹桂又怎会走上不归路，但从此案调查中张的百般狡辩、把水搅浑的行径来看，他对筱丹桂真是一点情分也没有，生时薄情，死了，连起码的愧疚都没有。人怎么可以自私无耻到如此地步！筱丹桂的死，若是为这个男人，那真是白死。

秋渐渐深了，我来嵊州（嵊县已在1995年撤县设市）。高天流云，那云色渐至厚重，空气里就有了雨意。密云不雨，只觉得溪山是潮的，房屋、台门、石阶，都是潮润的。我来到甘霖镇的施家岙村，那里是女子越剧的萌生地，民国初年王金水翻倒稻桶建起小歌班的第一个舞台，就在此地。白墙黑瓦的老房子里，陈列着那些从山野走出的越剧名伶们的行头，宽袍长袖的戏服，平天冠，头上的珠花，只是那珠花的光泽已经黯淡了。而剡溪边的苍岩古镇，澄潭江在此处打一个小小的弯，溪山的明净，还是如昨，不见了的，是那些旧时的美人。

走过鹿胎山，再到城隍山星子峰北，再到河湾，听绿城的人说起宋卫平先生的越剧小镇构想，一路上，空气里似乎响着丝丝缕缕的越音。这越地的天籁之声，带着水汽和草木的清香，也有如晚风的幽怨，说着世情的凉薄和无常，却也似乎是我起了幻听。住在嵊州宾馆的那两夜，在我是平生里少有的半夜惊起。我从没有像如许的夜晚，感觉咫尺天涯的真切。那些从村野间、从台门里走出的越剧女伶们，这般近，又这般远，现在她们真的离我远去了。

1929 年的去莫干山之路

　　洪太太一脚跨进车门，又收进抬起的另一只脚，把身子在皮靠椅上安放妥帖了，伸手拍前面的驾驶座：

　　"迭个么事带好，别开快车，反正没啥急事，不要开太快。"

　　坐在驾驶座上的洪记者回过头来说，晓得嘞，太太。

　　洪太太有没有穿旗袍我不确定。这样一个初春的好天气，暖风儿吹得心都痒痒的，又是这样一场短途休闲旅行，旗袍、遮阳帽、防晒霜这样的行头，大概前一日都准备妥当了吧。海飞的民国剧里，上海的太太们穿了旗袍一个个风情万种，那好吧，我们的洪太太也穿旗袍的。

　　穿着斜驳领格子西装开车的洪记者，叫洪都，是上海一家小报的记者。这辆八成新的道奇是他不久前刚入手的，用报馆给他的年金加奖金。此行，他是请了三天年休假，带新婚的太太去莫干山乡下游玩。太太是上海人，上海之外的任何地方在她眼里都是乡下，她早就吵着要去领略一番乡村美景。按计划，他们将在莫干山共度两个晚上。"么事"不须太太吩咐，他也自会记得。

　　洪都带着他的新婚太太，从上海法租界出发，经北岸的闵行渡口，借由趸船接驳，再开上轮渡。轮渡一靠对岸，人车蜂拥而下。到路口查验驾驶执照，交养路费，全部手续一分钟搞定，不一会工夫，车子就驶上了通往杭州的公路。

去年秋天新修的桥梁已经完工，几条支路还在抢修，沿路可以看到有养路道班在填补路上的小坑，或整理路容。作为一辆新车的主人，洪都当然知道，新式汽车要尽量走光滑的路面，不能去碾压路上的硬物。要是硌起的石块打着了汽车底部的油箱，那就糟大了，车子停在路上抛锚，这对他和新婚妻子来说未免太煞风景。车和人都要爱惜，此行他要竭力避免类似的煞风景事发生。

所以一路上他完全遵照太太的吩咐，行车速度视路面情况而定。路况好时开得稍快，路况差时就缓踏刹车片。他特别留意不让车子碰到海塘工人掉在路上的石块，有时实在避不开去，车子前挡保险杠也都将石块撞走了，只从车子底盘下传上来微微的震感。

尽管是江南富庶地方，这年头乡下地面也不太平，政府为防备土匪抢劫，在公路上下要道出动了一些军警在巡查。特别是出了上海城二十公里外的乍浦，海盗流贼最易登陆的一段，连地方驻军都出动了，好几个路口都有哨兵挥着红绿小旗设卡盘问车辆。洪都的车因为挂的上海牌照，车子挡风玻璃前又挂了一张报馆的采访证，哨兵们都没什么留难，挥挥手放他们开走了。

带着植物香气的田野上的风，从远处新完工的海塘工程那边吹过来，洪太太嫌风太大，会吹乱她新做的头发，不让开车窗。即便如此，洪都的心情还是很好。

车子开了四个多钟头后到达杭州。春天的杭州是最好看的，西湖空濛，六和塔际横着一抹抹流云，城里还有许多有名的旅馆可下榻，西湖饭店、大华饭店、新世界饭店和蝶来饭店。但此行既然是陪太太来看乡村风光，洪都也就没有多作停留，用过中餐，又从杭州花一个半小时开到了莫干山下的庾村。

车子一靠近山下，春天干燥的空气立马变得湿润了。车窗外，满眼都是炫目的红花和淡红色的刺文垄尔香草（一种刚引进不久的香草），洪太太这个大上海来的女人看到如许美景，唯有惊呼连连。计划中他们是要在小镇住过一晚，消消乏，第二天再上山的，洪太太此时已是改了主意，恨不得化身小鸟只身飞将上去了。

为了舒适，他们叫了两顶轿子，一个挑夫。此地民风淳朴，上山的挑夫和轿夫都不欺生，也不用怎么谈价。洪都把车子停在了一处马厩稍作改建的临时停车场（因为跟莫干山车站配套的正式停车场尚在建）。看管车辆的，是镇上一个瘦得像竹竿的老农，他说车子可放心大胆停放过夜，放几夜都没关系，他不无自豪的语气也打消了洪都的顾忌："到现在为止，莫干山还未发现过偷车子零件的小偷呢！"

坐轿进山的路上，想着那个老农的话他就直想笑。晚上住进山上的别墅，沐浴过后，吹着山风看了一会竹海，熄了灯他又在太太耳边用德清方言学说了那句话：莫干山还未发现过偷车子零件的小偷呢……

结束这次短途旅行后不久，洪都写了一篇软文发表在上海小报上。这篇文章的题目叫《假期旅行莫干山》。不愧大上海记者，笔墨果然了得，看他流水账一般一一派来，读着却丝毫不让人厌嫌。文中他还顺便用略带肉麻的语气拍了太太的马屁，"她只要平静和舒适"，言下之意，他和他的太太都是有品位的人，此行呢，他们也是真的找着了乐子的。

考虑到洪都和他的新婚太太的这次莫干山之行发生在1929年庾村刚通公路不久，他这篇文章所夸示的中产阶级趣味又带有赤裸裸的招徕意味，几乎可以断定，他们此次的莫干山之行是有人买单的，这是一场提前预谋的广告行为。

在1920年代，距洪都陪他太太的这次采风稍早，去莫干山最惯常的是走水路——坐船从京杭运河过塘栖，再经德清老县城和武康镇，由避暑湾上岸至三桥埠，再雇一顶轿走不了多少路就可以到达山下小镇庾村。等到上海与杭州的火车通了之后，又多了个选择，坐火车到杭州，然后坐夜航船到三桥埠，再陆行到庾村。从杭州拱宸桥到三桥埠，每天也都有对开的小火轮，杭州人上莫干山，尤其是上了年纪的，都喜欢坐小火轮。洪都和他的太太这次上山，时当1929年春天，庾村刚通公路，镇口的莫干山车站刚刚落成，像洪都这样的有车一族就可以从上海经杭州直接驱车前来，省去了舟车劳顿之苦。

八十六年后的春天，我来莫干山，没有走水路，也没有开车，均速二百码的高铁把宁波到莫干山的距离压缩到了一个半小时车程之内。下过一点小雨，车玻璃上蜿蜒着水迹，高铁开动时巨大的气流把这些水线全都吹斜了。如此快节奏的生活，我们已见惯不怪，太慢了反而无所适从。车子渐近庾村，满眼的绿劈面撞来，下车看着青砖旧墙上的"莫干山车站"几个字，我突然觉得依稀相识，就好像从旧风尘中辨认出了什么，一时间想起了慢日子里所有的好。

车站。阜溪。餐厅。梧桐树。西饼屋。围墙和木条窗格。这一切在这天下午并不太大的雨中似乎都重叠了起来。我们一起来的八个人脸上都不由自主有了放松甚至懒散之色。这浮世中的散淡是多么的好啊，在这山下小镇里潮湿的空气中做一个散人是多么好啊。当模样俊俏的沈敏燕小姐在老车站门口端起相机对准我们时，我们每一个人脸上都不约而同地浮现出了假装在民国的真诚笑容。笑得最灿烂的当数海飞、陆春祥和苏沧桑。苏沧桑是公认的有民国范的旗袍美女，海飞写民国剧特别是抗战剧在国内名头响亮，陆春祥的萨克斯，本来就该在二三十年代类似和平大饭店这种灯红酒绿的地方吹的。

密匝匝的梧桐树叶掩映下的进山路，当年的传教士们走过，杜月笙走过，张静江走过，穿月白夏布长衫的蒋介石先生也走过，上海小报记者洪都和他的新婚太太自然也走过。只是洪太太他们来时，不一定能遇上民国退休总理黄郛和他的夫人沈亦云。黄郛武人出身，曾任北洋政府总理，民国外交部长，不做官了来这里办学校、养蚕，这样有理想主义情怀的人，我喜欢。他的夫人很能干，很漂亮，我也喜欢。20年代末黄郛经常上莫干山，有时一个人来，有时带着夫人，他那时候来大多是政治上的事太压抑，来散散心，还不算正式移居，德清的作家杨振华先生考证，黄郛在莫干山进行大规模的社会改良实验是在1930年代以后，他那个学校，还有蚕种场，都是30年代后开起来的。所以我断定，洪记者和他的娇太太不会真的在路上碰上黄总理及其夫人一行。

在这里最适合发发呆，有心事想想，没心事也可以不想，可着劲儿喝茶、吃瓜子，也有浮世里浅近的好。邀请我们前来的早生华发兄唯恐我们累着，安缇缦、裸心谷、新市，还有这里的庾村，一路安排下来的点都是让我们坐坐、喝喝、聊聊。到了晚上，他这个大忙人结束一天的公务又跑来陪我们这帮闲人喝上一杯，此中情意，实在可感。但是在庾村，我还是打点起精神，去看了所有跟黄郛有关的房子，去打听了跟他有关的一些事。

他那个蚕种场，好多年来都只是一个废园了。现有一帮年轻的设计师把它搞成了一个青年旅舍"茧舍"。红色铁皮的楼梯，屋檐下纵横的老式电线，高挺的梧桐树下的木地坪，一走进还是会有一种被旧时光包围的感觉。这年头的消费风尚就是这样。去"茧咖啡"的路上，看到墙上一块原木，刻了沈从文的一行文字上去，"在小羊固执而且柔和的声音与乡民平常琐碎的对话之间，存在着一种和谐，这河面杂声却唤起了一种宁静感"，窃以为沈从文的文字出现在这地方还是相宜的。只是他当年的藏书楼里已看不到一本书了，被改成了一个叫陆放的版画家的藏书票陈列室。陆春祥将有一本关于动物的书出版，看中了其中一款藏书票，不知是狗的，还是猫的，说回到杭州要请陆先生奏刀，也不知他这本书出了否，陆先生的藏书票讨到了否。

最后要说一下，庾村不是村，而是莫干山下的一个小镇。庾村的得名，跟老杜"庾信文章老更成，凌云健笔意纵横"里点赞过的那个庾信大有干系。南北朝时，这块地方，包括整个德清，都是庾氏一族的封地。杨振华先生告诉我，现在镇上已没有一户庾姓人家了。南朝入北朝后，庾信把全家迁到了江陵，自那以后，只有山上的墓舍和石翁仲记得这户曾经的贵族了。

从白云山馆到裸心堡

每次上莫干山，总要想起民国外交家黄郛。想起他清癯的脸，山居的苦闷，与妻子沈亦云的相濡以沫。今人爱看离奇曲折的爱情传奇，在我看来，他们俩相守于乱世，度此贫贱日子，那一点相惜与相敬，才是最真实动人的爱情。

当初夫妻结缡之初，同游镇江焦山，黄郛担心自己寿不永年，托妻子将来为自己写传。未料一语成谶，黄郛在抗战爆发前撒手西去，沈亦云晚年流落到大洋彼岸时，果然写下一本《亦云回忆》，记录下先夫的心迹之苦、行事之难，他与世浮沉中种种的伤心与委屈，也记录下她对这个男人的爱。这本书，今天仍是黄郛一生最好的传记。

她一直叫他"膺白"。膺白是他的字，意思是宅心纯洁。他是她见过的天地间最纯洁的男子。

1928年夏天，黄郛冒着大雨下山，去三桥埠接从杭州坐小火轮来的妻女。当他们上山时，雨水漫得满溪满谷，好几处都要涉水而过。他们摘下巨大的树叶遮挡手提灯笼，好照清前面的路，赶到旅馆时已午夜，女儿熙治在怀里都熟睡好久了。次日一早，女儿醒来，见山头屋宇，都在眼下，惊呼出声，以为与天已近。每每读及这一节，总有一种人伦的暖意。

他们俩一个志在山林，一个喜逐水而居，因为爱之深，她也答应了他，隐于这山中了。他们购入的莫干山509号，原来是一个叫琼斯的英国人的产业，有名叫春园，室内家具皆现成，床榻碗盏俱备，两人都喜简朴，乐得现成，用的都是琼斯家旧物。其他需添置的铺陈，包括器皿的颜色，亦都尚素雅。特多的是书，从天津搬回上海，又从上海搬来。在山麓盖了个藏书楼，家具、书架再从上海购来。卧室也一分为二，前半间作书房，后半间放床。

商量给这屋子取个什么名字好，两人几乎都脱口而出，就叫白云山馆吧。那是从两人名字中各取一字，也是珍重此生之意。

两人出则竹杖芒鞋，入则左图右史，常经岁不下山，在乱世中还真做起了一对神仙鸳鸯。此地虽为沪杭界上瞩目的避暑胜地，一年中也就盛夏时节人多，过了七、八两月，大多是空山不见人的。山上湿气重，字画都易发霉变坏，稍微名贵一点的都不敢挂出来。有时暴雨冲垮了山路，山下的食品送不上来，只好靠存粮度日。外人心羡他乱世中觅得这一别业，日常里日子的拮据，也只有自己知道。

此地有丝茶之利，却民生凋敝。黄郛顾念乡村为国家之本，以入山的庾村为中心搞起了乡村建设。办学校、办农民夜校、推广优良蚕种，各项事业一一开张，以至一时间，山上山下农人说起509号屋主人，莫有不知。他兴兴头头做着这一切，外人以为他要终老山间了，其实也不过是国难之际受命负责对日外交，焦头烂额、无济于事时的一个安慰。

整个世界都在以革命的名义遭受破坏，谁还会想到建设？今人提起上个世纪30年代中国的乡村建设，也只有这三个先行者了：

一个是在山东邹平的梁漱溟，一个是在重庆北碚的卢作孚，再一个就是莫干山的黄郛了。

这个男人喜欢园艺，一空下来就修剪庭院里的树枝。那个园子，用他的说法是门外千竿竹、园心一片松，总被他修得十分整齐。园艺之外，他对建筑也投入了无穷热情。他最得意的手笔，是把楼梯做成了壁橱，有三个方向分七个门，分别安放碗盏、报纸、雨具、煤油灯、蜡烛台，等等，事毕，他像完成了一个大工程般，叫妻女都来参观他的发明。他沉浸在这一大堆木料和石方中，乐此不疲。只有那时候，他才能忘掉外面那个让他忧心的世界。

四月，遍山始花，杜鹃花尤盛。亦云知二妹性仁是个爱花人，亦爱昆曲，就用《牡丹亭》中的曲语发去一信，约她上山看花："此地遍青山啼红了杜鹃。"性仁回信说，她到南京邀了三妹性元一道来，先回嘉兴老家扫墓，再上山赏花。清明时节，性仁、性元在山上盘桓整十日，临走添了不少大筐小包，里面都是山中的野兰花、野杜鹃，还相约明年再来。

春季花开，或秋季稻熟时节，是一家顶开心的日子。他们坐轿游山，从这村走到那村，有时借农家一席地，吃自带的干粮，或做一锅饭慰劳轿夫。山路崎岖，轿夫走得喘气，黄郛就下轿自己行走。唯当黄郛下轿行走，在后面的亦云看着心疼，日后忆及，总说"膺白惯走崎岖的路，像他在世时的命运"。

1936 年后，黄郛故去，但亦云觉得，只要继续留在山上，继续去做他留下的乡村改进事业，那么他就没有离开她。以后的十多年，莫干山的杜鹃花开了又谢，谢了又开，白云山馆阶前的荒草荣荣枯枯，遮没路径，四时的更迭，总触动她对亡夫的思念。她只是觉得，陪着他共患难的日子太短太短了。

95

她一直想写一本书，然而国事板荡，烽火未歇，战事激烈时，还不免流离之苦，她一直没有安心写作的时间。直到1950年离开解放了的中国，定居美国，她才开始写那本叫《亦云回忆》的自传。在书中，她说：

"有人以为记着历史是自沉于过去，我不敢。有人以为表彰身后，我亦不尽然。历史并非仅英雄豪杰之事，是成此历史的民族生活记录。亡国不能有历史，草昧难有记录，贡献一点事实，即贡献一点历史；历史的尺度，可能为人道的尺度。"

那一日，阳光和煦，作家张林华一大早就带着一帮朋友在裸心谷边喝茶边等我们。我读过林华兄以"晚生华发"为笔名出版的一本书《世道人心入梦》，知道他是武康三桥埠人。我问他，莫干山509号的白云山馆在哪个位置。林华兄遥指了指山腰，说了个大致方位，还说那一片的民国老建筑很多。

这真是一个到处都是故事的地方。在莫干山，随便一抬脚，说不定就踩到了一部民国史的沉香碎屑。除了黄郛夫妇购得的509号，我又识得了126号的皇后饭店，纯欧式风格，由浙江兴业银行大股东蒋抑卮于1934年兴建。410号的静逸别墅，原主人是传奇的湖州丝商出身的张静江。550号的松月庐，业主是上海著名船商陈永青。他把房子建在陡峭的山岩上，设计成了一艘船的形状，1948年"金圆券"发行前夜，蒋介石就是在这里与王云五等人秘密召开了币制改革会议。还有竹径深处的546号的林海别墅，原主人张啸林，547号的杜月笙别墅，那都是20世纪上半叶上海滩上最具传奇性的人物。

林华兄带我们去探访的裸心堡，人称莫干山1号别墅，或许因为它建造的时间最早，在这片老房子中资历最老。这个城堡原先的主人是一个叫梅滕更的苏格兰传教士医师。他是1881年来到中国的。

那时，这个年轻人刚从爱丁堡大学医学院毕业，受英国基督教圣公会指派前往中国。和他一同出发的，是他未来的妻子、十九岁的护士南丁格尔·史密斯。他们来到杭州，是来接手一家有着教会背景的医院——广济医院（浙医二院前身）。

梅滕更医生在这家医院服务了四十五年，从一个帅小伙干成了一个白发苍苍的老头，1926年退休后回了爱丁堡。到他离开时，广济医院已经从一家简陋的小医院，成了全国最大的西医医院之一，可以照护四千多病人。

在杭州时，梅滕更对城市北部靠近湖州的莫干山特别钟情。大约在1890年前后，时年三十五岁的梅滕更来到莫干山，立刻爱上了这个风景如画的地方。他说："这是一个极好的地方，它这样安静、平和，这里有阴凉的小径，竹林也很美，悲痛的孩子们一到这里，健康状况就开始改善。"

不久，他就买入了位于炮台山的一块地，开始在这里建造一个英式古堡别墅，即莫干山1号别墅。别墅建好后，据说林子里还有网球场和游泳池等。他除了带全家来这里避暑，广济医院的员工也轮流上山避暑，一些教会人员和重要的捐助者也在此接受免费疗养。

据说梅滕更每次上山时，都会出钱雇一个当地信差，手提铜锣边敲边响，"梅医生上山喽！"这样，他还没进家门，病人们就已在古堡前排着队等他了。有好些还是麻风病人。

那个时候，麻风病是一种极为恐怖的病，几乎到了令人谈之色变的地步。梅滕更一直在收治麻风病人，直到今天，当地还流传着梅医师舍身行医的故事：在圣约翰教堂，梅滕更和他的医生们与麻风病人围坐成一圈领取圣餐，同喝一只杯子里的酒。

1926 年梅滕更回苏格兰后不久，中国发生了革命，南方革命势力推翻了北洋政府，建立了名义上大一统的中央政府，张静江出任浙江省主席。张在国民党内是一个中间偏右的人物，他治浙时，致力于把莫干山上的一些外国人产业收归国有，莫干山 1 号别墅曾经挂过莫干山管理局的牌子。后来，梅滕更的长子梅雪亭与国民政府打官司，城堡又还给了他。当时张静江为江南汽车公司董事，后又以公司的名义从梅雪亭手里买下城堡，并改建为绿荫旅馆，招待政商两界的要角。

曾经的莫干山 1 号别墅已经在 1960 年的某一个雨夜倒塌了，我们现在登临处，乃是它的一个转世。去年刚建成不久的"裸心堡"，从外形看，它和老古堡一个模样。它现在的主人，是一个中文名叫"高天成"的南非人和他的中国妻子叶凯欣。

这个南非人是威士忌和飞蝇钓的爱好者，也喜欢到处穷游。他讲了一个重建古堡的故事，也是一个与酒有关的故事：

1997 年，他和女友去苏格兰旅游，来到靠近爱丁堡北部的位于克里夫的"格兰塔"酒厂（那儿离梅滕更的家乡不远）。他参观了酒厂并品尝了不同年份的陈酿威士忌，立即爱上了它的口感，并花了仅有的十五镑买了两瓶。他说，这种威士忌的口感既不甜也不属烟熏味，味道之特别，在于你第一次品它时不会感到惊为天人，但回味足够悠长。

十年后，已经在莫干山建成了首个度假村裸心乡的高天成在山上的一次骑行中迷了路，他说，"那是个美丽的意外"。因为那次迷路使他和妻子在山顶的森林中发现了古城堡的遗址，并且知道这里就是传奇的莫干山 1 号别墅。然后他有了一个愿望，把埋在地下的城堡遗迹清理出来，复原这个古堡。

2015 年，施工中挖掘到了一块刻着 Glengurret（格兰塔）的巨石，当时这块石头已经与其周围的泥和土连成一体了。看着这几个字，高天成想到了十八年前对爱丁堡格兰塔酒厂的那次造访。他觉得这一切太奇妙了，就如同这种威士忌酒本身，如此耐人寻味。

他想搞明白，一百多年前，梅滕更医师建造这个古堡式别墅时为什么要在巨石上刻上这几个字。格兰塔酒厂的老总说，他们也不明白梅医师为什么要在这块巨石上刻这几个字。一名来自布里斯托大学的中国问题专家推测，这是梅滕更为城堡取的名字。梅滕更来中国前，曾在格拉斯哥一个船场工作，那里有艘船，就叫格兰塔。

"裸心堡"落成时，高天成把梅滕更的名字刻在了一块石头上。"大卫·邓肯·梅滕更，1856.06.10—1934.08.30"。或许在他看来，他来这里开发民宿，说到底和一百多年前那个传教士医师做的是同一回事。他们还有共同的一点，对莫干山都是一见钟情。当然，这个南非人不可能知道民国外交家黄郛的名字，更不会知道黄郛夫妇在莫干山所做的乡村建设，不然，一定要引黄郛和沈亦云为前辈了。

转塘一夜

雨下大了。雨在车子驶入杭州城的时候就下大了。光线昏暝的杭州，才下午4点就提前进入了傍晚。车子穿过杨公堤，视野被道旁的林木阻挡，看不见湖面。那些数十年树龄的梧桐，枝干在雨中泛着青亮的光。风吹落叶，把路铺成了金黄。现在天是真正黑透了，对面的人影都像皮影戏里一样影影绰绰了，可是这吵吵嚷嚷的转塘小镇为什么还不转入夜晚该有的宁静？雨中的呼喊声、汽车喇叭、摩托车引擎发动声，市集的叫卖、杂沓的脚步声，把转塘像一只软木塞一样浮在满天地的雨水中。问了三次路，打了两个电话，转了两次车，我们来到了L任职的学校，美院的一个分院。他在这里开办了一个小型的画展，我们就是为了看这些画而来。车门打开，咂咂的都是脚踩进水洼的响声。我一眼就看到了被雨水浇得透湿的L。长发，方脸，燃烧着什么似的眼睛，这就是我初识L的印象，像一个恋爱中人一样的热切；满身的雨水，又让他像一个失恋之人一样落魄。他打着伞为什么还会淋得如此狼狈，就像刚刚经历了一场剧烈的雨中奔跑？这个问题在穿过传达室狭窄的门廊去展厅的路上就开始困扰着我。

展厅看上去是学校的一个会场，又像是食堂的大厅，简易而寒伧。墙上的画，据L说是他十年习作的极小的一部分，大多是

素描的人像和速写的山水。路，石，桥，亭子，教堂，田野，草
垛，富春江，花和芦苇，市镇，雪天的屋顶，道士，农妇，画家
的妻子，唱歌的女学生，一只抚琴的手，发廊女，和孩子在一起
的少妇，围着围巾的少妇，车厢里的旅人……有一些装了框，还
有小部分就裸在这水汽浓重的空气里。枯瘦、狂乱的线条，黯淡
不明的光线，四处透风的大厅，我就像来到一个穷人的屋子里对
着他寒伧的一屋子旧家具。在展厅的门口我们和L都合了影，是
郑勇用随身带来的数码机拍的。他们还在看画，我一个人走到门
口，在廊柱上看一张雨水打湿了的吹卷上去的海报，是关于L的
这次画展的，印着的是他的两幅素描，一幅是个佛像，宝相庄严；
一幅是一只豹，飞扬的线条让它像在云中腾挪。它们看起来似乎
比里面的原作要漂亮得多。站在廊前抽了一根烟，同行的几人还
没有出来，远远地看着他们站在画前虔敬的样子我不由得怀疑起
了自己的浅薄和无知。晚饭后，画家带我们去他小镇上的家。
从小酒店到他家，大约一里路。无数个转弯和满地的积水像是把
路程拉长了好几倍。雨还在下，路灯下尤加细密，金色的蜂群一
般乱舞。出了小酒店我是与林可同一把伞，一半路程后我又与画
家同一把伞。画家擎着的伞整个地倾斜到了我这边，这样他没干
透的半个肩膀又全湿了。这是一幢六层居民楼的顶层，楼道没灯，
我们摸黑而上，雨水从敞口的天窗直射而下，整个楼梯全是蜿蜒
的水流。进了门，画家找出仅有的三双鞋子给我们，而他自己穿
的再也找不出一双。"我的皮鞋里全是水，索性就赤脚了吧。"画
家说。他真的脱了鞋袜在塑料地毯上走来走去了。L这一不爱惜
自己的行为遭到了林可的反对，一阵争执后他才不得不穿上了她
换给他的鞋子。

这是学校安排给他的一处宿舍。五十平米，也可能六十平米。布满水渍的墙面像是梦遗者画的一张床单地图。桌上是一大堆蒙了尘的碑帖法书，黄宾虹的画论，《千家诗》，家谱，一本台湾故宫藏画的画册。床边散乱地摊着一套六卷本的勃兰兑斯的《十九世纪文学主流》和一本翻开一半的钱穆的《晚学盲言》。L说，他的妻子带着儿子住在杭州，平时这里就他一个人住。一屋子的古旧家具，桌、椅、书柜、茶几，式样大多是明式的。看得出来L是多么的喜爱它们，手指落上去都像是在轻柔的抚摸。这是紫檀。这是红木。这是酸枝木。这是香樟。这是小姐闺房的坐凳。这是床前明月光里的床，胡床，是的，李白说的床就是这样的一把椅子。这是臂搁，古人写字绘画时搁手肘用的。这是器物表面的包浆，它吸收了人的精气，就在表面形成了这样光滑的一层。从L嘴里出来的话像一匹奔跑的马总也到不了终点。这时的L神情飞扬，眼睛明亮，一扫傍晚时分的疲惫。桌上隔夜的残茶还没有倒掉，水渍也没有用抹布擦拭，他甚至顾不上向客人们问一句要不要喝茶。L接下来向我们展示的物品还有：瓦盆，陶罐，坛子，盛满了泥土的钵，笔筒，古墨，缺了口子的石砚，青田石，鸡血石，佛像，各式的玉器，碎瓷。他沉浸在这些器物自身流露的纹理、成色、光泽里，像一个孩子在客人面前细数他所有的珍藏。他用宁静两个字描述这些器物带给他的感受。"很多时候我连走出这间屋子的必要都没有，宁静就这样降临了。"林可好几次这样问他，可是你发现了吗，这一屋子中，安顿你自己的床是最简陋的？是的，是的，我知道。画家的口气有些不耐烦起来。

雨越下越大了。窗外的市镇，没有灯光的地方像大海上的岛屿一样沉灭了。好像是要同窗外雨声的聒噪抗辩，L的声音响了起来，语速也越流越快。他说他从学医到学画的经历，从对古典主义、表现主义的迷恋到转向中国画的经历。说他的妻子，他的病，他的朋友，他的流浪。从画家的嘴里依次飞出的词语有：设计，学院，1995 年，中药，温州，肝脏，拒绝，画展，德国，里尔克，宁波大学，物缘，儿子，床，艺术家，宋朝，女学生，疲惫，瓷器，诗歌，从宁波到杭州，纪念，知识，器材，线条，恐惧，道路，宁静。内心的焦灼和紧张，使他长久以来一直玩着一种类似于双手互搏的游戏，看得出因为有了我们这些听众／论辩手，他的神经高度兴奋着。他说着说着会笑将起来，露出没有被烟垢所污染的洁白的牙齿，白得就像一副假牙。这富有感染力的笑却是转瞬即逝的，像风过池面不起一个皱褶，当它们被他吝啬地收敛起来，他的脸相又严肃持重得像一块沉思的花岗岩石。

我看着他的眼睛。很多时候我都不这样看人了。那是冒犯和不敬。我看着他的眼睛，是因为从它瞬息的燃烧中辨认出了自己的影子，或者说，一个从前的我。这和你看一本小说，从中辨认出自己模糊的脸孔不一样。现在，他离我是那么近，我的从前，或者说，另一个我与我是那么近，这触手可及的近，因其动魄惊心让我的感觉迟钝了。起码看上去是这样，我坐着，木木的，没有表情，一支接一支地抽烟。好像除了抽烟我不知道做什么了。他内心的佛像和豹子我不知如何去描述。他话语的洪流我不知道怎么去泅渡。我羞愧的是，我真的不是一个好辩手。我已经好久不与人争辩什么了，连内心里争论的功课也久已不作。但这样的眼睛你看过就不会再忘记，热切的，迷惘的，纯净的，像羔羊的眼睛，人群中，你一眼就会把他认出来，认作你的同类，你的兄弟，你的前生。

河边的教堂

长篇小说的写作如同一场令人绝望的长跑。行进途中，我总要停下来小憩一番，回头看看来路，重新校正目标，分配体力，随手写下一些创作手记。写作《赫德的情人》那两年，这些零碎的笔记中总是出现一座教堂的影子。

这座位于我居住的城市三江汇流入海口（余姚江、奉化江和甬江）江北岸的天主教堂，迄今已有一百四十余年历史，它嵯峨的哥特式外形向世人昭示着这个最早开埠的城市昔日的荣光。我对这座教堂的喜爱，一是因为它足够的老，一是它视觉上惊人的美艳。有外地朋友来宁波，我总是愿意陪着他们去那儿吹吹浩荡的江风，看看天主堂森然的高墙和钟楼。我总觉得，在这座充满着咸涩海风和浓厚商业气息的城市里，它和另一座古老的园子天一阁一样，都是少有的带有精神气息的建筑，承载着这个海滨城市生民的文化记忆。如果说有什么区别的话，后者来自古典的深处，而这座天主堂则是近代化浪潮最初涌上古老大陆的一个物证，一个历时一个半世纪依然鲜亮的纹章。

姚江从慈城、余姚方向一路逶迤东来，奉化江则自南而北以一个巨大的弧形擦过这个城市的外廓，它们在这里汇成一个浩大的水面，在更早的 17 世纪初期——那时还是明朝，这里就是酷好冒险的葡萄牙人的乐园。再过一百年，鸦片战争的炮声初歇，英国人和法国人来了，一种异质的文明从这里登岸，溯着河道向着内陆腹地蔓延。这些得风气之先的近代口岸城市里，那些高鼻梁蓝眼睛的外国人总是选择临水地带作为他们最初的栖息地，上海是黄浦江边，温州是瓯江中央的江心屿，在宁波，则是这一片三江汇流处狭长的三角地带。

于是有了领事馆、海关、邮局，有了公园、下水道和宽阔的马路，一种迥异于传统农耕文明的新式文明在这片三角洲地带慢慢出现了雏形。它不像上海租界的庞杂，但小也有小的好，精致，细巧，不招眼。随着三百里外的上海这座城神话般的崛起，更多的外来人士越来越把这里作为初到中国的一个跳板，一个去往更大码头的中转站。所以这块江北岸三角地带从来没有长成为租界，而一直潦草地被称为外国人居留地。在我那个小说故事刚展开的19世纪50年代初叶，日后名满天下的大清海关总税务司罗伯特·赫德刚来到宁波时，这座城里常住的外国人不过数十人。领事官员和夫人、翻译、侍女、船长们，天主教会、新教和美国北长老会的教士们，这个小小的社交圈几乎囊括了当时这座城里所有的外国人。后来他们都离开了，丁韪良去了北京，日后他将在那里成为京师同文馆总教习；领事夫人们要么回国要么去了上海；更多的传教士都去中国内陆旅行传教了。而我的小说主人公——一个情欲鼓胀且野心勃勃的青年，也在与这座城里一个姑娘热恋三年后去了潮湿多雨的广州。但还是有一些人留了下来，比如从英格兰来的奥尔德茜小姐，一个终生未婚的老处女，就一直在河边那排狭长的平房里办着中国最早的女子学校——甬江女校。

那时候还没有这座教堂。尽管天主教在本城活动已不下三百五十年历史，到了康熙时代，又有五名天主教徒因钦天监正南怀仁的邀请来此地传播福音，但此后的雍、乾、嘉等朝，因朝廷明令禁止，宁波的教务基本没大的推进。1850年代初期丁韪良在城中布道，二十出头的领事馆翻译赫德曾亲与闻焉，他们做礼拜的地方乃是在府城附近的药行街天主堂，而不在江北岸。"昨天，一只狗跑进了丁韪良牧师讲道的屋子"，赫德兴致勃勃地记载道。可知那时候这个城市的心脏地带，还如一个大村庄般杂乱无章。

一直要等到赫德和他的朋友们离开这座城市将近二十年后，这座名为"圣母七苦堂"的天主教堂才在江北岸的三角地带矗立起来。而究其缘由，是因为一个叫顾芳济的法国人被罗马教廷任命为了浙江主教，且专驻宁波，他在准备建造主教座堂的时候，把目光投向了甬江边岬角上的这块空地。于是在官府的支持下他购进了这块地，在这里开设医院、育婴堂，于1871年前后开始动工建造这座教堂。

最后的工程是在继任的"苏主教"的主持下完成的。查遍本城的教会档案，没有发现此人姓名，只知也是一个法国传教士。在这片水宽云阔的地方，这个兢兢业业的传教士积数年之功，建起了一个由主教公署、本堂区及若干偏屋组成的庞大的建筑群，可容纳上千人的礼拜堂没有用一根横梁，全用拱券代梁，尤其是后来增建的钟楼，尖顶直指苍穹，纯系哥特式风格，成为本城一处著名地标，可称是近代东南口岸城市建筑最为精美的一座天主堂。

及后，浙江的天主教分为了浙东、浙西两个教区。大约从1884年起，一个叫赵保禄（Paul-Marie Reynaud，1854—1926）的法国传教士来到宁波，接任浙东区主教一职。这位主教大人在江北岸天主堂度过了四十余年时光，晚年回到巴黎，于1926年去世。死前他立下遗嘱，执意要把灵柩运回到他度过了大半个人生的这座教堂。按照日后来到温州传教的循道公会教士苏慧廉的说法，在东方这片到处滋长着贫穷和不公的土地上，传教事业总须与教育、医疗、慈善齐头并进方能收获一个个的灵魂。赵保禄在本城传道的同时也做了大量救济事业，建造学校、养婴堂，兴办实业，以致坊间哄传"道台一颗印，不及赵主教一封信"，穷民无告者大量入教寻求庇护。但教民自恃有教会撑腰横行无忌的事也屡有发生，是以在清末民初的宁波，赵保禄的名声毁誉参半，地方史上即有"光绪间天主教最著威名之大教士为赵保禄，宰割一府生灵而官无力制止之"这样的痛贬之语（《鄞县通志·文献志》），但从他死后还要万里迢迢归葬宁波这一举动来看，他对此城的用情之深还真是令人动容。

国人大多无宗教信仰，但本城的几所教堂，一到礼拜日，总是人头济济。某年坐温州到宁波的高速大巴，我在车上读一本史景迁的《胡若望的困惑之旅》，坐在边上的一个年轻人不时打量我。车子驶进休息区，他终于忍不住跟我攀谈起来，问我是不是信教。他说他是一个基督徒，他的父母也都是。这些教民，是不是当年顾芳济、赵保禄、苏慧廉们在东南沿海播下的种子呢？事实上天主教在宁波的传教事业还是成功的，据1882—1891年浙海关十年报告称，约在1891年，全浙基督徒共一万三千二百二十五人，其中天主教就占了三分之二强，达九千人。在赵保禄的悼词中也有说，他初到宁波时，当地教徒才六千人，到1926年他去世时，教众已达五万人。

有个老先生说，50 年代初的宁波城经常遭到败退到台湾的国民党空军轰炸，当时还是孩子的他经常跟着大人跑警报。刺耳的防空警报一拉响，许多人家就拖儿带女往江北岸教堂里跑，教堂的大门敞开着，他们跑到宽敞高大的穹顶下才放下心来。有好多次，炸弹在不远处的江面和码头附近轰然作响，但没有一次落到教堂里面来，如有神佑。更多的年轻一代，他们没有那么多沉重的记忆，更喜欢把异国风情的老外滩和教堂作为拍婚纱的背景。

我不是这个城市的原住民。我的老家在姚江上游五十里外的一个县城。对宁波这座城的许多地方，我没有老底子本城人的那种彻骨记忆。在这座城里居住了十余年后，我也慢慢喜欢上了这里，喜欢上了三江口带着海水腥味的大风，这里的中马路、外马路，教堂的筒瓦楼和高高的钟塔。但即便是每年的圣诞节教堂里有盛大的庆典，我也很少进到它里面去。我更喜欢的是站在甬江大桥上，透过树枝间的空隙看教堂十字形的攒尖顶，看老外滩边上热闹的人群，看远处的河。河床像一个妇人的身体一样宽大，春夏间总是满的，到了冬天枯水期，两边的河滩都露出来了。教堂、河流、桥梁，看着它们，我会想到爱与黑暗，想到黑而又黑的情欲之花，有时我的身体是鼓胀的，有时又要命的空虚。那一刻，总是恍若前生。

2014 年 7 月 28 日早晨，我从朋友们转发的微信上看到了烈焰中的江北岸教堂的一张照片，一开始我还以为是谁恶作剧，但随着网络上的火灾现场图片越来越多，我相信了可怕的事已经发生：这座在河边静静矗立了一百四十年的教堂被一场莫名所以的大火毁了。这天傍晚，我特意开车绕上甬江大桥，远远地，我看到了被烟熏黑的钟楼，看到了被两小时的火苗燎过后可怕地塌陷的礼拜堂，我为美的毁灭而惊心，更为一段恒长的记忆被强行割裂而痛心。天渐渐黑了，空气、河水、断壁、树的影子，全都融为了一体。我想起了《哈扎尔辞典》里的一个场景，哈扎尔首都的许多华丽的房屋被烧毁了，但好长一段时间，这些房屋的影子都萦然不灭，这些影子对着河水迎风而立。我长久地徘徊不去，是想在河水中看到教堂的影子吗？

失踪的诗人

我的写作是从一个南方县城开始的。一条河穿过县城，把它分成南北两片，我的老家在城南郊外。那里属于城乡接合部，一条砂石路面的马路把县城和郊外分隔开，上世纪 80 年代初，空气清洁，县城还很清净，从我老家的村子到城里，还隔着一片几百米的田野。这场景，很像是艾丽丝·门罗那些以小镇为背景的阴郁小说的故事发生地。

一个城乡接合部出生并长大的孩子，要比别的地方的孩子更早体验到，这个世界从他一落地开始就是人为地分成两部分的，人跟人是不一样的。这种不一样如同烙印，轻易不得改变。在我今日看来，这种生存环境影响了我和我的同龄人，塑造了整整一代人的精神底色：游走，疏离，爱梦幻。

从十六岁开始，我就试图要逃离我出生的那个村子。从村庄到县城不过五百米路，但要走完它却得耗上好多年，还要经过考学、分配等一个个环节。1987 年夏天，我终于有了县城的一个户口。对父亲来说，这是我的成年礼。他送给我的礼物，是一辆 28 寸的永久牌自行车。

我骑着这辆自行车跑遍了县城的每一条街巷。工作第一年，我上班的地点在城东的酱园街，那里有一大片明清式样的老房子，小巷逼仄，两边都是店铺。东朝街、三观堂、工人路、高阶沿路……每天早晨和黄昏，我骑着车子，按动着轻快的铃声，风鼓动我的衣衫，那感觉就像骑在一匹奔跑的白马上。

那时候我开始了写诗。我狂热地迷上了那种分行的句子。我觉得，那种如波浪一般层层叠叠的句子，呼应着的就是我内心里的节奏。我对着大雨朗诵埃利蒂斯的《疯狂的石榴树》。我像欧洲未来主义派诗人一样把自己关在屋子里"自动写作"，任由梦呓般的句子把我带走。我还把诗歌习作抄在一页页白纸上，贴满了宿舍的整面墙。当然，在县城里我也开始有了一些同道。

最初，我记得是1988年端午节后，我接到通知，去工人文化宫参加一个诗歌座谈会。那是文化宫二楼的一间小屋，楼下的溜冰场里满是沙啦沙啦的嘈杂声，我和一些同样年轻的男男女女坐在一起，在高分贝的噪音中相互介绍和认识。初见面时，我们的神情是惊讶的，欣喜的，又有着小小的不安和羞怯。我从来没有想到，在县城里，竟然还有和我一样爱梦幻的人，耽于句子魔法的人。

我真的是被这种魔法给蛊惑了。我不再到处游走，我的夜晚全都交给了图书馆，交给了我新结识的这帮朋友们。我和这些新结识的朋友们在铁路边、仓库里、宿舍里彻夜谈论诗歌。我觉得诗歌就是那种血液里不安分的东西，就是那种把我们大家都团结起来的东西。

我们常常争论，彼此毫不留情地抨击对方的诗作，这使我们刚刚开始的友谊时常面临危机，更使我们脆弱的自尊心一次次饱受打击。可是又有什么办法呢？我们就是这样相互需要着，把对方视作自己的影子一般需要着，即使今天饱受嘲笑和奚落，明天还是要在一起。后来我慢慢明白了，跟别人争论只会产生唾沫，诗只能产生于跟自己的争论，我就慢慢学会了沉默。

我们成立了一个诗社，是县城里第一个现代诗的社团，我们没有去加入诗坛的主义和流派大展，就自己闹着玩。我们还办起了油印诗歌刊物。印刷和装订是在高阶沿路一个朋友家里，记得有一夜，装订好诗集已经很晚了，我们在月色下沿着墙根走，那心情就像刚刚印刷了革命传单一样激动。

我曾经和一个在精神病院工作的诗友坐在他单位宿舍的门口，谈了大半天诗歌。当我们沉默下来时，我注意到，经过的医生和病人都在盯着我们看。还有一个在乡镇企业跑供销的诗友，总是招呼也不打一个，就浑身汗臭地突然杀奔过来。他是在外省跑供销回来的途中，经过县城，找上门来借宿的。幸好他不会向我推销他的无线电产品。还有一位我非常尊敬的兄长，他那时候是粮食局油脂仓库的一个仓库保管员，是我们中写得最好的，80年代末已经在《诗歌报》发表组诗了，他看我可以造就，时常过来点拨。我记得秋天的一个晚上，我们在铁路边坐了整整半夜。一列列绿皮火车和装着货物的敞篷火车打着雪亮的前灯，在我们旁边经过，掠起巨大的气流，他就着昏暗的路灯，读了我带去的一卷攥得皱巴巴的诗稿，肯定地指出，我身上有着写诗的天赋。这样的话从一个诗人的嘴里说出，让我感到了巨大的幸福。他的话如火车前灯一样犁开了眼前的黑暗，让我震惊而激动，我连说话都打起了结巴。

我们都不知道自己想要的是什么。我们只知道，内心里有一个梦，很大的梦，只有虚无的文字世界可以承载。于是我们拼命似地写，没处发表也写。写完了，如同一场长长的倾诉结束后的疲惫，一段时间的平台期后，又周而复始。

他们不知道，那时候我已经开始秘密地写小说。我不敢说我在写小说。我觉得这是一桩比写诗更私密的行为，如果多一个人知道，就会让我多一份羞耻感。那时候我经常听人说起一个青年小说家，二十来岁，住在工人路附近，去鲁院读书时和余华同过班。我远远地见过他一面，只记得他脑袋硕大，黑瘦的脸，眼神忧郁，烟抽得特别凶。但我没有跟他说一句话。后来他患尿毒症死了。我记得余华是写过一篇文章纪念他的，但一直都没找到，就好像这个人、这篇散发着死亡气息的文字，全都失踪了一般。

十几年前，我离开县城时，一个诗歌年代已经回潮，我的这些朋友们也大多不写诗了。或许他们还在秘密地写作，但在继起的一个网络时代里，从传统的文学期刊到 BBS 剪贴板、博客空间，我已很少看到他们的名字。在写作的道路上我再也找不到他们，渐渐地，在日常生活中也不再有他们的音讯。

写作的路，和生活的路一样，遭遇了，相伴走过一程，然后就不再相见。这样也好。但我还是会经常想起这些写作路上的失踪者，他们的社会身份是乡镇企业推销员、仓库保管员、精神病院医生、中学代课教师，但他们都曾有过一个共同的身份：诗人。今天我已经很少有机会再见到他们，但我知道，他们在这世界的某一处，在自己的世界里，生活着。不管时世如何艰难，生活如何疲惫，他们的梦会一直在。

向西，向西
——从天水到敦煌，或事物的秩序

　　出西安城，沿渭河向西，秦岭分列左右如两排青色的屏风，时而在天底下横着，时而又奔突到眼前。车过宝鸡，才真正进到它的心脏。从西安到甘肃省的天水，一路相随的是在岭坡上出没的陇海铁路，和粘滞浑黄的渭河。

　　万物各归其位。世界有着它恒定的秩序。路，桥，山，水；山上的树，石，鸟，虫子和流云……千百年来怕就是这样的吧，甚至人，又有多少改变呢，一样的族群，血缘，表情，甚至活法也是沿袭直至今天。有一个比喻，岩中花树——四百年前我的一个同乡（他那时的官职是明朝蛮荒之地的一个驿丞）被放逐到湘黔道上时说过一番很有意思的话，大意是，我未见岩中花树，则它与我同归于寂，待我一见它，世界便生动起来，于是知心外无物。一个人一生中又有几句话能让人记住呢，能成为智慧传灯的更不会多。我对着变动的山川默默地说：万千世界的物像，都进到我的心里留下你们的投影吧，因为心要给你们一个秩序——如此，世界才真的"生动起来"。

　　出行前，匆匆忙忙抓起两本书放进已塞得很满的行囊，一本是福柯的思想传记，一本是写得风华而又糜烂的《唐代的外来文明》，原名又叫《撒马尔罕的金桃》的。我计划在旅途中把它们看完，再不济也可以解解路途上的乏。同样的反理性主义的立场，我喜欢福柯甚于尼采，是因为他不像尼采常常说些突兀的没来由的话。他这样说了，还要告诉你为什么要这样说。而尼采呢，似乎总是"大风吹过落下思想的果子"，神秘而先验。从这个意义上说，福柯更像一个现代学者，一个思想史家。他站在人文主义和理性主义对面的声音似乎也更有说服力些。从我个人的理解来说，福柯是有着赋予事物以秩序这一庞大的野心的。在他转而探究权力的微观层面前，他就把知识的密码确定为，词与物的关系。而这也是思想史的深层结构。他的《词与物》，英文版的题目就是《事物的秩序》。相反的，《唐代的外来文明》则是一本秩序散乱的书，这本从中国古代对事物一种古怪的分类开始的书，讲述的是公元7至9世纪作为世界中心时期的唐朝的物质和精神生活，满眼带着异国风情的物的碎片：野兽，飞禽，羽毛，食物，香料，宝石，药品，器皿……如果前者是收缩的，后者则是铺展的。信手带了这两本书在路上，或许流露了一个念想：我希望有尽可能广阔的世界维度，更希望它们在一个人的心里井然有序。

下着雨，7点一过天色微暗。暮色中，渭河不再浑黄，一片白亮……在藉河边上的一家客栈里，梦中计算按现行的利率标准，二十万块钱存一年会有多少利息。发现太少又把底数加到了三十万……醒来已是9点。河就在窗下，河滩宽大。城不大，呈狭长状。步行街、自由市场和住处相去五分钟的脚程。货物丰足，核桃、枸杞、花牛苹果（出自当地一个小镇）、木耳、大枣这些土产的中间，也放了很多添加了防腐剂的南方来的鱼虾和竹笋。街上女子皆身量小巧，挺拔，脸型线条柔和，很有水色。中午，住的酒店有一婚宴，新娘着大红礼服，身量窈窕。8世纪时这里应该是一个靠近中国心脏地区的所在吧，无数从波斯、大食和中亚诸国来的使臣、僧侣、商人穿越那条以丝绸名之的商道，在此歇脚洗尘后，又赶往梦中之都长安。说到"金桃"，确有其物，公元7世纪，撒马尔罕国的国王两次向唐朝进贡这种珍异的果子，据说"大如鹅卵，其色如金"。薛爱华以此作书名，是把它作了未知事物的一个象征，他这样说及外来事物对唐朝人生活的影响：

一只西里伯斯的白鹦，一条撒尔马罕的小狗，一本摩揭陀的奇书，一剂占城的烈性药，等等，每一种东西都可能以不同的方式引发唐朝人的想象力，从而改变唐朝的生活模式。

这是一本充满了物质碎片的书。但薛爱华这样说，他虽然在谈"物"，目的并不是开列一份唐朝进出口物品的清单，而是研究人——通过对物的研究来研究人。这或许是可能的，普鲁斯特——这个有着"第二重视力"的伟大的哮喘病患者——在写到"斯万家那边"时说，历史，隐藏在智力所能企及的范围以外的地方，隐藏在我们无法猜度的物质客体之中。在他眼里，物，因禁着逝去的时间，成为记忆的库房。只是打开这库房的钥匙，总是掌握在通灵者的手里——谁又能像他那样，一眼就在一个事物的后面找出另一个事物的影子？就像舍斯托夫说的有双重视力。

这个得名于"天河注水"的传说的陇东南小城，地处秦岭山脉西端，靠近中国地理版图的中心，被当地人自豪地称为"陇上小江南"。看地图，天水去西安、兰州和成都都在三百到五百公里之间。这个地区以西秦岭为界，北面属黄河流域，南面则是长江流域。中学课文里的"但使龙城飞将在，不教胡马度阴山"的龙城，说的就是这里，它还有个古称叫秦州。8世纪后期，杜甫曾流寓到天水和附近的同谷，留下了一组《秦州杂咏》。那是大唐走入下坡道的时候，他为避一场战乱而来。他只住了半年，离开后的下一个驻脚之所是蜀中成都，最后死在从岳州到湘潭的一段湘江上。上个世纪90年代初，有个大人物来此，题留下四个字，"羲皇故里"——传说中三皇之首的伏羲氏，据说就出生于此，炼五色石补天的女娲，则是他异父同母的妹妹，后来两人结为夫妻。伏羲庙在秦城区，离市中心不远，这里供奉着的与其说是一位"龙祖"，倒不如说是一位上古时代的文化英雄。创八卦，造书契，制礼仪，圈养牲畜，营造建筑……几千年的文明就是由此滥觞。那是一个确定词与物初始关系的时代，一个建立大秩序的时代，在那时，词与物几乎就是一体，语言澄澈透明，"宇宙包容于自身之内：大地与苍昊共鸣，脸孔在星斗中望见自己，植物在根茎里保存着对人类有用的秘物"。

伏羲庙的几块匾：

——"一画开天"：一派开辟鸿蒙的混沌与大气。这"画"，是卦象，是指称世界基本物质形态的符号，也就是语言吧。

——"开天明道"：世界像处子的眸子张开了，智慧的地平线上依稀出现的是事物的秩序，"道"。

——"象天法地"：参详、穷究天地之奥秘，正是发现这一秩序的努力。

这或许就是福柯心目中的世界的古典时期（他从西方的人文传统出发把这一时期放在了文艺复兴前）？词与物没有阻隔，它们由上帝同时创造。到了巴别通天塔之后，语言四分五裂，日渐丧失了与事物原始的粘连。这时的语言遭到扭曲远离了事物，一种文化是一种扭曲，世界不再是语言的库房，在世界的不透明度里，词的书写、语法与事物的本相扭结交错，或在事物下面川流。世界再度陷入混沌、无序的黑暗。失去了透明性的言语，也再度回到了神秘与暧昧。它是表达的媒介，又是表达的障碍。因此产生了第二级的语言，不是名词，不是动词，而是一种评论、诠释、引言、博学式的语言，它们的功用是唤醒蛰伏于其中的初始的语言，并最终让事物开口说话。我好像有些明白，瓦尔特·本雅明为什么要写一本全部以引言组成的书了。

那么我在这里的言说，又能有多少能触及事物的本质？

麦积山。处处野花，空气湿润得可以拧出水来。出发时天色晦暗不明，到达时则天朗气清。山形绝类农家麦秸垛，山岩上石窟如蜂房密布。佛像多为南北朝至隋唐时所塑。西魏、北周时的，多为"瘦骨清像"，隋唐时的，则大多丰满圆润。佛教自西汉传入中土，历七八百年至隋唐，已彻底世俗化和人格化了。比之其他形式，造型艺术反映外来事物总是要快些。所有对他者的反映，都带上了自身的想象，或者是一个时代的风尚和趣味。出天水向西，高原起伏绵延的山体如大地赤裸的肌肤，路边的村庄、集镇，墙体和屋顶也都是泥土的颜色，一色儿灰蒙蒙的。忽然整个天地都暗了下来。闪电的鞭子抽打着高原。雨迹蜿蜒在车窗玻璃上。昏暝中前方的道路也似乎变得叵测起来。有一段路，还下起了婴儿拳头大的冰雹，山梁上碎碎点点的全是白。俄顷，雨收，大地恢复清朗，北面岗峦起伏的皋兰山，在夕照下脉络清晰。晚七时，车子驶进兰州。整个城都笼罩在金箔一般的阳光里。这是唯一一个黄河穿城而过的省会城市。因河还在上游，尚不显浑浊，这也是兰州人所津津乐道的。晚饭后走在江堤，夜色中的黄河在隔岸灯火的映射下像一个铺展的女体，作着轻轻的呜咽。

这里已经是中国陆域版图的几何中心，假如在比例尺为1：26000的中国地图上，以兰州为圆心，以九十毫米为半径画圆，你会发现这个圆基本圈住了中国版图。经地理学家测算，这一陆都中心就在兰州市区东部的榆中县定远镇。因此，兰州又被誉为"陆都"，据说孙中山先生生前曾有在兰州建都的设想。昨天的一场大风也吹进了兰州的街巷。当地报纸上说是"一场莫名其妙的大风"。它吹倒了铁路道口的一株枯树，造成路阻三个小时。它折断了一个五十米高的电讯塔。它还吹走了商场庆典仪式上的一个大气球并砸倒了一个行人。兰州人爱喝，说是在某街某巷，有两个兰州人打架砸破了头，警察赶到一问缘由，两人却是朋友，是因抢着付酒账，拉拉扯扯而动开了武。夜，在广场附近走，见两个男人在马路边上对着瓶子"吹喇叭"，也没什么下酒的，边上躺着七八个空酒瓶。当地的一个朋友说，一顿酒喝下来，如果菜是三百元，喝掉四百元的酒是常事。呵，真是一座泡在酒里的城市。

这个陆都心脏曾是古丝绸之路上的一个重镇，中原通往西域的一个枢纽。当时从长安经兰州入西域的路线基本上是：从长安出发，经渭水流域，越陇坂（陇山），经成纪、天水、陇西、定西、榆中到兰州，从兰州再沿黄河西行。唐朝使臣及地方官员多循这条路进入西域，中原与西域的商贸和文化交流也大多沿这条路进行。贞观三年，后来写下《大唐西域记》的玄奘离开长安，就是经天水，过临洮后再沿阿干河谷到兰州，过黄河出金城关西至河口，再沿庄浪河谷西行去天竺的。贞观十五年，唐朝的文成公主、金城公主嫁给吐蕃首领松赞干布和弃隶缩赞，两位公主据说也是沿这条路入藏的。到了北宋末年，兰州以西地区逐渐纳入西夏版图。宋与西夏既对峙，又在经济上互为依赖，这里遂有了以茶马互市为主的商贸来往：南方的茶叶由此进入西夏，北方的良马也由此进入宋朝的疆域。

武威，头顶的云弯成了一把张开的弓的模样。时当正午，长日贯空，高原的阳光让人不敢逼视。

武威这个城名与西汉时一个著名的将军霍去病连在一起（据说是为了表彰霍大败匈奴的武功军威）。在唐诗中，它一次又一次以"凉州"的别名进入我们的视野。西汉初年，匈奴入侵河西，两次挫败大月氏，迫使大月氏人西迁到锡尔河、阿姆河流域。整个河西走廊成为匈奴的领地。此时，匈奴"控弦之士三十余万"，对汉王朝构成了严重的威胁。建元二年（前139年），汉武帝首次派遣张骞出使西域，联络大月氏、乌孙夹击匈奴。元狩二年（前121年）春，骠骑将军霍去病统率万骑从陇西出塞，进军河西走廊，大获全胜，不仅生擒了浑邪王的儿子柏国，还缴获了匈奴的"祭天金人"。汉武帝把这一战利品放置在"甘泉宫"（陕西凤翔）加以供养礼拜。莫高窟第323窟北壁壁画绘有这段故事。这年夏天，霍去病亲自率骑兵过居延水，直冲祁连山，斩杀敌兵三万余人，使河西的匈奴受到毁灭性打击。期间，匈奴上层内讧，浑邪王杀死休屠王，携部四万余人投降汉朝。汉元狩四年（前119年），张骞第二次出使西域，顺利地从乌孙凯旋。从此，通往西域的丝绸之路开通了。随着战争结束和进一步的河西经略，出现在这片黄沙黑山之间的是城市。为保护这条路的安全畅通，在河西设置了酒泉郡和武威郡。同时采用了设防、屯垦、移民等措施经略河西。后又将酒泉、武威二郡分别拆置敦煌、张掖两郡。又从今居（今永登）经敦煌直至盐泽（今罗布泊）修筑了长城和烽燧，并设置阳关、玉门关，即史称的"列四郡，据两关"。就这样，我来到了从初中历史教科书上认识的河西四郡中的第一郡。

"凉州大马，横行天下。凉州鸱苕，寇贼消。鸱苕翩翩，怖杀人。"西晋时的这首民谣，说的就是凉州的军功之盛，像猫头鹰捕猎土拨鼠一样，而这又是那样的让老百姓害怕——怖杀人，一股子凉气从字里冒上来。

开边置郡后的武威，汉武帝一次又一次地从这里得到他梦想中的乌孙、大宛的名马。有一年，朝廷的一个谪臣在这里一个叫渥洼池的地方得到了一匹通体乌黑的宝马献上，汉武帝高兴地名之为"天马"，并作《太一天马歌》。有名的"马踏飞燕"，就是出土于这里的雷台汉墓（雷台在城北，原为一道观，此处的箭杆杨都有两百多年的树龄了。而这种树一般也只能活两百年左右）。隋唐时，陇右一带广阔的草地是政府巨大的天然牧马场。马对一个国家来说真的有那么重要吗？《新唐书》说，"马者，国之武备，天去其备，国将危亡。"唐朝人在观念上是把马看作外交政策和军事政策上的一个重要筹码的。7 世纪初，唐朝刚刚建立，政府发现陇右草原上牧养的只有五千匹马，其中的三千匹还是从前朝手里继承过来的，于是专命地方官悉心照料，到 7 世纪中叶，政府宣布已拥有马匹七十万六千匹。这些马当时就分开安置在渭河以北乡村的八坊之中，还有一部分在甘南草地，因为那里的草甸子长的草马特别爱吃。

同时马还是一种贵族气息浓厚的动物，上古时代流传下来的种种传说使这种动物罩上了神秘的光环，赋予了种种神奇的品性。有一种说法是，马是龙的近亲。这种天使般的动物（同时它又是多么的矫健啊）曾陪伴周穆王穿过被视为圣地的昆仑山。而伟大的玄奘法师的那匹白龙马，则从印度驮回佛经让佛教征服了中国。最有天赋的诗人李白这样赞美传说中的天马——"天马来出月支窟，背为虎纹龙翼骨"。

对天马的信仰和膜拜，可以追溯到公元前 2 世纪时的汉武帝，他曾梦想借助炼丹术士配制的神奇食物，或者通过精心安排又不无可疑的仪式，来保证他的长生不老。他渴望拥有一批超自然力量的骏马，以便带着他飞升天界。张骞出使西域，公开的说法是为了联络大月氏共同夹击匈奴，但实际上他只是皇帝的个人使节，他真正的秘密使命是去寻找传说中的"汗血马"。然而也正是他，在公元前 2 世纪时开通了一条中国人进入西方的陆上道路，即那条以长安为起点，横贯亚洲并连接欧洲、非洲的以丝绸命之的古道。

《唐代的外来文明》里讲到凉州，说是这里曾向唐朝进贡一种御寒的"瑞炭"。据说这种炭坚硬如铁，"烧于炉中，无焰而有光，每条可烧十日，其热气逼人而不可近也"。还有就是外来音乐兴盛时期，许多从突厥斯坦和印度进入唐朝的幻人、走绳伎、柔软伎、吞火者和侏儒伎（他们又被称作散乐艺人）常在这里的祆神寺里进行表演。凉州的葡萄酒，在当时被认为是一种能唤起迷人的联想的精纯稀有的饮料（甚至在驼路更西的敦煌，葡萄酒也是重要庆典上的附加饮料）。在非正式的杨贵妃传记《杨太真外传》中，就曾经提到过"妃持玻璃七宝杯，酌西凉葡萄酒"的事。"七宝"可能是一种古老的琺琅制品，在唐朝和唐朝前的工艺中，是在浇铸的彩色玻璃杯中滴入景泰蓝，再加黏合剂固定而成。

出租车绕城开到第二圈的时候，快到城外，我们看到了凉州的月亮。它是那么的圆，亮。从岑参、高适时代一直照临到今天。在武威街头的一家书店，看到一直觅而不得的费尔南·布罗代尔的两卷本的《菲利普二世时代的地中海和地中海世界》，因还要西行怕路途累赘，摩挲良久还是放下了。现在，对一座城市的念想成了对一本曾经迎面遭遇又擦肩而过的书的怀念，它还要在书架上沉睡多少个时日，才会被一双手打开？

朝发武威，经张掖，暮至嘉峪关。从武威到张掖的两百八十公里，时可见大片的草地，著名的山丹军马场就在路经的山丹县。国道南面是连绵的祁连山脉，隐约可见皑皑雪峰（其实这条嶙峋的山脊从兰州不远的乌鞘岭就开始隆起了）。北面是马鬃山，山势如马鬃飞扬。中间就是著名的河西走廊了。窄处仅十五公里。张掖位于走廊的中段，这里时可见到汉长城的遗迹，绵延数十里，忽在路之左，忽在路之右。甘州。《八声甘州》好像是宋词的一个曲牌。宋时的文人们不再有汉唐时的雄健张放，只是在幻想中经历着边关的雄奇了。张掖之得名，是霍去病破匈奴后，汉武帝有"断匈奴之右臂，张中国之左胁"之谓故（"胁"同"掖"）。街上卖枣的姑娘，头缠白围巾，问之，说是为防风沙，也防太阳灼人。忽然想到刚刚车上看的叶舟的小说《风吹来的沙》。小说写得并不怎样，倒是沙尘暴写得颇为生动，"从下午开始，这个深陷在黄河两岸的微小盆地，就被成千上万吨的沙尘遮没了。"他写一个人从屋外进来，低头在水龙头下洗，嘴里吐出了一口又一口的沙子，眼眶和耳朵里掏出了层出不穷的沙子，头发里也还是不住掉下的沙子。可是眼下的张掖很平静，几乎感觉不到风吹。城中大佛寺，是西夏国王室寺庙，传释迦牟尼涅槃时姿势为卧，此处卧佛长可达七八间屋面。寺藏有明永乐年间初刻的《北藏经》(即《永乐北藏》)数千卷。相传忽必烈正降生于此，不足为信，但忽必烈确曾在其母殁后守灵于此。康熙也曾西巡到此。另一个到过此地的，就是乡人蒋介石先生了。

空气燥烈得几乎闻不见一丝水汽。戈壁在灼人的秋阳下向四面八方铺展，远远望去，几以为是海。偶可见祁连山融化的雪水在视野的尽头如一条白亮的带子飘来。祁连，一个同古代史一样古老的词，是匈奴语？还是别的什么语？"失我胭脂山，使我妇女无颜色，失我祁连山，使我六畜不蕃息。"像这古歌，一样的直白而费解。如有成群的白杨林和大片的玉米地出现，就知道快到城市或集镇了。酒泉。这个古称肃州的城市更为干燥。嘉峪关。傍晚7点钟的阳光下，广场上空飘满了风筝。还有一种叫八瓣梅的高原小花，色彩艳丽，极是媚人。城中有一湖，系从地下引祁连山的雪水而潴……河西走廊，唐时即为陇右（甘肃）富庶之地，大量贡品和外来物品由此源源不断送往长安，唐朝官方具列陇右道的土贡为：厥贡麸金，砺石，棋石，蜜蜡，蜡烛，毛毼，麝香，羽毛，皮革及鸟兽之角。在唐朝任何一个道的贡物中，都没有如此多的记载。嘉峪关长城南面祁连山，北临黑水。康熙征讨噶尔丹时曾到此。陈列在长城博物馆的魏晋时的壁画，线条流畅，色彩明艳，殊为可爱，画面内容多为民间日常生活景象：耕种，饮宴，帐篷里的男女，屠狗，交易。出嘉峪关西行，那真是个海，旱海。阳光不是在上面跳跃，而是丝丝地渗了进去。宽大的河滩上只有乱石，不见一滴水。长时间看着，眼睛都涩得痛了。

黄沙，黄沙，黄沙。半小时一小时后睁开眼，车外还是如此的单调。一百公里又一百公里扔在了身后，经玉门，安西（瓜城），晚抵敦煌（沙州）。一路看够了左公柳、左公杨，这里的棉花也是一百三十多年前左宗棠从湖南带来的种子繁衍下来的。那时这里遍植大烟，绿洲里开满了妖艳迷人的罂粟花，左宗棠强令以棉花取代了这种恶之花。只是这种棉花秆子都很矮，农人们在路边田里收棉花，那动作不像是摘，倒像是俯着身子在捡。晚上住在七里河镇，这是青海油田的职工生活区，去县城不远，也就七公里的车程。敦煌县城的商业街里坐满了吃烧烤羊肉喝啤酒的年轻人。还有一种卖"杏皮水"的，不知是种什么饮料。黄昏在街头看到一绝美的女子走过，全身穿的都是白色。

在路上读书很有意思，但首先是要找到一本好的书。《唐代的外来文明》去年曾粗粗看过一遍，很喜欢薛爱华那种年鉴学派式的研究方法。后来还买来一本送朋友。出门前找一本路上读物的时候，我还是马上想到了它。这本书就像是专为这次近两千公里（从西安到敦煌）的旅途准备的。当我从古丝路地图上现在的吉尔吉斯斯坦看到撒尔马罕这地名时，一下子找到了初读时的亲切。这使得这次旅行具备了双重的时空，当我远远地离开人群，我仿佛又看到了唐朝天空下行走的驼队、僧侣、商人、胡姬，看到了酒杯里的泪光和马背上的月亮。相遇——时间和空间的相遇会带来什么？一辆装满干草的大车远远驶来（那是种农用机械车，张承志说甘肃人叫"蹦蹦儿"的，车头是三轮摩托，车身小，满车金黄的麦秸却装得像座小山），我喜欢这空气中干草的浓烈的香气。而此时，书中的一行句子让我长久地盯着天空中虚无的一点出神。那真是个芳香的年代啊。

——上层社会的男男女女都生活在香云缭绕的环境中，他们的身上散发着香味，浴缸里撒着香料，而衣服上则挂着香囊。庭院住宅内，幽香扑鼻；公堂衙门内，芳香袭人；至于庙宇寺观，就更是香烟袅袅、香气弥漫的所在了。

我时常会为这样的句子动容。它本身带着令人心醉神迷的香气。这样的句子还有聚斯金德《香水》的开始，写巴黎城的那一段，杜拉斯在《情人》里说"那一年我十五岁，在湄公河渡河的船上"那一段，海明威写部队经过扬起树叶和尘土"只死了七千人"的那一节。

鸣沙山、月牙泉、莫高窟……这些是一个外来者眼中敦煌的符号了，而我也只是在这些符号之上的行走。还有那个叫沙州的古称，也只是让人想象千年之前这西域极地的蔽天风沙。祁连山—塔克拉玛干沙漠—北塞山—三危山。大月氏、乌孙人和塞种人。这个"咽喉锁钥"之地埋葬着多少的马骨、箭簇和落叶般的世代。敦者，大也；煌者，盛也。我很喜欢这个从汉武帝时就有的辉煌的地名，尽管它一点也不大，只是个十万人口的小城。去鸣沙山时，7点过半，天还是半明半暗着，路上最多的是成群结队上学去的孩子。到达时天已亮了，但四周的山、树、人，还像是沉在微暗的水里。女人们从半山腰滑下时高潮般的尖叫一阵阵传来。月牙泉上像蒙着一层灰雾。莫高窟。一个个光线晦暗凭着讲解员的手电筒才可以辨清人脸的洞窟里，收敛声息，放轻脚步，脚下是宋或西夏的画砖，眼前是南北朝以来的彩绘和线条，甚至墙上小孩乱涂般刻上去的字，也是来自时间的静深处。这样的情势，一个生活在世代相袭的文化里的人，心里怎不涌上些敬畏。

1897年，小个子的肃州巡防营兵勇王圆箓离开部队来到三危山下，在此脱胎换骨成了一名道号"法真"的道士。那时，一排排踞崖而筑的石窟正无望地张着大嘴瞪着大眼，看着这个蓦然的闯入者。一个极平常的日子，他和雇工一起清理壅塞洞窟甬道的流沙，劳累之后他顺手把一支点过烟的芨芨草插入背后那道裂缝，沉睡了九百多年的藏经洞就这样不经意间打开了。而这个小人物也一下子被推入了历史的漩涡。其举功焉罪焉，福焉祸焉？王道士去县衙"报官"。王道士赶着毛驴携着两箱经卷找上级的上级。上级的上级说，"你看古人这些字，能和我写的书法比吗？"斯坦因灵敏的鼻子闻到了东方来的这一缕幽香，王道士再是"狡猾，机警，令人难以捉摸"，还是没有挡住他的一些许诺，几块银圆和一番连哄带骗的胡话加昏话。那些钱最后还是没有流入他的私囊。他用这些钱做了些修缮，使一些佛像免受风雨侵蚀。他始终是一个中国饥民，最后也是贫病而死。他始终很卑微，他的圆寂地，那座道士塔，至今还在享受着文字的鞭挞……藏经洞，那个叫王圆箓的道士兼兵勇，还有伯希和、斯坦因，经过一个明星式散文作家的卖力渲染，已经越来越戏剧化了。但陈寅恪的一句"敦煌者，中国学术之伤心地也"，还是让人心里一凛。脾气再好的人，眼睁睁看着自家的好东西在人家院子里也会愤怒的。1935年秋，常书鸿在巴黎塞纳河畔一个旧书摊上，偶然看到由伯希和编辑的一部名为《敦煌图录》的画册。回到这里，就是为了守着这些遗世珍宝。常在安西小城眼睁睁地看着他娇小的妻子永远地离他而去，而他还是要骑着一匹老骡，回到这些土丘间过完他的大半世

127

时光。这没有女人的日子的苦辛自不待言，按他自己的话说："从我们到达莫高窟的第一天起，我们就感到有种遭遗弃服'徒刑'的感觉压在我们的心头，而这种压力正在与日俱增。"

这已是此次行旅的终点，再往西，就是春风不度的阳关和玉门关了。晚饭照例喝了点酒，相互说的话里都有了些作别的意思。性子急的都买好了当晚飞西安的机票。回到房间，打开电视。女足世界杯。成都选美。渭河抗涝。叙以和谈。朝核。黄金周机票不打折。一个小妇人作女孩状喊着我猜我猜我猜猜猜。窗外的白杨树在黑暗中轻摇着它们手掌似的叶片，仿佛黑暗中轻轻的笑声。空气里渗着丝丝的凉意。忽然觉着了在渭河边说"秩序"时的好笑。这已经不是一个给万物命名的时代了，当然也不是一个给事物以秩序的时代了。该说的已经都说出。物先于我，词先于我，它们造就你也规定你，启蒙你也束缚你，一直以来，我们都生活在这样一种时势的积习里。我所能做的，或许只能是让词与物贴得更近些——"让每个词都坐在实处"。

一次真实的行走。却又像是一个由传说、旧物、词语幻化出的想象之邦，一个非现实的世界。在途中，我时时有这样的感受，真的好像是置身于一个旷古的梦境，过往的文明就像洞窟里的烛光在梦境的深处微微闪烁。而周遭的世界——树，石，房屋，人——则成了世界的一个表征。世界就这样淹灭在了无边无际的表征和符号的海洋中，留下来的只是"一缕香魂"。就这样的说话，又能让多少个词"坐在实处"呢。但也只有这样说话，我才会邂逅语词那奔放不拘的活力。它好像在无限的曲线活动中又回到了自身。很多时候，我不无悲哀地发现，我的工作，它只是让词语在一线白纸上无声地流过——在这里，它既无声音又无对话者，只是在它存在的光辉中闪耀。

好多次，都不想在这条路上再走下去了，但一个声音说：你是个苦役犯，还是纹了身的。

——只能是这样的说话了。

明亮的喀什

深夜 11 点，我像一滴东来的雨落进了喀什城里。这一天是9 月 6 日。东部海滨正是潮湿的台风天气，在这里，又干又硬的空气却让人的鼻腔一阵阵发紧。两小时四十分钟的时差，使得这座亚洲腹地的古城一点也没有睡眠的迹象。白杨树梢戟指着的天空，也好像才暗下来不久。9 月初的喀什，夜晚已有了沁人的凉意。大街两边树下的一张张方桌前，围坐着一群群消磨时间的人们。边上的货摊上齐齐地码着金黄的馕，还有各式瓜果。有女人穿着长裙戴着头巾走过，黑暗中面容莫辨。年轻人坐在车上打着鼓，车子开得徐徐缓缓几乎跟不上鼓点的激越。

还没来得及看看这南疆的首府之城，就匆匆踏上了西去帕米尔的路。通向帕米尔高原的 314 国道，又称中巴友谊大道，经山上关口可直达巴基斯坦。车子一路跑去，才发觉喀什噶尔实在是太辽阔了。这或许是中亚最大的绿洲了，在它的胸怀里不只是生长了喀什一个城市，还有无数的村庄和市镇。一路都是葱绿的玉米、高粱、水稻和棉花。毛驴拖着车在田野上的林荫道上小跑，青黛的绿荫向前遥遥延伸。雪水在路边急急奔流，一井井平房掩映在挺拔的白杨树林背后，从打开的院门看进去，很大的院子里树荫匝地，头戴花巾的女人在洒水打扫。出城不久，过了克孜疏勒（维吾尔语，红色）河就是疏附县，再到其下辖的乌帕乡，辽阔的喀什噶尔绿洲才到边界。乌帕尔，维语的意思是深远之地，再往西就是不见树木只见骆驼刺的高原边缘了。市集上摆满了葡萄、西瓜、梨等水果，西行的车子一般都在这稍作停留。传说 11 世纪的语言学家、《突厥语大词典》的作者麻赫穆德·喀什噶尔出生于附近的一个小村庄，死后又归葬于此。

过了乌帕尔，缓缓上升的山路前面像升起一幅巨大的画一样升起了雪山。天是没有一点杂质的蓝，这么蓝的天空映衬着雪峰，几让人不敢逼视。接下来是一百多公里长的盖孜（维吾尔语，灰色）山谷，山势陡峻一如刀削。路边水流激涌的盖孜河，不时发出訇然的流声。峡谷尽头是一个宽大的河滩，远看草地上缀着一个个黑点，走近了才看清是放牧的牛羊。雪峰倒映水中，清峻得像肯特的一幅版画作品。据说这就是玄奘西行时经过的流沙河了。它对面就是白沙山，远看山形如女体柔和，那是因为覆盖着一层厚厚的白沙的缘故。原来以为这都是山体销蚀而成，后来才知道，河滩一到冬天枯水期积淀了大量沙子，穿过盖孜峡谷的风把沙子向山那边吹起，日积月累才有了这样的景观。这是从喀什噶尔到帕米尔的途中最宁静的一处了，日光泻地，风尘不动，空气里静得连一只昆虫的拍翅声都能听见。

山地缓慢爬升，雪峰变得触手可及。帕米尔高原是天山、昆仑山、喀喇昆仑山、信都昆士山四大山系的交汇处，可说是个雪峰之国了。车行五小时，终于到了今日终点喀喇库里湖。这里已是海拔三千六百米处，喀湖静静地躺卧在冰山脚下，一边是幕士塔格峰，一边是贡嘎尔九别峰，两峰海拔都在七千五百米以上。湖水清泠，映照蓝天雪峰，随着时节和晨昏改变颜色。此处常有

131

柯尔克孜族牧民驻牧，半年放牧，半年休憩。柯尔克孜，四个姑娘之谓也。

7世纪中叶玄奘来到喀什时，这儿的国民信奉的是"小乘教及一切有部"。这里是佛教东传时最早开化的地区之一。伊斯兰教在中亚兴起后，它成了该教在帕米尔以东的重要基地。早晨的艾提尕尔清真寺安静无比，阳光透过白杨的重重树荫落在庭院里开成一个个光斑。这里逢到"居玛日"（星期五），做礼拜的有六七千人，逢到盛大的肉孜节和古尔邦节，内外跪拜的教徒更有四五万之众。这座全疆最大的清真寺建于15世纪中叶，距今已有五百六十年的历史。天蓝色的寺门是一个八角形的穿厅，两边砖砌贺柱上各有一个邦克楼，为寺内教职人员召唤教徒祈祷礼拜之用。塔楼顶端立着的铁杆上高擎着绿色新月。阳光透过庭前的树叶照在礼拜殿长廊的地毯上，地毯已起毛，色泽黯淡，不知有几千几万双膝在此叩拜？

明亮的喀什，阳光下一切都是这样的明暗分明：建筑，树木，脸部的轮廓。人们在街上走来走去，踢踏着干白的尘土。喀什市区北郊的阿帕克霍加麻扎（又叫香妃墓，麻扎为阿拉伯语，意为圣地、圣徒墓）也是南疆著名的穆斯林礼拜中心。这是全疆境内规模和影响最大的伊斯兰教"霍加"（圣人后裔）陵墓。始建于17世纪中叶，墓主是喀什"霍加政权"之王、白山派首领阿帕克霍加以及他的家人。陵园由高低礼拜寺、主墓室、果园等几部分组成，小尖塔、木栏杆、圆拱顶，错落有致。墓中葬有阿帕克霍加族五代七十二人，据传乾隆皇帝的"香妃"也葬于此。她是阿帕克霍加的重侄孙女，因自幼体有异香被称为"伊帕尔罕"（香姑娘）。她于 1788 年在北京病逝后，皇帝派了一支一百二十人的队伍，用了三年半的时间把她的遗骸运回了喀什噶尔。墓道大门口有一香妃小像，是一个鼻子高挺的维吾尔族女子像，穿着一身清代女子的戎装，看底下文字介绍，是曾于 1914 年故宫浴德堂展出的油画《香妃戎装像》的印刷件。

一个人在喀什城里乱走，逛过了一个个的小巴扎。黄昏的艾格致艾日克巷，余晖正在白杨的顶梢燃烧着。街口的维吾尔族匠人正在打制铜盆铜壶，并在一件件成品上雕刻花纹，他们的目光像创作中的艺术家一样专注，一家家店铺门口，挂的全是他们的作品。烤羊肉串和烤馕的香气飘满了整条巷子。孩子在奔跑，面相庄严的维吾尔族老人在街角慢腾腾地走过。巷子的深处是一场正要开张的婚宴，一身西装的维吾尔族新郎坐在门前，他的两边，似乎整条街上的青年男子都出来做他的伴郎了。他们沿街坐了满满当当的一长排，好像正在等待酒宴开始。在这土巷里，他们擦得锃亮的皮鞋上却不见一点尘星，这真是一个奇迹了。小巷向深处再一转，一个小铺子前坐满了喝酒、吃肉的人们，也有孩子在其间蹦跳。这浓重的烟火气息，这快乐、平和而知足的生活，或许正是喀什的迷人处了。快到 9 点了，整条街越来越明暗分明，阳光照到的一边是金黄的，别一边则沉入了黄昏如水的幽深里去。

正午的高昌故城

　　四处是静静的夜。飞机在万米高空平缓滑行，杯水不惊。在飞越天山上空时机身有了些微的颠簸，机组小姐说是气流活动频繁之故。出了机场，刚下过雨的乌市，空气中有种久违的湿意。但在次日一早去往吐鲁番的途中，这湿意渐渐消散，终至于无。

　　去吐鲁番要途经达坂城，这个小城以前是驿站。因了王洛宾的那首著名的歌，人们都以为达坂城里到处是长辫子的漂亮姑娘。但王洛宾在这里撒了个可爱的谎，据说他写这支歌是为了在造路时鼓舞士气。在这个小城的附近，南部的天山和北部的博格达山之间宽阔的平原上，有一个规模为亚洲第二的风力发电厂。此地向东一百七十里，便到吐鲁番。这个地处新疆中部的低洼盆地，以出产葡萄而著名——"吐鲁番的葡萄熟了，阿娜尔罕的心儿醉了"。因为气候干燥少雨，此处特产葡萄和木乃伊也就不足为怪。这里的年降水量才一百二十毫米，而蒸发量达到了三千毫米，人们能在这里居住生息，全赖"坎儿井"之功。这是利用地面坡度引用天山雪水的一项地下水利工程，据说《史记》中就有记载的，与长城、京杭运河并称中古时代的三大工程。19世纪中叶林则徐发配至新疆伊犁时，曾对之进行改进，故当地人又称之"林公渠"。全疆境内的坎儿井共约五千余公里，全是由人在地底下爬行、垦挖而成，这是多么浩大的工程。为了生存，人真是什么样的苦都能吃什么样的罪都能受，有谁想象过在地底下像鼹鼠一样爬行的一生？

这里是中国最热的地方了，叫"火洲"的。火焰山在日光下通红透亮，天却澄净透明，蓝得发着暗。

正午的高昌故城，直射的日光几让人晕眩。这两千年的城郭，那一代代的生命穿过落日的灵棚都去往何处了呢？"地势高敞，人庶昌盛"的高昌，现在连一只飞鸟的影子都看不到，扑面都是黄土，黄土，黄土。

此城为西汉车师都尉国的都城，维吾尔语曰伊都护城，为王城之意。西汉时李广西讨大宛，他在那里建造了屯驻士卒的"高昌壁"。据传汉武帝着令寻汗血宝马，校尉与士卒跋涉于此沙漠火洲，长久粮草决绝，音讯渺茫，直至将军李广攻破大宛，方获汗血宝马，高昌由此繁荣起来，成为西域及丝绸之路要冲，最多时人口达六万之众。5世纪以后它一直是北凉王朝的都城。高昌国国王数百年间，多有更替。尤以麴氏传国九世十王，为高昌国鼎盛期。7世纪中叶，唐朝军队进入高昌，设立西州都督府。9世纪中晚期，回鹘人在这里建立了高昌回鹘汗国。上得城中丈余高台四望，可见城呈方形，子城、内城、宫城（可汗堡）依稀可辨。城计长三千六百米，与《隋书·高昌传》所记"周回一千八百四十步"相合。街衢城郭，断墙残垣，市集、军营、角楼、佛塔、寺院、殿堂、门廊和护城河道的遗迹尚存，只是都被千年风尘蒙了，只是那一代代的生命如树叶飘零归于尘土了。

走在这千余年前的街道上，土屋历历，耳边依稀有市集的叫卖声、儿童的嬉闹声、马蹄声和风吹酒旗声，又有披甲将士疾驰而过，有胡女嫣然回眸，想想脚下踩着的竟是一千余年的历史，心里顿生异样，举手投足皆见庄严了。

千年风华，却又全被岁月抹得混沌一片，留下的只是苍凉。时间真是天地间最伟大的使者了。

坐着小驴车到了城中大佛寺，寺中壁画残迹犹存。据传贞观二年春天（628年），玄奘西行至此，礼佛的高昌王优礼殊厚，大唐三藏和尚玄奘在此讲经说法一月。他答应高昌王西天回返时会再来，然而当他从印度取经回来时，在莎车国听说此城已破，高昌王死，遂改变了方向经由南疆回到了长安。关于这个六万多人口的都城的消失，一般的说法是毁于13世纪下叶蒙古贵族发起的一场战争，1275年，蒙古贵族海都、都哇、卜思巴领兵十二万围攻高昌城，半年后城破，当时的高昌王被迫远走甘肃永昌。四十年后，高昌王虽"领兵火州，复立畏兀尔城池"，但繁华难追，再也无法恢复昔日的盛景了。

日光照着满目残垣断壁，却又风骨棱峥。看着这个泥筑的大城，在大漠中灿烂，而又静默着，一时无语了。

扬州行

　　乾隆二年（1737），冬天的一场大雪把全祖望南归的脚步阻在
了扬州。像以前每次途经扬州一样，他还是借住在盐商马氏兄弟
的小玲珑山馆。雪后初霁，在好客的主人的安排下，他和几个朋
友去游了城西蜀岗的平山堂。沿着护城河到得法海寺，他们舍舟
上岸，拾级登上蜀岗……喝着烫热的老酒，和朋友们说些古迹旧
事，全祖望很快有了醉意。他执意要踏雪去访山后的旧城址，只
因风色甚寒，山路又为雪所阻，在朋友们的再三劝告下才不得不
作罢。此番重聚，他给朋友们的感觉是脾气越来越拗了。

　　自 1741 年始，全祖望渡江北上的身影频繁出现在扬州城内。
这年秋天，全祖望北行经吴兴抵扬州。扬州的下一站是南京。因为
这一年又逢三年一度的乡试，主试江南省的是他北京时期过从甚密
的李绂。出于师生之谊，他无论如何要去南京一趟，但多年官场的
消磨再加一场大病，这个昔日精干的官员已形神困悴，看着李绂唠
唠叨叨、语无伦次，全祖望的一颗心真是冷得像落入了冰窟。

　　接下来的几天他成了南京街头一个优哉游哉的观光客，游完
大中桥、朝天宫、夫子庙、明孝陵等各处名胜，还一个人跑到燕
子矶的一处寺院里去寻找张苍水的题字。游罢南京，按理说接下
来他的行程应该向南回老家了，但他还是出人意料地回了扬州。

一个堂而皇之的理由是，在京城时结识的一个老朋友从江西过来了，说是希望和他在扬州相会，但明眼人一看便知，他是在为继续留在扬州寻找借口。

翌年十月，我们的主人公又远赴扬州开始他的索食之行了。事情的起因是复社社员沈寿民死去近七十年一直没有下葬，在马氏兄弟等盐商的襄助下，全祖望的朋友、人称东城狂士的扬州人朱重庆发起了安葬仪式。我们所知道的是这次在扬州他住到了朱重庆的家里。朱重庆和他聪慧的妻子在遍植木槿的莪园里款待了他。不知是旅途奔波还是过于劳心，全祖望在朱家病倒了，而且病情危急，经朱重庆一家精心调理，后来总算渐渐痊愈。

乾隆八年（1743）九月，秋风客全祖望清癯的身影再次出现在扬州城内。这次他是为出席他的朋友兼学术资助人马氏兄弟主办的邗上诗社的雅集而来。九月九日，时当重阳，风日清美，甫抵扬州尚未喘过气来的全祖望即和马氏兄弟、厉鹗、张四科等十四人参加在城北天宁寺文庵举行的诗会雅集。这里是马氏兄弟在城外的小筑，地虽不足一亩，却环境清幽闲适，千百年的古藤老树掩映着曲廊高树，让人一脚踏入此间就像踩在历史柔软的肌体上。参加这诗会的还有吴中名画家叶震初，他受主人之托，绘下了文宴的盛况。在叶震初写实主义风格的画笔下，亭台蕉竹之间，与会的十四人神态各异又栩栩如生，本文主人公全祖望被画成坐在一把藤椅上，手捻颌下的一丛山羊须，一张瘦脸上双目深凹，像在沉思着什么。

对于扬州这个金钱世界，全祖望曾是一个挑剔的批评家，在他还没有一次次地到这个城市打秋风之前，他曾毫不客气地抨击这个城市的享乐主义之风。但现在因为身兼盐商、藏书家、文化资助人多重身份的马氏兄弟，和一批才华卓越的诗人学者，他对这个城市的看法已经暗暗发生了位移。对扬州这座城市的好感与表彰前朝忠义的道德使命感的双重驱动催生了《梅花岭记》这篇不朽的杰作。他的这篇记游文字的真正用意乃是为一百余年这座城市的一场大屠杀中的亡灵招魂。而历来被视作中国文人品性之象征的梅花在文中成了一个有着丰富的美学含义的意象。梅花那个白啊，梅花那个香啊——"梅花如雪，芳香不染"。他用一种修辞学的口吻在文中设问：那些为国捐躯的英雄自然会有人去祭祀他们，而这座城中那些在大屠杀中被掠夺走了身体、贞洁与生命的美丽的女人们呢？

一个失了业的进士，没有任何进款，不问经济营生，又没有一笔庞大的田资恒产养着他，每到岁末，他就像一只被饥饿和孤独包围的困兽，看到食物两眼都会发出光来。饥饿的鞭子驱赶着他于1746年的春天又上路了。世人看来，这么一大把年纪了还一事无成四处打秋风，可谓失败至极了。但这个拗书生一点也没有觉得自己这样做有什么不妥，索食是为学术，学术乃为立命，既然为了实现信念，需要他牺牲一点可怜的自尊去打秋风那就去打吧。

三月三日，全祖望沿着京杭运河北上扬州。漫长的水路中，他唯一在做的一件事就是增订、续写黄宗羲的遗作《宋元学案》。他好像穿过船下的水波看到了数百年前的宋元时代。"茫茫溯薪火，渺渺见精神"，那一脉香气就这般穿过百年千年如丝如缕地飘着。三年不至，闻听他到来的消息，朋友们的热情马上像夏日的气候一般把他湮灭了。但全祖望让他们失望了，此番一住半年，他竟像把自己绑在了桌椅上似的很少下楼，很少参加他们风雅而又热闹的沙龙活动。

第二年九月，全祖望约厉鹗再赴扬州。四十五日后，船泊苏州，厉鹗因突然发病不得不折返南归。1747年秋天的扬州之行，全祖望染上了在生命最后几年为之烦忧不堪的失眠症。随之而来的还有牙痛、神经痛和舌下莫名其妙的出血，更要命的是记忆力也在严重衰退中。

1751年夏天，因家乡遭遇一场百年未遇的旱灾，全祖望再次前往扬州。这一次可以算作是四年前他与厉鹗未竟的扬州之行的一个较为圆满的收场。这一年，全祖望四十七岁，厉鹗也已年满六十。滋生的疾病和越来越严重的健忘症，使全祖望意识到，这座曾给予他无限欢乐与温暖的可爱的在运河西岸的城市，以后怕是只能在梦里相见了。

然而饥饿的逼迫引致的胃囊收缩——这滋味肯定不好受——还是让他做出了一项让人吃惊的决定，他接受了广东巡抚苏昌的邀请，前往广东肇庆府（端州）高要县，出任天章书院山长一职。一个齿发日衰的严重营养不良者和神经官能症患者，一大把年纪了还要远赴五千里外的岭南，时当1752年春天的全祖望的心情当然是复杂的。

1753年春日的某一天，全祖望看到窗外一株喜爱的木兰花将要吐露花蕊忽然枯槁而死，他忽然有了种死亡的预感，决意马上辞职回浙东老家。翌年暮春，马曰琯来信让他前往扬州养病。延至秋天，全祖望终于再一次来到扬州。昔年口无遮拦锋芒棱峥的江南书生，至此已憔悴不堪，"已少酒边狂"。

两年后的三月，刚满十三岁的儿子突然夭折给了全祖望的余生最后一击。悲痛之下，他一口气写了十首挽诗、一则《韭儿埋铭》，发誓此后再也不碰消磨了他一生的纸笔。到了五月，病势转危，病人出现了高烧和呓语。平时总是埋怨、责骂不停的妻子早已哭得睁不开眼。她想给丈夫吃参，却没有钱购买。他最得意的弟子之一董秉纯把《耆旧诗》的稿本拿出去典当，总算换来了半两参。这又让他挣扎着多活了几日。一日，他把董秉纯叫到床前，要他把自己所有的著述装好一大篓，像看自己未成年的孩子一样盯看良久，末了说：好藏之。过了几日，在遗作的处理问题上他又有了新的打算，决定把自己的五十卷文稿全部交给扬州的马氏兄弟保管。

交代完后事的十余日里，他已不能再开口说话，每天里打着很响的鼾声，睡着。

再两日，鼾声小了，消失了，学生和家人近前一看，终于死成了。

这一天，是岁在乙亥的乾隆二十年（1755年）七月二日。像是早有约定，之前十日，他一生中最重要的资助人、扬州盐商马曰琯先生去世。

他和扬州的故事并没有因死亡而中止。为了操办后事、偿还欠下的医药费用，他的家人向扬州方面求救。马老二募集寄来了百金，再加上他的妻子向卢氏出售了他一生搜罗的万余卷藏书，得二百金，终于让他入土为安。

在中华帝国晚期最为承平、辉煌的年代，一个执拗的南方书生在觅食行走中度过了落拓的一生，到底是他负时代，还是时代负他？也真个应了他的扬州文友张四科挽诗中的一句"才名何物遭天忌，神理茫茫欲问难"，在名与物、才华与运命之间，从来都是世事苍茫，天意难问。

在路上的杜甫

复作归田去，犹残获稻功。

筑场怜穴蚁，拾穗许村童。

落杵辉光白，除芒子粒红。

加餐可扶老，仓庾慰飘蓬。

——杜甫《暂往白帝复还东屯》

　　那是杜甫羁旅漂泊生涯的第八个年头，那一年杜甫五十三岁。五十三岁的杜甫看起来已是一个齿根摇落、头发稀疏的颓唐老人。那一年，他在成都苦心经营了三年的草堂已经在战乱中成了一蓬草灰，他挈妇将雏，逗留在四川、湖北交界处的夔州这个峡谷小城里，在这里他得人资助有了一个小农庄，他雇用帮工经营庄园，生活看来是可以安逸了（但那也只是一个假象），而庄园的收成，也成了这个被饥饿困扰了大半辈子的人最关心的事情之一。

　　最早的年头（大约在他三十岁至四十四岁之间），他感到的是政治上的饥饿，作为没落士族的后裔，那时候的杜甫策马骑驴，彷徨徘徊于长安街头，他想做官几乎想疯了。公元 8 世纪中叶一次著名的叛乱中，他身陷叛军囹圄，逃脱后奔赴新帝的行在，这

142

个忠心的行动得遂了他长年来想要当官的夙愿（他被授予的是左拾遗这个官职）。但世事就像小说一样变幻离奇，这个短命的畿内的地方官还没干满一年，畿内一带就饥荒不断。为了得到糊口的粮食，他就不得不携带眷属远走甘肃的秦州（即今天的天水市）。8世纪中下叶一个伟大诗人的漂泊生涯由此揭开了第一页，从此以后，这个世界最美好的事物对他来说就是白花花的米饭和牛肉的香气了。但即使是在流亡途上，杜甫还是一个连做梦都梦见皇帝和宫阙的人，这就注定了他要在政治热望的扑空和胃囊的收缩中受双重的煎熬，他一路呼号着，表白着，甚至连丢人现眼也在所不惜地倾诉着，身子一天天地轻下去，诗稿一天天地重起来。他所有的诗歌都是缘于这双重的饥饿，还有就是挣脱饥饿、贫穷、寒冷和苦难的努力。在两千年的诗人画廊里，他是屈指可数的几个饥饿养育的诗人之一。饥饿出诗人。

诗人杜甫在生命最后十二年的行走路线大致如下：由陕西入甘肃，由甘肃进四川，由四川到湖北，由湖北下湖南。从地图上可以看出，这与20世纪初叶那次举世闻名的战略大迁徙的方向正好相反。值得提起的是，这不是一次形单影只的旅行，而是携带着一家子眷属的漂泊，跟随的有他的妻子，两个儿子（他偏爱的幼子已经在几年前的一次战乱中饿死了），两个以上的女儿，不下于五个人的家属，一行的人数恐怕要超过十个。他们的行李我们想象得到的有铺盖、盥洗用具、餐具，以及其他的生活用具。这样携带家族跋涉的苦劳，老杜的许多诗歌已经告诉了我们，现在我们来看一看他这首关于农事的诗歌，听听这个夔州农庄的小庄园主对即将收成的粮食说了些什么。

这首诗的开头告诉我们，庄园里各种各样的事已经忙完，现在只剩下收割了，到四处看一看，村人把谷场也收拾好了。收获的日子到了，他也按捺不住一份雀跃的心情了。呀！夯土的人，可别把过冬的蚁窝蚁穴搞坏了！那些散落的谷穗，就让孩子们去拾吧。然后我们看到的是诗人对劳作的场景和粮食的小心翼翼的赞美：脱谷的杵在石臼中一次次地舂动，在秋天阳光照射下发出闪亮的辉光，从稻谷中舂出来的米粒又是多么的晶莹啊。为什么要赞美粮食，为什么这些白花花的米粒总是看也看不够？老杜说，明年的口粮不成问题啦，我可以安一会儿心啦。

从一个细节里可以看出杜甫在那个时期对农事的专注：庄园雇佣的帮工中，有一个叫许行的，人特别勤快。夏天一个炎热的日子，二十里外的引水筒坏了，用水一下子发生了困难，杜甫带了他一起赶去修理。当他们筋疲力尽地回来后，天已经快暗下来了。杜甫这才发觉还没吃午饭，他很过意不去，把带着的饼分作两半一人一块，又摘了瓜在流水通畅的渠里洗了洗吃了，他们相互望着被太阳晒黑的脸嘿嘿地笑了起来。

两年半后，杜甫离开了夔州的庄园，乘船在湖北、湖南一带的水上漂泊。我们不知道他要去向哪里，但随着羁旅生涯的持续，他离长安无论是在地理上还是心理上都越来越远了。至此我们可以看到，饥饿的诗人杜甫在中国内陆的版图上自上而下已经划了半个括弧。这个没有完成的括弧终止于公元 770 年在船上的一次晚餐——最后的晚餐，地点在今湖南省境内。已经好几天没有吃到好东西的杜甫面对一盆牛肉大快朵颐。他吃得那么的匆忙，又是那么的快乐，他的眼睛在面对食物时闪着野兽一样的光，简直可以用疯狂来形容。长时间饥饿的浸泡（饥饿，那是一种有毒的液体）已经让他的胃承受不起如此巨大的快乐，他吃得太多也太快，把胃胀破了。他唯一没有遗憾的是在死亡到来之前终于尝到了吃饱的滋味。敛财的人死于钱财，一生都在寻找口粮的人死于最后一口食物，这世界说不公平也公平。

倦游归来

大布缝袍稳，干薪起火红。

薄才施畎亩，朴学教儿童。

羊要高为栈，鸡当细织笼。

农家自堪乐，不是傲王公。

——陆游《农家》

陆游在五十六岁那年的晚上做了一个梦，他梦见自己还在四川任上，跟随皇帝亲征的御驾直捣金国的首都。梦中的陆游好像坐在马背上，他写了一首长诗，这首注定写不完的长诗就像柯勒律治曾经遭遇过的一样，在他醒来的时候突然像链条一样断裂了。这样的梦境在他六十六岁回到浙东故乡后还在继续着，只是梦中的气氛更为肃杀。

正如你们所知道的，他是一个行动型的人，大半辈子他的屁股都是在驴背和马背上过来的。现在乡间闲暇的时光使他的激情以另一种形式在纸上流淌，由于这激情的生生不息显得失去了节制，他晚年乡居生活时期的诗歌呈现了相当大的密度，几乎称得上是一部诗歌日记了。这个人到了人生晚境还期望着一双神圣的帝皇之手来操起自己这把宝剑，向着北方出击。死亡到来之前，

146

他把自己来不及做完的梦让儿孙们去做了，所谓"家祭"云云的临终诗，我们在还是一个学生的时候就已经领受了这种陆游式的爱国主义情怀。

但不管怎样，隐遁田园的陆游事实上在物质层面上已成为一个贫困的自耕农，一个靠政府偶尔拨给的养老金生活的人，这使他深切认识到了自己也是农民中的一员，他的生活中有农家的欢喜也有着农家的悲哀。前面这首描绘了织得稀疏的棉布，冒着红火的干柴，田野和儿童的诗，写于他临终前一年的八十四岁。在这之前，他一直把农业和农民问题看作中国政治的根本所在，"治道本耕桑"，在七十岁那年，他还说自己这一信念的确立来自童年在家塾中诵读过的《诗经·豳风》（不知是不是那首著名的《七月》）。但现在，经历了灾年的饥饿和看到过那么多冬夜里的不济者，他对农业和农民的认识变得质朴了，本真了，他像说话一样告诉我们他在乡居生活中的种种场景，告诉我们他临终的眼里发现的作为一个农人的欢喜，在火堆里噼剥作响的干柴让他觉出了生活的余韵，农家过年时飘香的腊酒让他看到了乡情的醇厚，他还怀着喜悦的心情注视着那些放了学归来在路边斗草游戏的村童。

在12、13世纪的中国，没有一个诗人像陆游一样多角度地从感觉上捕捉、描绘和反映过农村的生活，并像说话一样写入他的诗歌，这取决于他的天才，也与他生生不息的激情有关。从对他诗歌内容的事项的调查上来看，他写了四季农耕的情形，写了春节、端午和庆祝丰收等传统节日，他诗歌里的场景和人物有因交不出税而逃亡的逋户，乡村医生，药铺老板，牙医，卖薪翁，和尚，相面人，卜者，演戏或讲经说书的民间艺人，被叫作"客"的农忙时节的雇工，新婚翌晨即被征当兵的新郎，村童和以《百

147

家姓》为教科书的私塾，茶馆，客栈，入了夜还是鼓声嘈杂以招徕顾客的酒肆，裁缝铺子，帽子店，农耕时节清晨五时敲响的铁板，村人的纠纷，筑路和丰收后的乡间聚餐，等等，如此的淋漓尽致，就像一幅12世纪的乡间风情画。现在南宋已远，据此我们或许就可以复原随着时间逝去而消失了的12世纪的浙东农村生活场景。不过陆游没有《都柏林人》的作者那么骄傲，他不会像乔伊斯这样说依着他书中的一草一木可以构建一个消失了的时代和城市。这就是中国的乡村和中国乡村的诗人。

塘河记

那日我是在温州，宿雨后的空气润泽而清新。我坐在酒店餐厅，看着喜欢的朋友从楼上下来，一起吃了早餐，喝过红茶，然后向着塘河而去。

塘河之行是 11 月初在杭州西湖就约下的。那一夜的西湖，下点小雨，灯影里有黛青色的山影，恍恍乎自己就是四百年前的湖山主人，只觉山是我的，湖是我的，那身边巧笑着的女子，也是我的。总盼着月底的塘河快快成行，惹得小远兄笑我，南风一夜渡塘河。其实在我，顶想看的倒不是河，而是看看河之人。我早知道，这次的行旅，台湾的郑愁予先生，那个写出"我达达的马蹄是个美丽的错误"的诗人要来，多时不见的柯平、庞培、黑陶要来，还有江西、兰州、山东的兄弟要来。他们到得浙江，其实我也算得半个主人的。

似乎西湖的夜风还吹在耳侧，那一切来得如此周致，竟好像是，景已暗换，而心情还是那一夜的心情。

晨光中，船泊在小南门码头，解缆未行。一夜朔风，风日正好。一入舱内，就被桌上一盆水果惊着了。葡萄、橘子、香蕉，也就寻常果品，当船身侧转，向南行去，沿着水面衍射而来的一缕光线穿过船舷，正好投在了那一盆美果上。金黄的橘，紫红的葡萄，都还带着乡野的露水气，然则日光之下，如此静穆灿烂，看去也都是人世间的好。

《山海经·海内南经》上说，"瓯居海上"，想上古时，这里是极南极偏之地。最晚不过南朝宋之前，今温州城区、瑞安、平阳一线以东，即是茫茫海域了。温州的原住民，有说春秋时从越地徙来，也有说是良渚文化的一支，从上源好川，随流而至。我竟暗喜前者，因越地一说，至少与我住的宁波有点干系。温州一城，全赖三条主河化育，自北而南，瓯江、飞云江、鳌江，塘河襟连前两条水系，实是当时生民开垦的运河。说是开垦也不甚恰，它实际上是阻止海水入侵的一道塘堤，故与海岸线平行，略呈南北向。堤内注水，可行船，可灌溉，可阻海侵，可见人生天地，智慧非天生就有，都是环境造成。想与人说，一船笑语哗哗，半句跌入河间。

就连宋时博学多知的学者陈傅良，都说南塘"不知起何时"，可知这河，来历甚久。此地有百里坊，典出唐温州刺史张又新《百里芳》一诗，说的是南朝永嘉太守王羲之，夏日驰五马出行，往看荷花，时南门街衢两侧为河，奔驰百里，一路皆清芰香气。张诗甚好，录于此，也可见当时政治清明，实合周公之礼：

时清游骑南祖暑，正值荷花百里开。民喜出行迎五马，全家知是使君来。

河一路逶迤，往西偏南，经得胜桥、吴桥、三板桥、南塘、丽田，梧田，至白象。若再行二十余公里，出茶山、仙岩、丽岙、塘下，便到瑞安东门了。瑞安，是那晚西湖同游的小远兄的老家，清末一代经学大师孙诒让的玉海楼就在此城，心里崇敬，反而惴惴，不敢轻易言往。但我知道，终有一日是会去的。

河水汤汤，映着朝云，并着尚带水汽的阳光。日影投于水，如一瓣湿润的唇。哪是瞿溪的水，哪又是雄溪和郭溪的水，一时委实难辨清。沿途有桥，有河埠，有喧腾的老街，皆初冬南方景致，平和里沾着喜气。有人于河干桥墩讲朝廷，亦是油米酱醋起头，尽皆人间底色。船近白象，有人遥指远处山影，说是吹台山。时日光下射，水汽上蒸，山影葱茏一如水墨。周灵王太子王子晋吹箫飞升的游仙故事，我是早晓得的，亦知乐清灵峰之上有箫台，犹如刘阮在天台，都是登仙的古迹，只是一直不知吹台山在何，不意竟在塘河上无意见之。

绵软如织锦的水光里，也是有着兵气的。这兵戈之声，不是来自北宋，啸聚处州的方腊那一众寇，而是汉时，此地的东瓯国与今福建一带的闽越国。那时候的生民，大抵都还是剪发文身、错臂左衽的。司马迁《史记》里有"东瓯列传"，对这两个小国的恩怨述之甚详。开篇说道，"闽越王无诸及越东海王摇者，其先皆越王勾践之后也，姓驺氏，秦已并天下，皆废为君长，以其地为闽中郡"，秦亡后，东瓯的驺摇佐汉抗楚，汉兴后复位东海王，不意后来被拖入七国之乱那一潭子浑水，后又与南边的闽越国连年纷争，两个小国终被汉武帝灭国、内迁。故国陵阙，尽作汉家山水，于今野草桥边，都是旧时王孙了。

船的一侧，偶或有水榕树，成片是瓯柑林。墨绿的叶间，秋实缀枝，作金黄色小灯笼状，枝重委地，亦颇可爱。有农人背了一肩的果子到河边，脱至光膊，农人劬劳，竟似不畏西风，把果子又装满船去。

151

称之瓯柑，自是因这种果子产自瓯地。这几日总听得有人叫它大吉，想是大橘谐音。作为橘子的一种，它的个头自是偏大的。瓯地巫风盛，祭神作供果，叫声大吉，也是讨个口彩罢。此果古称黄柑，作为永嘉土产，每年九、十月间，岁例进贡，唐开元时，天子于上元夜会见亲近大臣、侍从，餐黄柑拜赐馈遗，号曰"传柑"，这般景象，也是久断了的古风。东坡有诗"三寸黄柑擘永嘉"，把此果与"云泽米""雪坑茶"并致，都是君家上好之物。又有诗专述"传柑"，写此果滋味，冠绝人间草木，有"侍史传柑御座旁，人间草木尽无浆"句。也有说宋时叫海红柑的，想是藏之久而皮色转红，再加产地近海之故。

我于此果，原本无感，一吃之下，甜中微作苦辛，清而不腻，味蕾上滚过一阵奇异的风，竟好似万水千山的跋涉，一下到此，都卸下了一般。船上还有橘子糕，也与我孩提时母亲给吃过的一般清凉无异。这瓯柑和橘子糕，就是我的玛德莱娜小点心了。每个人都有他自己的玛德莱娜小点心的，它藏在时间的皱褶里，总无觅处，就像人与人的遇合，总是不经意间方有邂逅。"邂逅相遇，适我愿兮"，《诗经》里这句，说的是人与人浮世里的那一点情分，也是人与物的。

于是欣然去登塔，想着这浮屠总能见证些什么。塔是河干的白象塔，说是起自唐贞观年。其实登与不登，塔都在那里，七宝楼台，和着塔基下的人，都已定影在心的底版了，时日愈久，或可沉淀愈深。可堪登者，是因为它是新塔，吃得起重，且人人都上去了。老的唐塔——其实也不再是，是北宋咸平年间至明嘉靖、再至民国多次重修了的——拆除正好五十年了。

从中空的塔身盘旋而上，东是大罗山，西是凤凰山，其下塘河如练，论地势自是极好。我总疑惑，不知身处几层。设若一人独自登临，我怕是不会有这样的兴致。可见我名为好静，实爱的还是人间热闹场。终至七级，恐高者已抱壁颤抖，汗不敢出。意念里的白象慧光，杳无踪影，只在听人说起五十年前塔身里出土的北宋漆器、木雕、青瓷、佛像、印经、舍利子时，才有那么一闪。

我果然看见了这些千年前的物事。那已经是在河边的博物馆了。佛像，菩萨，天王，力士。印经，写经，残画。置于现代光学仪器下的舍利子。活字印刷的《佛说观无量寿佛经》残页。还有密封玻璃柜子里的彩塑水月观音半跏坐像。那佛像穿越千年，虽色泽剥落，还是面相庄严，纹饰生动。我知晓北宋泥塑，泥胎表面须饰以高岭瓷土和桐油，风干后易于造型，且能保存至今不失妍媚。

物品中尚有一副瓯地女子的嫁妆，看式样和漆色是晚清或更晚近的。一床柜，约齐膝高，漆色未蚀，微转暗红，柜子正身刻数行小字："美果小巧劝郎尝，庚申年秋月，铁樵涂"，其下是南方常见的樱桃、瓜果、叶子和昆虫，笔法朴拙，亦颇有趣。

铁樵者，可能是做柜子人家请的匠人吧。"美果小巧劝郎尝"，我读此语，大类女儿家娇嗔口吻。那是个什么样的南方女子呢，她把这句话让人镌刻在陪嫁的柜子上，这浮世里的小儿女情态，怎么着都让人动容。这郎君没准是个爱甜食的吃货呢，这么想着我就笑自己还是不解女儿家的心意，这美果，为什么就不能是愈藏愈甜的瓯柑，不能是那个待嫁的女孩儿自己呢。

忽然有些了悟，适才那如风一般在舌蕾上卷过的，原来是爱情的滋味。爱情有诸多形相，只是在这一日，在塘河，它被赋

153

了瓯柑的形相、色泽与香气。它可以涩如初恋，淡淡地苦辛着，也可以甜如蜜汁，如遇良宵良人。

想说与身边人听，空空的厅堂里已了无一人，急步折身，外面的月洞门里，众人都在合影了。

经帆游山，舍船上岸，步至仙岩，此地的梅雨潭是必看的，因为它曾惹动朱自清先生写下文学史上的名篇《绿》。朱先生借居温州一年，他那个搬到南戏博物馆隔壁的旧居我是去看过的，几乎没几样旧物，但这潭边的青石，他曾枯坐半日却是确凿的。从山涧里来的凉风，曾经吹着朱自清，也吹着我。那摩崖上石刻的宋朝的字，明朝的字，清朝的字，不知有多少眼睛扫视过的，我的目光依然为之停留。但我改变了主意，不想临着潭水去诵读朱先生的《绿》了。我嫌它忒软了些，色调也过于浓烈了些。想到未登翠微岭时，路边见仙岩寺门口，匾额上书"开天气象"，落款"晦翁"，知是朱熹手迹，宋人气象，周程朱陆，何等阔大！佩弦先生，人和文字，还是嫌单薄了些。

出寺门，隔着虎溪就是慧光塔。此塔和塘河上的白象塔，还有温州城里的净光塔，都是起自唐贞观年间。塔已修葺一新，但我还是独爱想象中冰霜剥蚀、风雨摧残的旧模样，就好像叶芝对着他的女神说，当你老了，青丝染霜，炉火边我只想着你旧日的容颜。身边人在说着虎溪的故事，虽不对着我说，但我想自己，就是出了林中来听你说法的猛虎哩！

是夜在乐清康天的酒吧，吃他自酿的果酒、米酒，酒气冉冉，丹田还暖。小棉唱在水一方，庞培唱献给他做过纺织女工的妈妈的歌，吉敏唱一种相思、两处闲愁。就连年过八十的郑先生，也上台唱了一支新疆民歌。我默诵少年时背过的，"那等在季节里的容颜如莲花的开落",把白日里梅雨潭边的心思了了,想着泽雅的天空,芦花飞白,满山皆是竹纸,我的心真如小小的寂寞的城了。跫音不响,三月的春帷不揭,你的心是小小的窗扉紧掩……但我真的不是过客,我想做归人了。一时间心里似乎满溢着了,如同认出了山河故人的欣悦。

行程的最后一站是江心屿。从塘河到瓯江,由绮丽转向开阔,自然和人生的出口处,大抵仿佛。时日影西移,照着江心寺、领事馆大楼、东塔和西塔,此间人和物,都有了长长的影子。江干有一榕树,合抱樟树,在此已逾千年,时人以忠臣孝子的故事穿凿之,我伫立良久,却想,设若爱有形相,在此间,就是江心屿那一株合抱着的榕树和樟树了,原本不甚相干的两截生命,某日起就相依相偎着了,我中有你,你中有我。

海湾记

一、海湾

10月24日上午，自南岳码头下船，驶行约一小时，我们身处在了海湾的中心。海湾半封闭，呈宝瓶状，一舟，十余人，正好是这瓶中一粒。

日光甚好，天亦蓝得颇可爱。船刚行时，海面上还有一层薄薄的雾气，近中午时，云气全收，光线已很是灼眼。这么好的能见度，东面玉环县林立的高大烟囱，及北岸温岭县沿海一带房屋，都已可以看见。我们出发的南岳码头是在乐清。这个海湾现属三县共有，再往南，湾口就是洞头诸岛了。

然而在明成化年之前，那时尚无玉环，温岭北部沿海一带，亦属乐清，叫乐清湾也是名符其实。其实我更喜欢它的另一个名：白沙海。

不必去试图描述什么，光这三字，就堪入画。汉字的妙处，或易引人入歧途处，都在此间。几百年来，乐清境内大荆、清江、虹桥、乐成、柳市诸条水系，皆注入湾内，湾底不断抬高，岸滩不断淤涨，白沙自是不复见，然海边湿地，鸥鹭低飞，亦是一景。如果非要看沙，那就只有去湾顶的温岭县一侧，然而那也只是狭窄的一片片砂砾石滩地了。

如此平静的海域，江海归流，再加潮水通畅，海鲜自然是最具风味的。我居宁波多年，也算是吃惯了海鲜的人，犹记得第一次来乐清吃到的"血蚶"，那真是天下至味。此蚶，宁波叫银蚶，壳色洁白如银，然个头不如乐清湾出产的大，肉色的饱满也不如。此物是我最爱，常惹柯平笑话，不知他何故发笑。一日听马叙兄说，从前乐清女子坐月子，常啖此物，以之补血，恍然有所悟。

载我们出行的船，本就是渔轮改装，船尾有拖网。几个来回拖行，甲板上竟也满是爬来爬去的活物了：虾蛄、蟛蟛、梭子蟹，粗如小臂的海鲈鱼，一离水就断气的小梅鱼。捞上来最多的是海鲈鱼，满满一桶都是，到晚上我们还带去酒店煮了满满一盆。

我和鲁渤、春祥、晓敏，在最上舱的甲板上，于一顶硕大的遮阳伞下吃茶、聊天，看船上的老大们撒网、拉网。舷边不时飘过小岛，竟还绿意葱茏着。日光之下，岬角之间的曲折岸线，如水墨一痕，亦自可见。餐时有酒，是早先带上船来的，就着清水煮的新捕的鱼虾，滋味很好，然餐厅靠着锅炉房，甚觉燠热，且机声隆隆，对面说话也听不分明，我只吃了两盏酒，就逃上了甲板。

海湾一日，那船竟如沿着葫芦宝瓶的内侧滑行了一圈，于乐清湾的地理方位，我是大致了然。最北面到了西门岛，这已经离出发时的乐成镇三十公里开外了，因其与温岭县东门仅一水之隔，故有此名。有妇人于码头边叫卖鱼干、海带和蛏子干，远处湿地是成片的苇荡，间或有白鸟起落。人称它"海上雁荡"，或许更应往岛内走走。

西门、清江，都是极好的避风地。其实整个的海湾，楔入内陆的三十余公里纵深，都是从前渔家的系缆处。台风来时，这一湾水域尚还平静。整个海湾，湾内水不甚深，只十米左右，然最深处中部亦达四十米，以此之故，海湾已成为温州港的一个港区，成了大宗散货的物流基地。

作这些介绍的是诗人陈鱼观，他正任职港区。我初识鱼观，是通过亚洪。鱼观光头，爱笑，一入厨下就是不须化装之刘仪伟。鱼观带着一只类似街头演唱用的音箱来作解说，乐清兄弟，亦颇可爱。

现乐清湾港区，北起清江镇（南塘）黄家里，南至柳市岐头山，与玉环海隔海眺望，分码头作业、临港工业、物流、船舶等功能区块，已投入百亿资金之巨矣。鱼观说，此地是宁波至福州一千公里黄金海岸线之中段，位置果然甚好。晚餐是在蒲歧镇一酒家，鱼观拿着杯子，又来我桌作了一场精彩报告。

二、蒲歧

黄昏，一入蒲歧城，就被各种各样的声音包围了。乒乓。梆梆。哐哐。敲击声，捶打声，爆竹声，混凝机搅拌声，沿街叫卖声。就好似整个蒲歧小镇是个大工场，到处都充满着嘈杂、奔忙和速度。我喜欢这乱，这闹，这乱与闹里有着俗世的生猛与逸乐。

这是个有年头的古镇。王羲之和谢灵运出守永嘉时，这里已经是个滨海的村子。当时人平歧海边的菖蒲墩，建房而居，名为蒲歧。而它成为一座城，乃为屯兵所需，有史可稽，最早可溯至宋淳熙年间。明初，信国公汤和巡视浙东西各郡，相视要害，始加筑城池，置守御千户所，隶属磐石卫。明万历的《温州府志》

说，城长六百丈，高二丈二尺，厚二丈，门四，敌台十二，窝铺二十四，其规模已仅次于县城。我总疑心，从杭州湾北岸到温州、福州一带的卫所，都是明初时这个信国公搞的，然又无确切史料可佐证，也只是妄猜。

兵，和带兵的千户，有土著的，也有外地换防来的。这样的卫城，兵即是民，民执戟即为兵，其民气自然淳朴，刚强，甚至不无好斗。明季卫所和地方的关系，我曾留意，却少有探究，如果有人有心去做，也是一篇极好质地的文章。仅就文化的融合来说，当时遍布的卫所，肯定给瓯地、越地及闽地带来了某种异质性的东西。蒲歧至今古风犹存，每逢佳节，或农历九月初一至初五大会市，民间有抬阁、踩高跷、扮笑戏、打倭儿炮等表演。当地人说，表演抬阁时，每架抬阁立童男童女五至十名，皆粉啄可人，浓墨华装，作各种姿态动作，八百年延续而来的古风，思之神往。

城中房屋坐落，还依然可辨旧时的规制。两条主干街衢，连起四个城门。四门犹在，那一夜看了两个，我认得出那是嘉靖的石、箭垛，和瞭望的窗子，连城门上的榕树，只怕也是民国的，甚至更早。只是如今连片的楼宇间，何处是兵营，何处是书院，何处是将军府，怕是很难一一指认了。街两边的两家，把货铺都推进到路中央了。此类街景，90年代或可见之，此地重现，恍若隔世，但也不觉得它的粗俗，反而有一种闹乱里的亲切。

三、棉书堂

7月里，亚洪跟我说，什么时候来棉书堂做一场？他指的是我一本刚上市的新书，因彼时正好各地跑，开各种各样的读者见面会。我说好，也只是漫应之。我知道这地方，是乐清一个爱书的叫小棉的女子在弄着，书和女子，本就相宜，亚洪中意的，自然不错。

及至那夜，真到了棉书堂，我想这地方我是来过的。满架的书，低徊的灯光，熟悉的气息，还有那些灯下的案头清供，我想我是识得的。恍然想起，那是三年前我去丽水，中转此间，和马叙兄在此一晤。只是彼时此间似乎还不叫棉书堂——或许就是此名，只是我未及听清——也未见那个叫小棉的温婉女子。

那天亚洪和KT开着车到白石的动车站来接我。亚洪说，喏，这就是KT。我说，你就是KT啊，说着伸出手去。因我已从亚洪发在公众号里的文章里知道了他。

是夜，在棉书堂，KT让我们一一品尝了他监酿的十余道米酒和果酒。酒有个"一撮毛"的诨名，盛在玲珑的酒瓯里，灯下一看，自是好酒。我总以为，美人和酒，总须灯下来看，才能辨出有韵无韵。KT把他的这十余道酒，按着度数由低到高，装在不同酒具里，逐次递进，紫薯，花灯，银杏，节奏，火候，等等，无一不拿捏得恰到好处。我从没有见过一个男人对酒事如此周致细心，竟像倾注了无限深情在里面。那一夜的KT，是艺术大师，酒，环境，人，都成了他安排的这台大戏里的一个个道具。

再一夜的酒，是在创意广场66的别一家棉书堂。这个广场前身是社会主义的粮库，墙上红漆写的旧标语还在，论年代不下半个世纪。灯红酒绿，如此混搭，正好有一种后现代或波普色彩。KT说，对面的"一撮毛"酒吧装修已近尾声，下月初即可开业，到时再来喝过。"一撮毛"者，马叙创造的一半古半新水墨人物也，

160

KT 喜其高古如魏晋人，又朴拙有趣，故以之作了新酒吧名。

这一夜月华大盛，我们是在露天里，一株芭蕉下饮酒，桃源十三子里的亚洪、海春、崇森皆在，待散场，也已是子夜。

11 月 4 日，"一撮毛"酒吧开业日，我因事没到乐清，然微信空间里发布的盛况，我是亲见了的。我听温州朋友说，试业两天，喝酒免单，KT 每晚陪友共喝，必至凌晨 4 点。开业两日，酒水半价，KT 又陪，依然四时方歇。我真想对他说：哥哥也是爱酒的人，也不兴许你这样喝法。

不说后来的"一撮毛"，依然回到棉书堂。那一夜酒气冉冉，不觉有醉，夜半回酒店，一路月光如雪，我吟了句：乐清兄弟如相问，一半勾留棉书堂。

湖墅记

2015年12月，我在杭州，住大兜路花驿民宿。大风彻夜，把天都吹蓝了，是今冬以来从未有过的好天。我知此地已是京杭大运河最南端的湖墅段，当年商贸繁盛，有十里银湖墅之称，运河两岸有许多仓储式旧建筑，一直无缘到访，这次蓦地闯入，说是仓促了些，也算一场遇合。

前夜酒气冉冉，竟不知几时回房将息。只记得此家民宿主人，也是个妙人儿。她打开一间间房门，如同一千零一夜里打开藏宝洞的少女。她爱鲜花，瓶器，光线，柜子。她驱使这些东西，如施魔法，营建了一个与市尘的喧嚣不相干的宁静世界，似乎只要一关上门，旧时光便又可重现。旧时光能否留住，能留多长，暂且不论，把这几十个房间，全都布置得洞房一般，便知她心底是有梦的。席间，她竟不做少女要做山鲁佐德，要给我们讲故事了。

故事说的是"我奶奶"。七十年前，"我奶奶"是福建一个开客栈的大户人家的女儿，十六岁，爱上了一个国军军官，婚后，随军辗转，一直到云南。此时已经到了四十年代，年轻军官已是国军汽车连长，成为中国远征军的一员入缅对日作战。许多年后，他们到了杭州，在这里藏起了以前所有故事，小心翼翼生活到了现在……女主人说，她开这个民宿，就是要圆"我奶奶"一个梦。

听了故事大家都有些默然。终于有人带头打破沉默，问你祖母还健在么？这个故事，店主人肯定不是第一次讲了，肯定也感动过许多少男少女。要怪，只能怪在座的心太硬，都是写故事、编故事的，什么样离奇曲折的故事没听过？这样的小清新故事，尽可意会，感动实难。而且大家的心思虽没说出来却已写在脸上：做一项产业，搭配一个故事，怎么都时兴这样了？除了年长些的柯平、马叙心存仁慈，安慰女主人赶紧给老太太做口述史记录啥的，大家都没拿这个故事当一回事。

这天早晨，我起得晚了，一个人在花驿一楼吃早餐，陈敏——就是这家民宿的女主人——裹着严严实实的大红围巾，如一阵风般掀帘进来。外面风日甚好，没想到十二月的杭州会冷成这样，她的脸都吹成彤红的了。还没等暖过身来，她就把两大本照相簿在桌上摆开来。她说，一早就去奶奶那儿了，把这些老照片一塌刮子全搜来了。

我约略有些吃惊，想着昨夜讲的故事，这女子竟是认了真的，要我们去信她。一个被照相术固定了的民国在桌上徐徐摊开了：英气逼人的军官，他戴的大檐帽是美式的；十七岁的新娘，神情青涩而羞赧，她的婚纱隔了七十年还是洁白如许，就好像那场婚礼还在昨天。还有一张照片是军官随信寄给她的，落款的时间是民国三十一年，地点是云南某地的一处，好像是部队驻扎的一个镇子。

这时，鲁渤、马叙、柯平、商略、瞿炜、汉明都下楼来了，街道负责接待我们的美女黄群也从外面进来了。我们传阅着这一张张老照片，赞叹复惊奇。我看到了花驿的民国风所来有自，看到了那个梦，它真的就在时间的静深处，在一个人的心底，存在了那么多年。这个家族，这个军官和他的太太，他们如候鸟一般栖息在杭州的半个多世纪里，要经历多少风风雨雨啊。当故事以影像的方式呈现开来时，大家都有些激动。陈敏的脸似乎更红了，当然不再是冷风吹的缘故。

杭州故事，可说者多矣。仅仅是花驿民背后"我奶奶"的故事，我也觉得不虚湖墅此行了。何况还有下面谭钟麟的故事。

傍晚，来到运河与上塘河交汇处的富义仓时，西斜的光线正投射在门口的板壁和阶前的小青砖路面上。这个著名的粮仓现在空了，它门前的运河，在高楼和马路的挤压下，似乎也显得窄小了。然而一百多年前，这河道的繁忙，应是堪比今天的高速公路。"北有南新仓，南有富义仓"，漕运时代里，商人或者官家眼里，它都是一个地标。

建造富义仓的，就是谭钟麟。

谭钟麟者何人？建造此仓时，他是浙江巡抚，民国时期政治家谭延闿是他庶出第三子。

谭钟麟可称是晚清时期治世之能臣，在浙江巡抚任上的两年，是这个方面大员从巡抚跃至总督关键性的两年。他到杭州履任是在1879年冬天，此前他已出任多年陕西巡抚。这个19世纪晚叶的官员是个出了名的荒政专家，在陕西任上，他兴修水利，鼓励桑蚕，一有灾情就急调各州县社仓库粮赈济灾民，本省赈粮不敷，他就通过朝廷向闽、粤海关借银，解决向外省购粮、运粮所需经费，活民无数，堪称治理有方。他还开启了关闭近两百年的关中书院，参照朱子白鹿洞书院的规章和办法，使之重新振兴。以儒家政治伦理来看，此人堪称完人。

谭钟麟到浙江之前，杭州历史上曾有过许多粮仓，如江涨桥东北的仁和仓，广安新桥旁的广积仓，宝善桥西的永济仓，城内义仓等，每年进入杭城的大米多至数百万斛。但1860年前后太平军两次攻打杭州城后，杭州的仓廒几乎成了空仓，再加运河水运体系因战乱多年失修，漕粮已大多改走海运。到谭钟麟到任的1879年冬天，杭州城内唯有永济仓、义仓尚有一些储粮。

1880年是个有名的荒年，谭钟麟甫一到任，就派人清查土地，核实漕平，更定厘税，治浚河道，在整顿官吏的同时，对民生问题尤为瞩目，尤其是粮食的储备。经数番考察，他让城中士绅们出资，采购了十万石粮食，分别储存在永济仓和义仓。这两个仓库都是旧仓，储量有限，即使扩建，周边土地也有限，便又由官府出面购买霞湾民地十亩，再建仓廒。工程从谭钟麟初到杭州时的1880年动工，到两年后他调任陕甘总督尚未竣工。临行前，他以"以仁致富，和则义达"之意，把这个运河边的新仓库命名为富义仓，并关照后任，要关注仓储，"散而积之，无方其数，为民忧"。

1884年夏天，历时四年的粮仓建成，共耗白银一万一千两，仓房共四排，可储存谷物四五万石，时人把它与北京的南新仓并称"天下粮仓"，"北有南新仓，南有富义仓"成为一时之谚。曾官苏松太道的藏书家应宝时撰《新建富义仓记》，曾以纪实笔法描述其格局规制：富义仓十亩地，"为仓四、为廒八十，容谷可四五万石……其东筑楼三楹，属司事者居之。其西创屋一区，为砻场，驾乌犍以转环之，向南茸屋，为碓坊。"

尽管自隋朝江南运河开凿以来，湖墅就是南方漕粮汇转之地，从大关桥到卖鱼桥，两岸官办粮仓、私立米行仓库林立；也尽管杭州自古繁华，湖墅一带，乾隆时代就有皇帝下江南的御码头、拱宸桥，此地的仓储制度从运输、储存、装卸、搬运、包装、流通加工、配送诸环节从公元11世纪起就相当完善，但事实上自19世纪中叶起，由于太平天国战乱及运河淤塞，政府和商家已多次尝试漕粮海运，漕运时代已日薄西山了。谭钟麟在杭州督造富义仓的1800年，运河交通虽已部分恢复，但终已非盛时可比了。

饶是如此，富义仓等一批仓储建筑的建成使用，使得城北尤其是湖墅一地的经济在运河的滋润下获得了快速提升，一份当地工商史料称，到1920年代，湖墅、拱宸桥一带的商业，已居全杭城第二位。当时全城碾米厂一百零五家，从武林门外的和丰、宏源、郑德裕，沿着运河一路往北数到拱宸桥，就有四十家，分布最为密集的则数仓基上到康家桥，富义仓到紫荆街运河两岸之间，多达二十八家。而那时候的湖墅，据光绪年间的《湖墅小志》，地域上也要比今天大得多："湖墅乃北郭一隅尔，推是广之则自武林门下至北新关，以及西则钱塘门而抵观音关止，东则艮山门而抵东新关止。"

民国时，富义仓为浙江省第三积谷仓，遇有灾年，政府就开办平粜进行赈灾。和富义仓一起参与赈灾的，还有一个比它历史更久的仓库，位于钞关街的仁和仓（因其原系明代仁和县的便民仓而得名，后来变身为浙江地方第二堆厂，用以堆放米、桂圆、花生、布匹等）。这个仓库在日本人从杭州撤出时被焚成了一堆瓦砾，上世纪50年代初，苏联援建，建成了四幢青砖砌成的建筑，成为国家厂丝仓库。

从晚清到民国，也多赖这些上百年的旧建筑，这些旧时光里的世界才又重新返回。富义仓空荡荡的晒场、碓房、司事房，已成为一个逝去时代的见证，它的空里正好回荡着旧日里的繁华。

元谷创意园"布米"馆的咖啡很醇很正，走累了正好坐下说说话，怀怀旧。令我吃惊的是，那四幢苏式的青砖建筑，厂丝仓库的前身，现在改装成了一家有着后现代风格的酒店，契弗利酒店。

就像一件作品脱离了创作者的视野后，无法预料会遭遇些什么，谭钟麟自然也无法想象，一百多年后的富义仓会是如何。继续回到这个人身上来。他在陕甘总督任上干了六年半，新疆建立行省就是在他任上。他还在甘州（今甘肃张掖）创建河西精舍，选拔文人学者著书讲学。1885 年中法战争爆发时，六十三岁的他还上奏朝廷，请求率军迎敌，可见其爱国情切。到他 1888 年离任时，审计积余库储银百余万两，各州县积谷数百万石。一个帝制时代的文官，其操守之谨严，足令今人无颜色。

谭钟麟于 90 年代中期到广州任职，除了在力拒法国人扩大租界上值得称道，在外交事务方面乏善可陈。作为一个公认的保守主义者，他抱定了与洋务为仇、与西学为仇，他在七十余岁高龄还要被慈禧起复为两广总督，或许也是因他的保守主义立场见宠。但此时的中国已非昔日可比，这个古老的帝国在多年现代性的孕育下已酝酿着一场变革，一个旧时代里的精英分子，当他迎着新时代的曙光走去时，他高瘦的影子注定只能留在旧时代的暗夜里，这是谭钟麟这一代旧式知识分子的悲剧。

1905 年，谭钟麟在老家湖南长沙去世。

最后说一个寺。杭州多名寺，这个香积寺是唯一供奉大圣紧那罗王菩萨的，显出了它的不一样。紧那罗（Kinnara），意为"音乐天"、"歌神"，是佛教天神"天龙八部"之一，因其头上长角又被称为"人非人"，我总觉得它是诸菩萨中的文艺之神。不晓得是《西湖游览志》还是《武林梵志》里说的，当年河上客，从湖州、嘉兴来，去灵隐、天竺朝山进香，必经此寺。寺名据说是宋真宗赐的，旧名兴福寺，俗气而喜乐，也是好的。为了考寺名由来，我翻遍了吴自牧的《梦粱录》未得见。后来翻了半本张岱的《西湖梦寻》，还是未见。张岱那本书太拘于西湖了，这城北的一隅，估计不会入他法眼，但吴自牧写繁华时代的城池苑囿，无论如何不可以疏漏的呀！

我独爱此寺，是因它与我下榻的花驿民宿仅一墙之隔。身处软红十丈，唯此一点梵心，或许可以唤你归去。日光隆隆，照着铜殿、铜瓦、铜阑干，它刚猛的折光好似一句断喝，就好像，那束光真的是从宋朝而来，追着你穿过晚清，穿过民国，一直追到这个下午。

湘湖记

去越王城时，下起了大雨。雨如箭簇，攒击着湖面，十余步外人影莫辨。湖上影子，唯淡墨般长堤一痕，和远处船形建筑一座。两千余年前，此地是吴越两国交战的古战场。那风声雨声，似乎也带着兵气了。

萧山的由来，据说就是这般：越王勾践兵败，退入此境，登山，四顾萧然，跟出来的老兄弟们都没几个回来的，故名萧山。

眼前百米高的城山，就是古越国的一处古堡。山前有广场，廊柱、石坊、台阶都是新砌的。雨委实太大，那越王城遗址的一段城墙，只得远远看一眼，而洗马池、佛眼泉、山后古道，那些生长出诸多传奇的去处，竟生生地被雨隔着，不能近前一步。

这样也好，可以看湖。

桑君给我看湖。是去年初冬的湖。她曾陪家人来此，拍了几张，喜欢得不行。我一看，果然好，初看像是西湖，山光树影笼着雾气，都是虚虚的，线条洗练得像是明人小品。我疑心她是用手机软件处理过。桑君竟似为这湖鸣屈了，说这湖本来就这么好看的。

但我好像更喜眼前这湖。大风大雨，浩浩渺渺，天与水，与山与树，没有遮掩，也没有转折。它不再是小品，而是墨色酣畅的宋元山水。"雨过河源隔座看"，是我喜欢的李义山的名句，还有前句，"星沉海底当窗见"，也好。星沉雨过，一隔一看，一沉一见，如在目前，有人说李诗是写男女幽会事，在我看来，那实在是与天地精神接通的一瞬。

湘湖，能否给我这样的一瞬？

说到此湖的宋元气象，是因其阔大。却不承想，此湖，真的是一个宋人筑的。时在宋徽宗政和二年，也就是公元1112年。

那个人叫杨时。

越地的湖，取一湘字，我总百思不解，这与湖南人何干？看了杨时的履历才明白。杨时，福建人，熙宁九年（1076）进士，先官湖南浏阳，然后到浙江的余杭和萧山，任知县。

他是北宋理学家程颢的门下弟子，程颢说他聪明，领会得快，"杨君最会得容易。"又说他自信满满，谁也不能驾驭。他学成南归，程颢送他远去，感慨："吾道南矣！"那心情，几百年后的王阳明得着了王艮，差堪可比。

程颢死后，杨时跑到洛阳，投到程颢的弟弟程颐门下，著名的典故"程门立雪"，说的就是他的故事。说的是，一日，他与同学游酢去程府求教，正巧碰上程颐静坐小睡，二人便肃立等候。当时天降大雪，待程颐一觉醒来，雪已经下了有一尺深了，两个虔敬的弟子已立成了雪人。一个至今想来还是异常温暖美好的故事。

杨时来任萧山令时，一定想起了三十多年前来浙江明州任鄞县令的江西人王安石。王介甫一代名臣，后来位极宰辅，在神宗支持下发起变法，杨时初入仕途时，这位政治老人在反对派的攻击下已经落职闲居江宁。若要站队，杨时和他的老师都是熙宁变法的反对派，但这并不妨碍他把治鄞时的王安石作为自己人生的样板。庆历七年（1047）秋天，王安石花了大半个月巡视鄞县各乡水利，尔后疏浚东钱湖，在各乡建了许多塘坝，三十多年后，杨时在萧山城西"以山为界，筑土为塘"，建成这样一个巨大的人工湖，以解九乡旱涝，也很难说不是来自青年王安石的启迪。

此湖周围八十余里，湖域面积四万亩，《萧山县志》上说杨时为邑令时指挥这一工程，"经理庶务，裁决如流"，可见也是个能吏。湖建好后，他想起了自己曾经任官的潇湘，名之湘湖，也是一番寄托。

湖中旧有八景，什么晚钟，什么棹歌，大抵后世文人穿凿，我只是记住了一个山脚窑烟，说的是此湖筑成后，湖底的黏泥成了烧陶的好料，湖边人多以制陶为业，环湖窑场林立，一到暮色时分，湖边山脚，窑烟缥缈，如一空空幻境。大雨天不见窑烟，我想现在这里的窑场应是都关闭了吧。

离开浙江后，杨时被宋徽宗召为秘书郎，做了京官，后来屡有升迁。从他写给当道的一些时事札子来看，他论茶法、盐法、边事、军制，对北宋末年的经济和军事政策多有建言。到南宋建炎四年（1130），他辞官回了老家，去研究他的性理学说去了。

他虽然以二程嫡传的理学家的身份进入官场，一生都在精研心性之学，但他面对的，一直是人的世界。在帝国的政治架构内，他做过牧民的县令，新法的反对者，皇帝的近臣，他从来没有生活在一个玄之又玄的超验世界，即使谈性，谈理，也都是人间的消息。从此人身上可知，中国的哲学，一向都是在人间的哲学。

他的学问，自有朱熹等后来者承继；他在萧山留下的这个湖，遗泽千年。

雨中远远望见的，湖边那幢船形建筑，是跨湖桥遗址博物馆。我知道跨湖夜月，也是入了旧八景的，但雨中看去，那桥似乎也隐入水汽中不见了。

我很快就知道，博物馆为什么是一个船屋的外形。馆中主藏的，是一只史前时代的独木舟。此舟是跨湖桥新石器遗址考古发现的，距今约八千年。

出土的还有水稻、茶籽、陶釜，但我的目光已经粘在了这只上古时代的木船上。

还在一星期前，陪同广州来的谢有顺君，刚去看了七千年前的河姆渡遗址。我总觉得，对史前时期文明的一种想象，如同泅渡一片无人的水域一样，对今人是一种挑战。兀地看到这八千年来的古舟子，我不由深吸一口气，这片水域实在是太深太广了些。

我们所能想象的，也就是一个有了文字之后的世界。甚至安于时世，连这种想象力都不再具备。

但在萧山，只要有足够的好运气，还是可以遭遇到接通古今，接通天地精神的一瞬。因为此地有春秋的山，宋朝的湖，还有一只上古时代的古舟子。

雁荡山记

蹉跎不觉，已是第三次到雁荡了。世间名山多矣，能让一个人老是记着往一个地方跑，必是有着格外的记挂。雁荡对我的吸引，好山好水之外，泰半还是因为这里有着我最好的兄弟，有着中国最好的作家群。雁荡所处的乐清，就像东部沿海的其他县级市一样，近十年里充满着工业化的速度和嘈杂，柳市、虹桥、大荆，到处都是五金、电器、鞋具作坊林立，但在商贸的兴盛之外，那种有着浓重市井味的世俗生活在这里还是有着坚韧的力量，如缕缕香烟绵延不绝，而雅好艺文的人们还是保持着传统中国文人结会、清谈的雅士之风，这或许正是此方水土的化育之功？

万历四十一年（1613）春天，旅行家徐霞客首抵雁荡，他所说的"望雁山诸峰，芙蓉插天，片片扑人眉宇"，我在2000年冬天第一次来到雁荡山时就深切感受到了。那晚和几个朋友从酒店出来，萧瑟的寒风中望见山崖一侧跃出一轮圆月，愈显得那铁色的崖石如屏似障，作势欲扑，几个人影如蚁般在山跟下沙沙移动，一个个屏声静息，那景况竟像苏子夜游赤壁一般让人自觉微眇。后来我知道，那一夜扑入眉宇的那片如屏的山崖就是灵岩。第二次来雁荡是三年前的初夏，走的是中雁荡的西漈那条狭长的山谷，处处有移步换景的欣喜，看了梅西潭，登上了玉甑峰，还和一帮乐清的文友们在一场突如其来的雷雨中喝得大醉。

这第三次来到雁荡，到达的第一个晚上我竟又醉了一回。那日傍晚，动车到达乐清站，穿过车站广场看到前来迎接我的马叙和刚做新娘不久的素丹，那雨后潮润的空气就让我感觉到了甜丝丝的酒意。是的，和最好的兄弟在一起，那种发了酵的放松、适意时常会让我有微醺之感。这天兴许是台风外围的影响，一进入雁荡满山满涧就都是云意了，从入住的酒店窗口望出去，就在我们谈话的当儿，那云团翻卷着，笼罩了整片山峦，更远处，那些如希腊神庙般的山体，全都让云雾遮断了。

说是山色醉人，让我心甘情愿醉上一回的真还是此间的友人。十年兄弟了，马叙兄的眼神依然睿智而坦诚，这位"新散文"的教父继续保持着思想的锐气和感觉的灵敏。"咖啡哥"亚洪依然生活在他的古典交响乐和Essay中，近年新增的一大爱好是和长得酷似刘仪伟的陈鱼观一起提着相机东奔西跑，成了一个追逐光影的"单反控"。小说家东君新近刚添一爱女，喧嚣时世中他以沉静之心待文字，他那种被历史典籍浸染的典雅叙事极得我心，他那些带着新文人气息的小说已隐显大家气象。还有好兄弟哲贵从温州来，吴玄从杭州来，晓敏、骁锋从丽水来，更让我惊喜的是又见从雁荡山出去的小说家苏羊，她从上海回这里在能仁寺边建一个书院——用她的说法叫"羊舍"……那么多有趣的人在一起，到这鸿雁之山（徐霞客语）的第一个晚上我是结结实实地醉了。酒喝干，再斟满，今夜不醉不行啊。最后在一家午夜大排档门口，哲贵欲拉我回酒店时，我竟一把推开他，说，你回吧，我还没喝够呢！真是high了啊，阿贵后来跟我说。

这般的醉意在第二天一早去看大龙湫时还让我欣悦着。周遭的山色经了一夜豪雨，正走向一年中最好的光景，身边走着的又是一群让你最觉得舒心的人，直觉得我看山妩媚如许，山亦当如是看我。远远听到水声，两百多米的落差，大龙湫果然非同凡响，其势若白龙入水，轰然下捣，激起的水雾腾空飘摆，几在百米开外。徐霞客所说"怒涛倾注，变幻极势，轰雷喷雪，大倍于昨"，应该也是一夜大雨之后才有的水势。潭边多古人摩崖石刻，最著者当为近人康有为"白龙飞下"四字。袁枚的古风《观大龙湫》"五丈以上尚是水，十丈以下全为烟"，虽嫌直白了些，倒也是他在水云烟雾间真实观照所得，尚称应景。站在潭边，极力仰头想看清水之所来，忽听得耳边一声：潭下水同，何必仰视！一回头，说话者东君。东君说这话也不是他说的，是汉时僧人诺巨罗（当地把这个僧人视作雁荡山的开山祖师）在潭边圆寂时听到的一句断喝。于是在亭边听东君和哲贵为我细讲这桩公案。

然龙湫胜景虽好，少了徐霞客总要减一半色。相传雁荡山之巅有雁湖，在徐霞客到访之前，当地县志、山志基本上都采沈括《雁荡山》之说，以为大龙湫水来自雁湖，徐霞客那次带了一个童仆上龙湫背寻雁湖未果，人却摔得几乎动弹不了，"主仆衣履俱敝，寻湖之兴衰矣"，次日便离开了雁荡山。十几年后他再到雁荡，从石门攀援而上，终于到了雁湖边，这次时隔十多年后的寻访，徐霞客考察了雁湖水的走向，指出了地理学上的一个谬误，他在日记中说，雁湖水往南，或自石门，或下泻为梅雨瀑、宝冠瀑，往北则雁荡阴者诸水，"皆与大龙湫风马牛无及也"。他写山巅湖泊的一段，至今读来仍是绝好文字："四望白云，迷漫一色，平铺峰下。诸峰朵朵，仅露一顶，日光映之，如冰壶瑶界，不辨海陆。

175

然海中玉环一抹，若可俯而拾也。"

自南北朝时永嘉郡太守谢灵运游雁荡，千余年间，誉为天下奇秀的此山一直是文章擂台，和徐霞客此文一样让我心折的还有晚明王思任游记中的几句开篇："雁荡山是造化小儿时所作者，事事俱糖担中物，不然，则盘古前失存姓氏，大人家劫灰未尽之花园耳。"用余光中先生的解法，这两句是说，此山是大地小时候的玩具，山中每一景都是捏面人所挑糖担子卖的人物，不然就是开天辟地之前无以名之的巨人族，浩劫之前花园中的盆景。

大龙湫、小龙湫、中折瀑、灵岩、灵峰、显胜门、羊角洞、南阁老街……一路走来我还是十年前的观感，雁荡处处绝色。那种把某几处景致圈在一处唤作"雁荡三绝"之类的说法反显出格局的狭小来，正好比荆钗布衣、小家碧玉有她天然的好，月夜下的衣袂飘飞若凌波飞渡也有她刻意营造的好。黄昏在合掌峰下，看暝色四合中那两片石深情款款，相依相偎，直觉得世间男女情爱，在这千载相偎的巨石前也不过片刻欢娱，一时忽觉通体空明，万事皆可放下，黄叶村主人写《石头记》亦当如此心境吧。众友人在灵峰脚下圈坐一桌，喝着茶坐等天黑看夜的灵峰，我一人四顾山腋两壁，峭立亘天，危峰乱叠，如削如攒，悲凉忽如夜风，阵阵袭来，这山色千年如昨，那一拨拨如流水般的登山者却都已是新人，今天的我已非十年前登山的我，今晚一起上灵峰、游观音洞的友人们，十年后又知何处？

以前读古人登临山水的诗文，总奇怪他们何以用"朵"、"朵朵"形容山峰，这难道仅仅是一个化沉重为轻逸的美学的修辞吗？读山志，知雁荡一地，花村鸟山，甚或更早是以花名山，那花即是芙蓉。徐霞客曾如此释义：巅有翠石骈聚，参差不齐，如新蕖初发，故名芙蓉。我真是喜欢这个古山名。山都是有魔力的，这片鸿雁之山如是，托马斯·曼让他的小说主人公汉斯待了七年的"魔山"也如是，对精神超越的向往才会有对山的敬畏，世人才会一次次地跋涉于山道。忽地想到，乐清乃是周灵王太子王子晋吹箫飞升之地，这一夜的灵峰之上，会有黄鹤来归吗？仙乐飘飘，我又与谁共听？

南方运河记

　　桥是古桥，满身都缠着藤萝。河更古，汩汩地不知流了几千年。先前河上没有闸的时候，每逢涨潮，海水一直要进到源头的高坝。打从我记事起，节制闸、五洞闸等都已筑起，只能从老人们的言谈中想见那种潮如奔马的壮阔了。那一日去看河，渐渐近了，仿佛那河就逶迤着迎面撞将过来。溯着河源走，大河就成了一匹洗练的长卷，而那河中的每滴，都是多少个世纪里江南才子的精魂凝成。一长串驳船打老远驶来，清越的马达声迅疾犁破水面。恨不早生八百年，和放翁先生斜风细雨从山阴道上下来，谒芦山古寺，看大河潮落，当参差邻舫那些瘦精精的船家拔篙高喊："开船喽——"就可卧听满江柔橹的欸乃了。

　　河跌跌撞撞到了余姚城西，往南往北各伸出一支，把城郭给搂抱起来，中间一支主流径直穿城而过。在1778年乾隆年间绘制的"双城图"上，南北双流如同两只硕大的耳轮，围拢、倾听着来自四乡村落的民间风雨声；又煞像两枚掰开的豆瓣，系连南北双城的石桥，便是这豆瓣间的小芽儿了。

　　江是姚江，桥是通济桥——人称浙东第一桥的便是。如今这桥所处的这段河湾，乃是逶迤数百里的杭甬运河中的短短一程。那日在绍兴，车过钱清镇，车子一侧一晃而过的山阴古水道，19

178

世纪 50 年代李慈铭去杭州不止一次经过的吧，也是在这条人工和天然混血构造的长河里了。

我们对世界的认识，总是从周遭开始，如同宣纸上的一滴墨，一点一点渲染开去。这古旧的河道，曾是我人生初年的地理坐标啊，我曾经无数次让它在纸上流过：

冬天，这条河穿过我所在的城市像一柄闪亮的刀子，水落石凸，薄冰在阳光下丝丝消融。穿着臃肿的人们匆匆在桥上走过。这条河过去的荣光随着大时代的逝去已无可挽回地失落了，"落日残僧立寺桥"，空茫的眼里秋云如涛，不见古人……河出三江口，陡地恢复了流出四明山夏家岭时的浩瀚大气。河面拓宽至百余米，平波之下，狭澜深潜，汩汩流动似四明大地的脉搏，1989 年春夏之交的一个雨夜，我顺江而下，走了百里山路。幽亮的河水在车厩大桥下撞出訇然巨响。我划亮一根火柴，大风中，掌心围拢的一点火光照见了通向河姆渡边那个古老村庄的道路。

千年之前宋朝的一个春天（淳熙十三年三月），山阴人陆游将赴严州任新职，行前沿着这条水道来明州拜访史浩。自山阴买舟东下，渡曹娥，循姚江，而至明州三江口，这条线路陆游早就烂熟于胸。二十年前他就经这条水路造访过这座海边的城池：晴雨初放旋作晴，买舟访旧海边城。

它更早的源头又在哪儿呢？隋唐？东晋？吴越争霸的年头（传说中"商山四皓"之一的大里黄公就归葬于这条水道的东段）？遍翻史籍，有一个名字跳将出来：贺循。他是晋室南渡后会稽郡的内史（地方行政长官）。史载是他把山阴古水道经萧山开凿到了杭州。此正为浙东运河的前身。

　　及至隋炀帝时代京杭运河的贯通，这条有交通、物宜、军事之便的古水道一下从区域范围跃入了全国版图。大河滔滔，烟波里出没着多少文士、剑客、投机商、得意或失意的官员。更有无数的货物往来其间，漕粮，盐，棉花，瓷器，铜镜，还有剡溪产的藤纸——风雅如王羲之这样的官员常拿它作送朋友的礼物。

　　在上个世纪 90 年代完成的小说《明朝故事》中，我曾借小说主人公的眼光描述这条河在黄昏时分的景致——其实也不过是童年记忆的一个摹写：

　　太阳渐渐地西斜了，一种叫黄昏的东西在天边铺展开来。它仿佛是有重量的，压得那些鸟都敛着翅膀低低地飞，压得人的心里头一沉一沉的。史生站在船头，听着船剖开水路的哗哗声。他发现，整条江以这水路为界，分成了动静分明的两部分。一边是墨绿的静得像正午的猫眼。而另一边，半江的水烈烈地燃烧着，一派彤红。

　　现今的杭甬运河，实则是杭州向着海洋的一个诉求。钱塘江虽由此出海，但杭州向无海港。此河西起杭州钱塘江北岸的三堡，中经绍兴、宁波，于镇海甬江口入海，它把京杭古运河向东延伸五百里，不就是为了让大海的气息长驱直入吗？

　　在杭州的一日，航管局的朋友安排了去看京杭运河入杭的古河道。从拱宸桥下船，坐的是豪华的水上巴士。船行时，桥正中石栏板上的"拱宸桥"三字正好扑入眼帘。拱者，两手相合恭敬相迎也；宸者，帝皇之宫阙也。桥以此名，正合清朝皇帝一次次下江南巡游的传说。

桥西的直街，改建时依然保留了明清建筑的风格。这里曾经是明清时杭州最热闹的所在，当斯时也，舟楫往来，橹声可闻，人称"北关夜市"。从河上看街市，恍惚是另一个杭州了，一个时空变幻中的杭州。难怪这次的运河申遗，这段古河道被称作了"运河历史的活化石"。船行一小时至三堡船闸，这一段是京杭运河的古河道。内河与钱塘江落差三米，由此出钱塘江，须往闸内注水把船抬升。江阔风急，那辽阔自非内河可比了。

最后一日安排了去嘉兴看京杭运河。嘉兴境内的古运河，有百尺渎和陵水道。百尺渎为吴王夫差所开，位于海宁境内盐官西南四十里许，经长安直达钱塘江边，据推算应该是现在的上塘河。开凿的时间还早于公元前486年开凿的邗沟，后来越王勾践就是循这条河北上攻吴。陵水道是秦始皇时代挖掘的，有一种说法是，秦始皇挖通此河是为了掘断江南王气。该水道应该就是途经嘉兴落帆亭附近由拳壁塞的长水塘，至今仍是海宁进入杭申线的主航道。

在嘉兴德亨酒店用过中餐，车一直往北开，到与江苏省交界的思古桥下船，再坐船回乌镇。这是京杭运河在嘉兴境内的一段。朱彝尊写到过的运河两岸"樯燕樯乌绕楫师，树头树底挽船丝"的景象于今是不可见了。大风，微雨，清空的马达声里，看船头犁开水面，耳边恍恍都是古代的金戈相击之声了。

这还只是东线。苏杭之间的江南运河还有一条西线，南宋后开凿，从苏州平望经湖州菱湖，循东苕溪，至勾庄，再抵杭州。行程紧促，这条线路只能留待下次去走了。

这一路看河，春秋、隋唐、宋朝、明清，千年风物全都奔来眼底了。那河还是古河，就像撩人的月色，照着古人也照着今人，却又分明不是先前那一轮了。但传统的力量是如此巨大,那氤氲的气息弥漫几千年,从来不曾飘散过,就像年鉴学派史学家布罗代尔所说:积年累世的、非常古老并依然存在的往昔注入了当今时代,就像亚马孙河将其浑浊的河流泻入大西洋一样。

诸暨两日记

一

这里是陈洪绶的诸暨，往西是李渔的兰溪，往北是张岱的山阴。如果在明朝，从这里走到那里，可能要用十天半个月。雇一只舟子，我醉欲眠，梦里都是流水声。或者骑小毛驴，童子挑一担书随后，山道上不知会不会遇上狐狸精。那样一个缓慢的时代，什么事如果要发生，就会如石底下的青苔顽强地探出来。这般欲雨未雨的天气，又是去这样一个文气沛霖的地方，带《和希罗多德一起旅行》去实在有点唐突，应该是屠隆的《冥寥子游》，浮生若梦啊——空气里都是梦幻的气息，满山皆异香。

二

雾从山底升起，从草尖，从溪边，从谷地，升起。车过赵家镇，雾气愈见其重，莽莽缠缠，丝丝缕缕，车子如同驶向一片白色的未知世界里去。此间有大安静在。雾涌动在数百年、上千年的古树枝丫间，如同幻化的精灵。雾气凝成的水珠，挂在树们的枝叶间，欲滴未滴，当它们徐缓落下，时间似乎被拉长了数倍。

那树，枝干虬劲，大可连抱，其叶如杉，其枝如柏，其理如松，却又非杉、非柏、非松，叫作榧，古称"彼"。"彼"——那可是人称代词啊——在古人眼里，这一棵棵榧树，或许就是一个个的"他"。

在农家小院吃过午饭来到钟家岭，此处的香榧森林公园是我国首个香榧自然保护区，树更大，雾也更浓。树们站立在溪畔、谷地，好像古代的隐士。最大的一棵榧王，都有一千三百多年了，看它枝叶葳蕤的样子，还能站上千年。然后我看到了那种被苏东坡赞美为"美玉山果"的榧果，它们在湿漉漉的树叶的掩映下簇结着，坚实、小巧、近得触手可及。这种坚果，从结果到成熟需要三年时间，吸纳了那么多的山水灵气，它们的个儿却也不见有多大，寻常也就一指宽窄，最大也就如拇指一般。

"榧"字冠以香，也算恰如其分。我看这树果，竟带有一种贵气。它纺锤状的外形，够得上玲珑二字。把果肉上附着的一层薄衣刮去，竟似罗裳轻解——但很快有人告诉我，这层薄衣其实是可食的——当然我更喜欢食香榧时的齿颊生香，这香，却又迥异于饮绿茶时一嘴的清风霁月，我觉得它要更肉感一些，更投合我这个物质主义者的口味。

但像我这样，一边食指大动，一边却对着它的硬壳不知何处下手，是要惹得脸白腰细的诸暨女子笑话的。当我如同食核桃一般，费了好大劲总算消灭掉一颗香榧时，女子中的一个，是丽华还是飞燕，要我先去好好学习管虎导演的《西施眼》（那两日一路陪着我们、不时以徐文长式的幽默给我们带来阵阵欢笑的周光荣兄，正是这部电影的编剧）。却原来，西施眼并非西施的眼睛，而是香榧上两处对称的、微微的突起，只要轻叩其门，香榧就会应声而开。如此优雅的坚果，正宜花前、灯下，与有趣的人共享之。

三

我们顺着夜色中的浦阳江一路走，穿过西施故里，去一个叫"三贤馆"的地方，那是诸暨的文友们经常聚会的一个所在。"三贤"之一，即 17 世纪伟大的人物画家、那个被称为有明三百年无此笔墨的诸暨人陈洪绶。《清史稿》的列传里评价他的人物画，"衣纹清劲"，力量气局在仇英、唐寅这些名家之上。然时人也从没有放弃过对他道德上的指责：特以好酒，尤好为女子作画。

那真是个懂女人、爱女人的画家呵。从他的一些画上题跋，可以知悉他在红楼画舫作画的情景，"辛卯八月十五夜，烂醉西子湖，时吴香扶磨墨，卞云裳吮管……"此等奢靡，胜过天上人间。朱彝尊在《静志居诗话》里说他，中年以后纵酒狎妓自放，有钱人拿了大把的银子恭恭敬敬来求画，他都不予理睬，但只要有酒、有女人，他自己都会找来笔墨作画，即使贩夫走卒乃至垂髫小儿，他也都有求必应。活脱写出此人可爱的还有清人毛奇龄《陈老莲别传》里的一节，说的是 1646 年夏天，陈洪绶在浙东被清军所掳，"急令画，不画。刃迫之，不画。以酒与妇人诱之，画。"

在张岱晚年坐说昔年盛事的回忆录中，不时出没着被他称为"章侯"的陈洪绶（章侯是他的字，他还有一个广为人知的号叫老莲）的身影，称其为"字画知己"。陈出生于诸暨望族，张系绍兴城内名门之后，一方水土所孕的奇才异趣，再加两人年龄又相去不远，两个青年艺术家很早就开始了密切交往。早年一同读书于"岣嵝山房"，后又多次一同出行访友。《陶庵梦忆》所记"甲戌十月"，两人和众友人一起到不系园看红叶，陈洪绶"携缣素为纯卿画古佛",并"唱村落小歌",张岱则"取琴和之,牙牙如语",这般的放浪自在,进入新朝苟且偷生的张岱回望往事怎不感怀唏嘘?

出于对友人画艺的欣赏,张岱在他著名的《石匮书》中把陈洪绶列于"妙艺列传",称他"笔下奇崛遒劲,直追古人"。陈洪绶则这样评价他的朋友:"吾友宗子才大气刚,志远博学,不肯俯首牖下。天下有事,亦不得闲置……"言语间皆是惺惺相惜之意。

张岱说,虽然他朋友的画名在生前就已得到承认,并常常炒成天价,"然其为人佻傸,不事生产",以至顺治九年(1652)那年暴毙时竟至无以成殓。看来这些画并没有让他变得富有起来。张、陈都是由明入清,在新政权下一个"披发入山",一个"剃发披缁",在心态上都是不折不扣的文化遗民,张岱记录的陈洪绶的四句自题小像:"浪得虚名,穷鬼见诮,国亡不死,不忠不孝",语间全是明末清初文人的大痛楚。时人记述,甲申之变的消息传来时,陈洪绶正寓居于徐渭的青藤书屋,悲痛欲绝之下,他"时而吞声哭泣,时而纵酒狂呼,见者咸指为狂士,绶亦自以为狂士焉"。

四

《陶庵梦忆》的作者还记述了他的好友一次喝高了去追一个陌生女郎的事。说的是1639年,时近中秋,张、陈二人在西湖边的画舫应酬回来,看到月色明亮如许,两人又乘兴划船到断桥,一路饮酒、吃塘栖蜜橘,真个是不亦快哉。途中有一女郎要求搭船,此女"轻纨淡弱、婉瘱可人"。本来喝得昏昏欲睡的陈洪绶直如打入了一针兴奋剂,他以唐代传奇中的虬髯客自命,要求此女同饮。

女郎竟然也一点不扭捏，欣然就饮，把船上带的酒都给喝空了。问女郎家住何处，她总笑而不答。等她下了船，陈洪绶在后面暗暗跟踪，只见此女身影飘过了岳王坟，就再也找不到了。

我想三百多年前的月色下，陈洪绶是遇到狐狸精了。

在浦阳江边的两晚，微雨登山，乘酒吼歌，间或说些闲话，皆如雨中春山，淡若无痕。同游者诗人陈东东、潘维、庞培，小说家马叙、海飞，女作家女诗人若干，大是愉快事。爰以成文，以志纪念。

缙云记

　　浙西多大院、旧宅、古村，东阳卢宅、诸葛八卦村、松阳黄家大院，皆气局宏大、规模齐整，即便是寻常百姓家居，也是屋宇井然，翘檐、粉墙、花窗一应细部美轮美奂。也多赖那一方屏障般的山地，抵挡着时风、世习和历次兵乱，完好地保存了中国南方传统生活的一个样板。它是器物的，也是文化的，更是与日常生活交织着的。在这些地方行走，我更多感受到的是一种古典中国的醇正气息：一个乡土的、鸡犬之声相闻的前近代式的田园世界。

　　这种独特的气息，也融合进了这个地区的日常生活和人文风尚中，古人有云，"浙东贵专家，浙西尚博雅"，在这里有一种与速度和嘈杂不相干的更为风雅的生活：它只与一个人内心的宁静有序相关。

　　十月，丽水友人相邀到缙云一游，必到的仙都鼎湖峰之外，印象最深者，松岩、岩下、河阳三村。

　　壶镇松岩村，是因为百廿间这个古村落闻名于外。壶镇人一说去缙云县城，都说"下缙云"，透着一股子傲气，这是因为壶镇向来是人口稠密的贸易集散地，到现在还是这个县的经济中心。一进入百廿间，但见一重中门、四重边门一字形排列，从正中大门直往里延伸，前、中、后三个大天井层层叠进。每个天井系鹅卵石铺就，排列出福鹿、掌扇等花纹。据说当初建房时这些卵石是一斤米一斤石子换来的，都经过竹筒筛选，大小、色泽都有严格要求。又传说，三个厅的正门平素不开，只在迎接贵客、祭祀、嫁娶时才打开。从大门到后堂须经三厅六门，屋内通廊纵向四条，横向三条，实际有屋九十间。节庆时家家户户在两厢走廊上挂大红灯笼，以致至今还有这样的说法：前厅后堂，夹厢两廊，石子明堂，赛过县堂。

现在的百廿间还有上百户人家杂住，衣食起居古风尚存。在改为村老年协会的活动室门楼厅斑驳的板壁上，贴着一张"祭祀维程公收支账"，落款时间是 2010 年 3 月 20 日，详细注明当年祭祀时每一笔款项的收支明细，陪同的县志办工作人员说，以前村人的冠礼、婚礼、寿礼、丧礼一应仪式都在祠堂举行，还在每年春秋二季进行集体祭拜。

看着板壁上的这张收支明细账，从那些渐渐褪色的墨迹的深处，依稀传出了鼓乐声、爆竹声、宴饮时的笑语时，就好像读着一部描摹人间百态的众声喧哗的小说。第一栏资助名单上的人名都略去了姓氏，同姓同宗，这里再称姓就显得生分了，学通、学周、培心、春娟、培君、堂金、根法、国香、留仙……每一个人名下列着五元、十元、十五元不等的捐资金额。其中有五人，培心、云芳、国洪、志勇、银林，出资金额是二十元，但在其下都用小一号的字标明"带少"，想来当时现场没有如数交足。为什么这五人的出资金额要较村人为多？是按年序和辈分吗？他们又是通过什么样的方式再次补齐的呢？账目上的资助金额总数七百四十元，其下详细所列的开支数，不多不少也是七百四十元，其收支之透明真可谓锱铢必较：纸香银十九元四毛，豆腐三十三元，米四十元，肉一百一十二元，鸡六十元，芹菜五元，花菜十元五毛，豆芽七元，鱼三十七元，笋十八元，油三十元，酒四十元，酱油五元，盐和料酒四元，炮仗七十四元，车费一百一十元，摩托车费十八元，桌碗盆十二元，红纸四毛，赔偿盆二元……

米、油、肉、鱼、鸡、酒和炮仗，是一场祭祀的主料，支出最巨；笋和各种蔬菜，出诸山野，自然花费不多。桌、碗、盆用的是众家的，不足部分外村借用，所以有十二元租赁费，最下面一项赔偿两元的支出，不知是哪个喝醉酒的打碎了还是洗刷时不小心滑落了。那么车费一项支出何来？估计是族里有些老人住到了壶镇或县城，要用车子一一接送吧。

壶镇的古村落，松岩之外还有岩下。岩下得名是因为这个村子依着村后高耸的百丈岩而建。从高处看，村中那些石砌的房屋有如雨后蘑菇，高矮不一。许是年代久远，那些砌屋的石块都已呈深褐色，甚至黑色。这个原始的石寨，咸丰年间曾遭太平军劫掠，屹立至今倒也神奇。村人皆朱姓，据《蒲墟朱氏重建大宗祠记》，这支朱氏系从义乌赤岸迁徙至此，居此已逾千年。

另一个朱氏集居的古村落河阳村，却是迁自中原，河南信阳。因其始祖朱清源读书仕进出身，五代时曾为吴越王钱镠之掌书记，故而自称"义阳望族"，以耕读家风为尚，宋元之际，曾出八个进士，族人建"八士门"以标榜。

河阳村的房子，当地又叫道坛，忽一打量有如北方的四合院，最常见形制为长方形，然北方四合院一般为一层平房，河阳道坛却为二至三层楼房，高高的马头墙、翘檐、粉壁，仍然是南方中国的水墨画打底。与岩下村的粗砺不同，这里到处有儒家文化的影子，精雕细刻的瑞兽祥鸟比比皆是，那些徽派建筑的细微之美见诸每一个细节：水池，亭榭，楼房之腿柱、大梁、柱础，天井、铺石和那些吱呀作响的镂空的方格木窗。

河阳朱氏的仕进之梦破灭后，族人把注意力投向了商贾之途。明末清初，这里的竹制土纸名声大盛，及后，他们的生意扩展到了山货、粮食和靛青，河阳朱氏的贩客，不仅走到了周边的金华、兰溪，还远至苏杭一带。而不管他们走多远，每年春秋两季，他们还是会回到河阳祠堂，敬天，祭祖，以致这个小小的古村，一个朱姓下竟有十六个祠堂。

到河阳村时正是下午5点光景，西斜的阳光给整个村子面西的墙、柱、廊、檐涂上了一层金黄。夕照里的墙垣有着一种惊世的美，然而那美奄忽之间就将沉入黑暗。我想象一千六百年前的谢灵运，当他溯瓯江、逆好溪，离开缙云这一片山地时的心情，"停余舟而淹留，搜缙云之遗迹"（《归途赋》），世间的美，历古今而长在，总有一刻会让我们停下脚步，千余年前的谢灵运停下了，我也停下了。

横店记

一

从宁波出奉化溪口，过新昌、嵊州，车行三个半小时后到东阳横店。天好像要下雨，堆着厚厚的云，山色倒是清新如洗。东阳地处浙江腹地，乃婺中望县，"歌山画水"之地。看车外山上，多是松树，萧疏的林木中间飘着一道道石径，在这样的天色下看去有些像宋元前的山水了。沿路过去，农民把打割下来的油菜在路边堆成一个个小垛。麦子尚未全部黄熟。这样进到我眼里的依次是下面这些事物：油菜垛，黄绿相杂的麦地，打割过后空荡荡的田垄，戴着麦秸帽的农民，鸭子，河塘边的菖蒲，因飞快地奔跑拉长了身子的黄狗。

二

我的房间斜对着一个池塘，晚上我听见了雨落在池面上的声音。早上拉开窗帘，目测池塘和我房间的距离在百米开外，雨声是无论如何不能传到我耳边的。那雨声又由何而起呢？昨晚看上去黑魆魆的八面山，蒸腾的云气里显出了妖媚来。吃过早饭，我们务必与昨晚赶到的十来人即刻冒雨去横店影视城，因为第三届作家节的开幕式要在那儿举行。我们到得太早了，从杭州过来的大队人马要一个半小时后才到。下着雨又无处好去，和温州诗人坐在"汇丰银行"门口的台阶上抽烟，看着雨脚细下去。离开幕式的时间还有五分钟，雨停了，太阳也出来了。开车的师傅说，他也奇怪，这个地方搞庆典常常这样，不管下多大的雨，时间一到就会云破日出。参加"浙江连线——外国作家看浙江"活动的十余位外国作家也参加了开幕式，俄罗斯的一位女作家作为代表致辞，当敬业的翻译说，"我到这里十几天了，参加了许多个开幕式"，我看到周围人都在快活地微笑。

作家们围绕历史剧到底是姓史还是姓剧争论不休，就像《小世界》里的一次学术研讨活动。正说。戏说。克罗齐。圈地。历史与艺术、与教育之关系。还是王蒙同志说得好，清宫戏好看啊，"皇帝多么令人羡慕，他的威风，他的高大，他的多情，他在感情和性上的自由"。还有个美国诗人也说得很好（原谅我记不起他的名字了）："我们要把原野的声音，山川的声音，风的声音，时代转折的声音都记录下来，但还是会有许多的障碍，通过学习历史，可以消除障碍。"像参加任何一次会议一样，我抓紧时间做一幅速写练习：短袖，内衣，头发，肤色，这一些并不能让我记住她。她体表上最显著的特征是脸上的两颗痣，一颗稍小，长在两眼中间的鼻梁上，另一颗长在左边的锁骨上。她喜欢微微地侧着脸。她的瞳仁是那么黑。坐在她边上的还都是些女孩，但她已经是个女人了——她自己也不一定知道——她已经为这个世界准备好了，只要她愿意，随时可以把自己交出去了。我几乎是迫不及待地想告诉她，我已经为她取好了"锁骨一棵"的名字。

三

过了 11 点，一队人在楼下大堂汇合，穿过黑暗的花园，十余分钟后来到了街上。街灯大亮着，一间间的店铺也都开着门，但街上却没有几个行人。午夜的横店街头，整个就是电影的大布景了。在我们的坚持下，店里的伙计把餐桌摆到了外面人行道上。一桌子丰盛的菜肴。炒鱼肚。酱爆螺蛳。红烧昂刺鱼。开洋蒲子。炒粉丝。还有地产的野山椒。酒喝到一半下起了微雨。一桌子人还是不紧不慢地喝。我想我喝下去的酒里一定落进了雨点。回去的路上打湿鞋子的不知是露水还是雨水。站在黑暗的楼下，柯平给我们朗诵了 80 年代一个女诗人的一首爱情诗，而我的一个关于无耻者的故事还没有讲完。

四

不知昨晚几点睡的，早上起来，又是雨天。下午去看了拍《英雄》的秦王宫和拍宋朝戏的清明上河图。想起从前写的一首诗："唐朝的月亮，宋朝的雨 / 明朝一个美人的象牙床"。晚饭在江南水乡，灯影中的河，桥，雨檐，让人仿佛置身于一个人造的布景，明知是假，看着也是好的。淋着大雨看闭幕式的演出。一出《牵金牛》，虽是对一个农民企业家的无尽赞美，但那些穿着大红衣裤的青年男女在雨里那么活泼而俏皮地跳着，舞着，看着也全是俗世里的华丽了。再一出婺剧《断桥》，是《白蛇传》里的一出戏，讲许仙负了白蛇娘娘，青蛇提剑要杀他，白蛇却又百般地护着这负心的男子。夜雨不见消停，尤其灯下的一圈雨丝更显得有如群蜂一般乱舞。两女一男，女的一白一青，雨中拿剑赶那男子。女人的舞姿美而凄厉，有如山鬼；男人则有些撒赖，有些惊惶。雨中的欲迎还拒，欲刺还停，如同双飞，也全是浮世里男女的怨与喜了。

白衣巷记

刚到宁波那年，住在月湖边上。那地方叫贺秘监祠。贺秘监就是唐朝的贺知章，那个自称"少小离家老大回"的四明狂客。临湖的很大一片老房子，黑瓦，马头墙，还有经年的瓦松郁郁葱葱。外面的世界被车轮带着狂奔，这里的时间好像停滞了，沉静得像琥珀，像沉入河底的石。白天，一些清闲人在这里上上班，一家杂志社，文联的几个协会，几个开公司的。到了晚上，偌大的一处房子就只剩下我，还有一个姓金的门卫师傅。月明之夜，四周的墙被月光切割下方方正正的一溜，投在铺满青石板的天井里。没有关严实的大门发出咯吱咯吱的叫唤，像有谁在梦中尖叫。

推窗就是月湖。这是市区内屈指可数的几处文化遗存之一。宋时的《四明它山水利备览》称，湖潴于唐太和年，水源于四明山，"湖之支渠，缭绕城市"，供城中十万户日用饮食。很多个夜晚，我都是听着湖水轻拍窗外墙基的声音度过的。隔岸的海鲜城通明的灯火，漾在湖心，又映在房间的天花板上，温暖而又虚幻。连梦境都是潮湿的，可以拧出一把水来。陪我度过那些日子的，还有一部七卷本的《追忆逝水年华》。第三次读了，到我离开，还是没有读完。

我为什么会觉得月湖边上的日子很相宜于读《追忆逝水年华》

呢（事实上那一年我枕边也只有这部书）？是时间，是那样一种缓缓走过的时间。悠闲从容得寸尘不生，又特别的适于做梦，或静静地怀想一些旧事。这座新兴的沿海商城，时间的步履可以说得上是疯狂！只有在这里，它还是旧日的面孔：一墙之隔的关帝庙，终日缭绕的香烟和低唱的梵呗，湖边一家叫"廊桥"的酒吧里下雨般的音乐和持杯而坐的男人女人……

后来我搬到了一个叫白衣巷的地方。这里临近市中心，却静，靠着一条叫孝闻的老街，依着中山公园。北窗下面是一个叫吴家花园的民居老宅，砖木结构，还带飞檐。西边是高达三十余层的中产阶级大厦中央花园。

在高楼和底层，在中产阶级的白日梦和民生的细屑间，生活还是原来的形态：看书，谈话，喝微温的酒，在窗帘背后做梦。一个以生活为目的的人最能发现细节的可爱。刚搬进没多久，下了一场雨，雨不大，却满耳都是雨声。好像有什么把雨声放大了。原来，是每户的阳台统一装了带铁皮的遮阳棚，一滴雨敲下来就是咚的一声，清越如小鼓。是的，我爱生活，我爱这城市。可是城市是众人的，生活才是你一个人的。所以在很远的地方想家，牵挂的其实只是阳台上的一盆吊兰，或者，书橱第二格上的一本旧小说。

这是我在宁波的第一年。

或许要很多年，这座城才会像我生活了三十多年的另一个江南小城一样，如同一个枕边的女人触手可及。带着风尘，也带着可感知的微温。

现在我居住在这个城已有经年，每天走着几条相同的街道，穿行在大同小异的建筑间，过着刻板而严谨的生活，我就有资格对它说些什么吗？关于宁波，我又能说些什么呢？是的，它有着明亮的天空，一年四季里咸味的海风，春天的泥泞和八月间摧枯拉朽的台风，但北纬三十度线穿过的浙江东部狭长的地带，哪一个地方不是这样的气候，岂独宁波如此？那么我是否可以说说它唐代的砖塔、明代的藏书楼、天一广场、三江口、天封塔、鼓楼或者江北岸外滩码头的传奇（这座城里自豪的人民经常这样做），可是对此我又真的知道多少呢？关于它们，我记得的只是些个人的小事，这些小事情又有谁感兴趣呢。

比如我经常去的那座迷宫一样的藏书楼天一阁，它有一次出现在我的梦境中像是一幅剪纸，背景是一个比墨还要深的夜，我顺着方砖铺的甬道往前走，闻到了木头剖开时的香气，从此它在我的心目中多了个迷楼的名字；再比如，站在江北岸看汇流在一处的河，我会闻到成熟女性的气息，那河怎么看都是一个铺展着的女体；而每天上班都要经过的鼓楼，看着匾额上的四个字"声闻于天"，总让我在嘈杂的市尘中辨认出一丝若有若无的钟声。

我喜欢这些不期而遇的小事情，隐秘的，梦幻的，又是亲切的，正是因为它们，这座城才和我有了联系，有了在这里言说的意义。它不再只是一个你在其中活动的布景，一个你离去后空荡荡的工场，你会在这里留下些什么，它也肯定会有些什么走入你的生命内部。

这座城的人民很勤劳，走路时的脚步一律都跨得又大又快，正如他们说话时的语速和口形，有一句话，叫石骨铁硬的，是非常好的形容，一想到人民那么勤劳而我却像个本雅明式的游手好闲者，我会有一种享乐主义者的犯罪感，但继而又涌上真诚的感谢。街道整洁，如同花园，有忙有闲，各得其所。生活美如斯，女人美如斯，我为什么不去尽情享受它们带给我的快乐呢。

八月，银亮的带鱼上市了，唇吻微张，一条条白得像盐，煞是喜人，梭子蟹的味道更是不错；孝闻街口又新开了一家牛排馆；石浦海鲜城的龙虾更是深得我心。如果说在宁波的生活有什么好，那就是它的细微和精致，它让我知道了小的好。我乐于品味这些生活的细节，哦，无处不在的细节，闪闪发光的细节，上帝就在细节中——一本旧小说叫什么来着？《小事情的上帝》，它又译作《卑微的神灵》——闲书，散步，微温的酒，秋天松软的树叶和茶馆里的清谈，我如此迷醉于它的细小就像教徒沉湎于教义，我如此融入生活就像水消失于河流。

伏低伏小，甘堕小道，我说过这是众生的姿态。我学习小，体味小，乐于做些小小的事。我把这叫作乐生的精神。

村庄记

……在白昼渐渐衰弱的光线下，把想象力派出
把意象和记忆从废墟和古老的树木中唤出
因为你要向它们全都提一个问题

——W. B. 叶芝

现在你面对的是一个小学校，这是乡村生活的入口，从这里，你将一步一步走进我们的村庄。

小学校靠近街区，城南聚集着平民的街区。学生们按他们出身的不同自然分成了两派。一派，是邻近几个村子的孩子，他们占大多数；另一派，他们的父母是街区里拉板车的、扛花包的、做小生意的。他们在村里的孩子面前有种莫名其妙的优越感。他们背地里这样叫村里的孩子：阿乡。小学校只有五个年级，人不多，都是单班，正对着校门的一排平屋，是高年级的教室。向东一折，又伸出去几间，隔了一个女厕所，就是低年级的了。光线穿过走廊射进教室，可以看见空气里浮动的灰尘。如果换个角度，譬如从高处看，这就很像是一柄直角的曲尺。屋子前有着长长的走廊，廊柱是青砖的，较低的地方，孩子们用削笔刀刻着缺笔少划的汉字，和一些暧昧古怪的符号。如果是下雨天，孩子们就不

出去了，他们站在廊沿下，伸头缩脑的，像一群焦躁不安的农夫，恶声恶气地咒骂这鬼天气。

上午第三节课一般是体育课。体育老师——他也是这个小学校的自然课老师——捧出几副快要散架的羽毛球拍，一只瘪塌塌的篮球，就把孩子们放了羊。操场里响起了孩子们欢快的尖叫声。男孩子们挨着墙根站成一排，拼命地挤着，玩着一种叫"轧屎渣"的游戏。被挤出队伍的，就成了"屎渣"，他们是没有权利再次加入战斗的。虽然是冬天，还是可以看出他们脸上有了细密的汗珠子。风，刀子一样的，很快就刮干了汗，他们的脸就变得紧绷绷的了，还泛着烂苹果的酡红（他们把这叫作"屁绷脸"）。女孩子们在操场的另一边跳橡皮筋。她们肥大的裤管在皮筋间穿来穿去，黄毛辫子一跳一跳的。她们穿着母亲或是姐姐的改小的衣服，脸上也是烂苹果的颜色。皮筋越升越高，脚踝、膝、胯、腰，第一颗纽扣，第二颗纽扣，最后她们高高举起手，擎着皮筋的两头，就像举着什么重物。她们迎着呛人的西北风，唱着她们的母亲从前唱过的歌谣。要是上课的铃声不响，她们一直可以唱到喉咙里冒烟。

早年，这里是一个尼姑庵，1949年后尼姑还了俗，庵堂还有两边的厢房就改作了小学校。所以礼堂里的四根柱子粗得有些吓人，两个人张开手臂还握不到对方。柱子上了红漆，大部分地方剥落了，没剥落的都成了暗红色，像枯干了的血。礼堂靠北正中，是一个黄土夯实筑成的土台，上面铺了一层青石板——这是叫"司令台"的，每年儿童节，或者国庆节，孩子们都要站到上头表演节目。他们在那儿唱歌，背诗，歌中唱的都是对祖国、对母亲的爱，诗里写的则是村庄的美丽景色。他们在台上蹦跳，做着小学校里老师教的夸张动作，扬起的尘土让坐在前排的人几乎睁不开眼。

礼堂有四级石阶，石隙间长着一种草，老是拔不干净，扁扁的叶子，春天开米黄色的小花，鸟雀常来啄食，他们叫它破花絮草。再过去就是操场了。一个简易的沙坑，夏天的时候上面老是积水。一副生了锈、歪斜的单杠。一截短短的黄泥墙，豁了个大口子，孩子们在教室上课的时候，牛就大摇大摆地进来，在操场上拉下一大摊热烘烘的牛屎。

礼堂东面，是一户人家的后墙。那户人家姓黄，老是在一些置办的器物（譬如扫帚、匾、箩筐、祭祀用的神台）上写着"黄记"两个字，孩子们就以为这家的主人叫黄记。黄记家有只大水缸，一半在自家厨房，一半伸到了小学校的操场里。孩子们玩得渴了，一跳，就趴在缸沿上翘着屁股咕咚咕咚地喝水（夏天，孩子们都穿短裤来上学，喝水的时候常被恶作剧的扒掉裤子）。黄记——那是一个精瘦精瘦的男人——总跑到学校来告状，因为他用水缸里的水煮饭，老是吃出一股尿臊气。黄记家的屋门口，是一排高过人头的木槿篱笆。秋天，木槿开出酒盅大小的花，花朵肉肉的，很有些艳丽。女孩子们偷偷把槿叶摘回家去，揉碎了，和水调成胶丝状，洗过的头发又黑又亮，还有股水果糖的香气。木槿结了果，剥出来，里面的籽实好像一只只小鸡雏，木槿果子就被叫作了"鸡妈"。

附近的稻农，每年秋冬季为了不让地闲着，就套种油菜、苜蓿和冬小麦。一到四月，小学校的西面、南面和东面，全是金黄的油菜花，太阳下，这颜色疯了似的流淌，小学校的墙壁都映得金灿灿的。中间的苜蓿地，则十分平整、柔软，像低低的紫色的火焰。坐在教室里望出去，颤动的油菜花都高过了孩子们的头。蜜蜂嗡嗡的，在教室里飞，这颜色，这声音，让人坐不住，让人想跑到草地上去撒野打架。放了学，孩子们猫着腰，在这金黄的花海中消失。他们互相投掷泥块。一坨坨泥巴像飞蝗一般，发出划破空气的呼呼声。孩子们像游击队员一样在密密的油菜地里穿行，他们的头上、身上，沾满了植物绿色的汁液和金黄的花粉。

南面大概两百步，凸着一个小山包。站在低矮的斜坡上，可以望见小学校灰灰的屋脊，就像浮出水面喋喋的两条大鱼。山上没有一棵树，也没有突兀的山石，种着一垄垄的菜蔬。春天，男老师带着孩子们到这里来上自然课。他告诉孩子们那些植物的学名。也有调皮的，趁他不注意，就拔起地里的萝卜用衣角胡乱揩几下，咬得嘎嘣脆响。小山包不远，是一架高压电杆，上面的变压电箱老是嗡嗡地响。这里是被孩子们认作禁区的，很早的时候，有一个孩子爬到上面去拿缠住了线的风筝，被电死了。那孩子被烧成了一段焦炭。

出了小学校的大门是一条细细长长的煤渣路。煤渣路像一条蛇，钻进了黄记家的木槿丛中。走完这条路，折向西，是一个小池塘。水塘倒映着的天空，老是阴沉沉的，像要下雨。那是因为孩子们练写毛笔字，总在这里洗毛笔和石砚的缘故。老师给他们讲大书法家王羲之的故事。王羲之写坏了一大堆毛笔，把家里的九大缸水都写黑了，才把字写得那么好。因此他们真诚地认为，这池水还不够黑，还没有黑到家。有段时间，孩子们十分迷恋钢丝枪，就是那种用自行车链条制成的枪，几乎人人都有一把。他们把用旧的作业本撕开，裁成巴掌大，折出来的纸弹有棱有角，打在身上生疼生疼的。他们在校园里展开枪战，打得烟尘斗乱。

后来老师全把他们缴了枪，扔进了池塘。有胆大的，放了学偷偷下去捞，找了半天也捞不上一把枪。他们很奇怪，这水又没动，枪都到哪儿去了呢，谁也说不上是为什么。

池塘向西，隔了一大块红薯地，是村里新挖的一条灌溉水渠。挖渠那年的冬天，小学校的老师带着孩子们去唱歌、念快板诗，风又干又冷，吹得他们直流眼泪鼻涕。挖渠挖出来的泥，顺便筑了条机耕路，路和渠都呈南北走向。渠通向流经这个地区的一条大河。因为流经一个屠宰场，渠水就总有一股猪下水的气味，有时还可以看见被水草勾住的白花花的猪尿泡。路边的树，新叶抽出来都有股甜烘烘的味道，七星瓢虫最爱吃。树和树之间，种的是一种说不出名的植物，非常高大，枝干却是空心的，互生的叶柄上还生出许许多多小叶子——村里人叫"绿肥"——用手轻轻一捋，那些小叶片就全掉进了掌心。孩子们喜欢做的，就是在放学的路上一边跑，一边把这些绿色的小叶片撒得满地都是。

这条机耕路大约只有五百米长，一幢青砖瓦屋截住了它向北延伸。这是村里的合作医疗站。屋子里老是飘荡着消毒酒精的气味，屋角一只竹筐里盛满了空药瓶和擦得黑乎乎的棉花小球。墙上贴着防治血吸虫病的宣传画。站长——村里人叫他赤脚医生——是一个四十多岁的妇女，她给发痧的人喝"十滴水"，给划破手指的人擦红汞水，给肚子疼的人打针，吃阿司匹林。她的另一个十分重要的工作，就是给刚出生不久的孩子种疫苗。

合作医疗站的旁边，是一个铁器厂。一些穿蓝布工装的人在里面上班。他们戴满是油污的手套，吃令人羡慕的铝盒子蒸的饭。他们把头抬得高高的，来去匆匆，快得能刮起一阵风，不像那些背锄头铁耙的农民，一天到晚慢悠悠的。铁器厂老是向外传送的声音有两种：1. 咣当——咣当，好像火车行驶发出的声音。2. 砰——砰砰，那是工人扳动机床的撞击声。第一种声音好听些，可能是锤子在敲打铁皮，脆亮，响的频率也快。两种声音合在一起是这样的，第一种声音响两下，中间插进来第二种声音响一下：咣当——咣当——砰，咣当——咣当——砰砰。村里的孩子去合作医疗站打针，老远路就听见这声音，一下，又一下，那么有耐心，响得人头皮发麻。以后听到这声音，眼前老是晃动着赤脚医生擎在手里的那支特大的针筒，心都一缩一缩的。

村民委员会——他们叫大队——离铁器厂约五十步，这是一幢两层的青砖瓦房，是这一带唯一能称之为"楼"的建筑。抬头就能看到水泥浇出的五角星，它让人想到革命、专政这些词汇。村民委员会由这些人组成：一个村长——他们叫他大队书记，他是一个老打哈欠的中年人；一个治保主任，他是个退伍兵，只有一只手，另一只袖管空空荡荡的；一个妇女主任，她还兼着村里的会计，是村长的小姨。楼下的过道空空荡荡的，两边的墙上用红漆写着领袖关于农业、水利的指示。过年的时候，村里的大人孩子挎着竹篮，在这里排队领取定量配给的带鱼、猪肉和金针菜。大队部门口一长溜空地，本来种的是棉花，路上人来人往的，棉铃一结出来就让人给摘光了，后来就改种了土豆，因为地是沙性的，结出来的土豆都有拳头大。

再过去的一间小平屋里，住着弹棉花匠和他的妻子。他们是苏北人，讲话老卷舌头。女人长年戴着口罩，男人头上戴着和铁器厂里工人差不多的蓝帽子。他们的头发和衣服上老是沾着棉絮。他们屋门口的墙上写着歪歪斜斜的四个字：轧花车间。男人弹棉花的动作十分细心，他一只手举着一根长竹竿，一只手拿着一柄棰，轻轻敲打竹竿上绷紧的弦，弹棉花的声音响起来的时候，连空气都会柔和地颤动。哒哒，梆梆，哒哒。这声音多么单调，就像时间拖着慢腾腾的脚步走过村庄。他完全沉浸在这个动作里，沉浸在棰子和弓弦相击发出的动人声音里，就像他在弹拨的是一件迷人的乐器。女人用深色的线，在他弹好的棉胎上文上吉祥的动物和图案，有时是两条嬉戏的鱼，有时是斜着翅膀的燕子。

轧花车间对面是一个商店——村里人叫"小店"，只有七八平米，排门被晒得又干又黄，一看就知道经了好多年风雨。店里卖些锅子、碗、盐、酱油、黄酒、帆布手套、军绿色的球鞋，还有一摞 70 年代的小人书（都让风吹得卷了角了）。售货员有两个，一个是六十多岁的老头，左手长着一只骈指，村里人叫他"六指"；还有一个女售货员，脸扁扁的，鼻子两翼长着细密的雀斑，头发卷得像一个鸟窝。她时常手里拿着一捧椒盐瓜子，站在排门前嗑，看人走过来，又走过去。她嗑瓜子的声音又轻又脆，咯一呸，瓜子壳在店门口的路上落了白屑屑的一地。

再过去，就是村里唯一的邮局了。一只绿漆快要掉光的铁皮箱子，歪斜着挂在门口，看样子已经好多年没有人往里面扔进去什么了。每个月里总有几次，下午 4 点钟，一辆绿色的邮车准时抵达这里，停上一刻钟，卸下几封从远方来的信件。很多年，我一直迷恋于那个乡村邮递员青草颜色的制服，着迷于他端着一只大号的搪瓷缸子仰头喝水的模样。他就像一阵风，给村庄吹来了外面的气。

现在，我的桌上，是一张我自己绘制的地图。我用蓝色的墨

206

水，在上面标出了流经这个地区的唯一的一条大河。这是穿过那个县城的河流的一条支流，它的轮廓就像一只耳朵。这只耳朵里充满了太多民间的风声和雨声。河里漂着水草（它们来自邻县一个叫夏家岭的小村）、云朵和浸胀了的猫狗的尸体。我又用一支铅笔，画出我上学的路，路边的草垛，植物，早上的晨光，还有夜间的月亮。就在这张写满了地名的纸片上，我看见了狡猾的黄鼠狼（它们在扬花的稻田里大口大口地咀嚼），看见了在白铁皮屋顶上晒太阳的黑猫。我听见了鸟雀在祖屋的屋顶上啄击、走动的声音，沙，沙沙，沙沙沙，这声音细密又绵长，就像是雨声在轻柔地敲打屋脊。

……空气中回荡着男孩女孩的笑声。他们站在齐膝的渠水中，渠底的水草像一双看不见的手轻轻拨动着，左右摇摆。一个扛着铁锄的男人远远走过来。空气中充满了苹果树开花的气味。

一群鸟斜斜地飞过，消失在雾气涌动的山冈那边。豌豆花缓缓地在阳光下舒展，脆薄的花瓣就像是蝴蝶的翅膀。再过去，几只黑山羊在吃草。我的祖母就躺在离它们不远的田塍边的小屋里。那是一间比我高不了多少的小屋，没有门，也没有窗。她已经在那里面躺了三年，一直和我们在一起，可以听见我们哭，我们笑，我们的咒骂。村里那些过世的老人们也一样，他们死了，却一直没有离开我们。太阳照着小屋这一边的时候，草尖上还沾着露珠，现在，太阳已经移到了屋子的另一边。那么多小小的屋子，浮在黄昏的雾气里，好像白白的船只，正向黑暗驶去。

黑夜就要降临。黑夜，它会藏匿起我和我的村庄，藏匿起山冈，迷人的沟垄，草帽下的脸庞，它也会带来风中奔跑的精灵。晚星升起来前，我爬上村口那棵树——它一直在那儿，只是我没有注意——我看到了小学校的屋顶，看到了它长长的曲尺形的走廊。一个孩子坐在廊柱边的石阶上，他的脚边，一只金甲虫挣扎着，努力想翻转身子。它右边的翅膀，已经让白天的太阳烤焦了。

县城记

一

我清楚地记得这座江南小城那沉闷的年代，记得它缓慢的爬行，它深重的土气和异常的安宁——那是 20 世纪 80 年代最初的几个年头，这个被萧甬铁路横穿而过的小城还在满街的牛粪味中做着它农业时代的残梦。我清楚地记得它沿街的点心铺里酱紫色的长凳和桌子，蒸笼揭开时腾起的白雾，和就着油条喝豆浆的一张张油光光的脸孔。我还记得江边的菜市场嘈杂的市声。一长串人排着长队从船上卸大白菜，一群孩子在江边捡菜叶子（冬天也赤着脚）。一条比盲肠也长不了多少的青石板砌成的直街，集聚着铁器店、理发店、苇席店、冥器店、渔具店、纽扣店、果饯店、草帽店等数十家店铺。从民国三年就矗立在那儿的县政府的门楼，中间悬一块"文献名邦"的匾，不远处的石拱桥上，每天清早总有县越剧团的人在吊嗓子。咿咿咿——哦哦哦——咿咿咿。那时候，全县的人都叫得出这些角儿的名字。土黄色外墙的火车站，窄窄的候车大厅里，漆色剥蚀的长木椅上坐着些表情漠然的人。墙上一只大钟，咔嚓咔嚓的走动声像一个老人迟缓的脚步。喇叭里一个女人的声音在报车次，带着浓重的本地口音的普通话在空落落的大厅里回响，谁也没有听清她在说些什么……印象中，20世纪80年代就是由这些支离破碎的画面叠加拼装成的。它们静静的残缺，病态的富足在记忆的光照下成了一座颓败的旧建筑。

<h2 style="text-align:center">二</h2>

女人们的上衣和裙子的颜色都很跳，大红，大绿，柠檬黄，也不讲什么上下的搭配。该宽的窄了，该绷紧的地方又松松垮垮。还有"蝙蝠衫"，手垂下来时腋下挂着一大片皱褶，张开来像《动物世界》里翼龙的蹼。远看满大街都是史前动物。头发一式烫得卷卷的，圆脸长脸的都是这种发式。男士们呢，最时髦的上衣就是花衬衣或加一件藏青色的开司米背心。我十六岁那年就达到了这个时代的最高水平，我有三件花衬衫，大花的，碎花的和格子的。

城不大，毗邻着铁路的县一中已经是城西地带了，再往西就没有房子了，全是水稻田，还有纵横交错的河道。从高处看（海拔五十米的龙泉山是这个城的制高点）就像一大张闪光的蛛网。50年代初，县里的公审大会在县一中开，结束后就把人犯验明正身拉到操场西南角毙掉。所以人们说此地阴气重。后来公审大会是不常开了，一年一度的春季耕牛交流会却没有间断过。到时，学校停课，满操场全是哞哞的牛叫，拉下一摊摊冒着热气的牛粪。牛市过后，收拾拢来的牛粪堆得赛似小山高。学生们大多是从农村考上来的，不怕脏臭，围在操场上烧干牛粪。

每年11月光景，满街桐树落尽了叶，县政府的秋季物品交流大会也就开张了。那时物资紧缺，所以交流会对全县的民生很重要。标语早就挂出来了，红红绿绿的，赛似过节。城中的几条主要街道上搭起了一长排的简易棚子，摆着大宗的农机具、铁器、服装、皮箱、竹木器、漆器、锅、盆、碗、铲一应日常生活用具。国营的、大集体的、社队办厂的，各个厂家都有自己的摊位，管摊位的也不吆喝，拉长着脸，只有人到了跟前才搭讪几句。这么多的物品刺激着眼球和神经，所以也没有人在乎他们的冷淡。"秋交会"（人们已经习惯了这样的简称）后，留下满街的标语和半尺高的包装纸，秋风秋雨一起，全褪了色，像一张戏子的脸，残花败絮说不出的凄惶。

这就是上个世纪90年代的前夜。整个城像一个集群而居的大村庄，在鸡鸣狗吠中继续着农耕社会苟延残喘的梦。布衣素食，生活至味，日常所需，自给自足。寻常日子里几乎用不着跟商品打交道——商品，只有在类似"秋交会"这样的场合才让人意识到它的存在。除了在街巷间冒着黑烟如水牛般横冲直撞的拖拉机，和县政府的几辆车屁股上挂着个大轮胎的吉普车，整个城都在慢悠悠地爬行。

在一张拍摄于20世纪30年代的旧照片上，我毫不费力地找到了我天天行走的街道、拱桥、马路和翘着飞檐的钟鼓楼，和一家那时叫"宏济堂"后来叫"健民"的药店。在这张已然泛黄的照片上，我甚至发现占据画面中心的合影人（这些官员和士绅都是当时这座城里的显要人物）的表情也很熟悉，一样的知足和隐忍。有一瞬间，我惊悚地以为我面对的是一座消失了时间的城。这里的人和事永远不会消亡。太阳底下都是影子和影子的影子。这一切不断增殖、重叠，像一个镜中的世界，人们不再知道是生活在现世还是在往事中，不知道迎面相逢的是一个熟人还是一个幽灵……

三

几年后，这个以农业、轻纺、塑料、来料加工业为经济支柱的县升级成了市。尽管这个"市"的前面还要加一个带括号的"县级"，地方的党政官员还是迅速认识到了"精神文明"的重要，城市总要有城市的模样吧？城里人的生活总要有城里人的样子吧？于是以政府公告的形式出台了"六不""五要""四规范"、"三突出"（戴着红袖章的小学生在街上随便逮住个人就问你什么是"六五四三"）。于是风光一时的拖拉机再也不能跑进城来撒野了。于是穿着西装打着领带的市长们面对电视机镜头再也不能像公社书记一样拍桌子骂娘了（在漂亮的女主持人面前他们或拘谨如小学生或故作深沉如绅士）。就像一个刚发达起来的人急于掩饰以前的穷相，一夜之间，满大街的广告牌都用"市"盖住了"县"字。

漫画式的征象后面是革命的实质。这革命就是一种生活方式渗透、覆盖甚至替代了另一种生活方式。其实革命更早的时候在其他地方就已开始了——它像一场大雨浇湿了各家各户的屋檐。延续了数十年的日常生活的格式消失了。

撤县设市一年后，城郊几个村的数万亩水稻田随着政府一声令下，全都改种大棚蔬菜。我父亲，一个在城乡接合部的村庄里水牛般蹚了大半辈子的稻农，不得不改变了他顽固坚持了大半生的劳作方式，像一个小学生一样从头学起：开渠引水，改变田间结构，像参加扫盲班一样参加"蔬办"组织的大膜育秧、间种套种技术，去农技站购买优质或不那么优质的化肥，并像一个炼金

212

术士一样成天窝在屋子里研究各种农药的成分配比。而我母亲，一个长年在锅盆碗筷中转悠的家庭主妇，则被驱赶到菜市场去守一个仅容转身的菜摊。问题是我父亲侍弄瓜果蔬菜远没有他种水稻那样得心应手，常常是菜价高时他的番茄土豆南瓜还在地里长个儿，到可以收来摆上菜摊了，却不得不贱卖。家庭战争由此爆发。一个怨一个种不好，一个怨一个卖不动，因口角的龃龉而怄气，而骂骂咧咧，空气中浓烈的火药味像是随时要爆炸开来。后来果蔬的栽种技术这一关算是过了，忽然又传出了消息，新一轮的城市规划将把城西的蔬菜地全都用作房地产开发和拆迁户安置。无地可种的父亲像一个退下来的老干部一样心绪不宁，我不无悲哀地看着他迅速老去。接下来的日子里，他养过鸭子、蚯蚓、兔子和猪崽，可最后都蚀本了。如果投下去一千元，收上来还是一千元，他就觉得赚了，像一个老小孩一样可以高兴半天。后来他对母亲说：想通了，生来是摸土坷垃的命，干什么都不踏实，还是弄蔬菜吧。自己没有了地，就向邻村去租，十里外的榆嘉桥村，很多男人都出外做木工、泥水工，地都抛了荒，父亲以每亩八百租了四亩。于是母亲又成了一个菜婆子。因为那块地薄，出产少，她还要每天凌晨3点钟起床到位于县城西北角的庙弄蔬菜批发市场排长队，然后回到家把批发来的蔬菜按成色的好坏分拣，在批发价和零售价之间赚取一点差价。屋子里成天都是腐烂的土豆、茄子、菜叶和咸菜缸令人作呕的气味，这气味浮载着生活，滑向我们不知道的来日。

我时常在想，我家乡的诗人商略在《文山路》中写到的那些蹲在街沿出售菜蔬的人们，哪一个会是我的母亲：

在文山路的内部

准确一点说，是在它内部的北侧街沿上

在三年龄的青桐树下

他们蹲着，篮筐里装着

土豆、青菜、花生和茄子

偶尔也有少量水果

据说，这些农产品源自于

他们的土地

源自他们伸出来的

那双枯树皮一般的手

但这些蔬菜和果害的卖相

并不是很好，如同他们陈旧的衣着

不好看，也不饱满

但我深知它们的价值总和

来自于我许多年来的

口舌和肠胃的所有反馈

它们的功效依旧，可维持一段艰难的生活

在那里，他们蹲着坐着，谈价过秤

东风吹着他们，阳光照着他们

国家机器的某个机械手臂

也时常驱逐着他们

我想告诉他，这些土豆、青菜、花生和茄子确实产自他们自
己的土地。即使后来他们失去了自己的土地，不得不租借别人的，
他们还是把它看作自己的土地。

四

一个四五岁的孩子，躺在床上，他梦见身边的亲人一个接一个死去。他在梦中惊惧地大哭。这时，阁楼的木头楼梯橐橐地响了，他的外祖母举着一盏煤油灯走了上来。灯影一漾一漾，就像水纹晃动。她放下灯盏，轻轻拍打着男孩——好像要把男孩身体里让他害怕的东西拍打驱赶出来——男孩在她温厚的手掌的轻拍中安静了……我曾经把这个场景写进小说。我一直以为我没有过在阁楼上生活的经历，我只是在想象，在想象中体验着这样一种生活。只是有一天，我突然毫无来由地感到，那个我叙述过的阁楼的确在这个世界上存在过。

是那天我置身的异乡城市的黑瓦、粉墙、熏得黑乎乎的柱梁唤醒了我的记忆吗？

雨天的街景退远了，清晰地浮上回忆的水面的是阁楼吱呀作响的地板，拖着长尾巴轻捷地跑过的老鼠，阁楼角落散发着甜丝丝的气味的腐烂的土豆和番薯，表妹们（黑暗的阁楼顶响着捉迷藏的表妹们吃吃的笑声）。

楼上砖砌的小窗安着木格子窗栏，从这里可以看见瓦片像鱼鳞的灰色屋脊，这些屋脊就像一条条大鱼浮在黄昏或者清晨的雾气里。更远处是田野，树，河流，乡村小学的小尖顶的屋子。我愈发清楚地记起，当夜晚降临，外祖母擎着她那盏煤油灯上楼的时候，飘忽不定的火焰把她佝偻的身影变得张牙舞爪的投向墙壁和天花板。我看见外祖母，以阴影的方式，在墙上、地上、天花板上动来动去。那时我三岁，也可能两岁，我大脑中记忆的纹路还不能刻下什么，但这些形象一直像种子一样沉睡着，等待着某些时候在某种方式的感召下醒来。

那个男孩现在走在县城的大街上。

几天前，他和表妹们搓草绳，搓得手掌心发红。草绳在翻转过来的椅脚上绷五十四转是一束，二十七束是一捆。一束草绳五分钱，男孩知道可以换五颗什锦水果糖，或者是一串半的糖葫芦——如果是夏天，再加上两分钱就可以吃上两根透心凉的赤豆棒凉。他们数不清到底搓了多少束草绳，只知道一束束黄灿灿的草绳打成捆把屋角都塞满了。

现在，男孩的外婆在一大群叽叽喳喳的表姐妹中单单挑中了他上县城，这在他是多么的值得骄傲啊。外婆挑着一担草绳，肥胖的身子显得有些吃力，再加一只手要牵着男孩，这样就走得更慢了。在一座高高的石桥下，外婆放下了担子，大声对男孩说站在石桥的第四级石阶上等她，不要走远，然后，她肥胖的身子和两捆黄灿灿的稻草绳就被桥下集市里的人群吞没了。男孩看见河里泊着许多船，男人们站在摇晃的船舷上，排成长队，正把一棵棵大白菜递上岸去。岸边捡菜叶的妇女和孩子跑来跑去，不时因有了新的发现而发出一阵阵惊呼。桥对面的南货店里，伙计正在用马粪纸飞快地打着包，在一包包砂糖和红枣的外面贴上"四时果饯"的红纸。点心铺子里的蒸笼揭开来，热气腾地一下遮住了四下的脸孔，然后热气散开，露出一个个雪白的肉包子和馒头。太阳出来了，天是好天，红红的日头照着灰扑扑的街市，可脚下的地没有一处是干的，再灵敏的鼻子也嗅不出这集市上空涌动的到底是什么气味。

一切都是新鲜的，滋润的，像刚刚摆上菜摊的蔬菜，叶片都不打一个褶，一切又仿佛是从时间深处泛上来的，是隔了许多年的热闹与喜气。鼎沸的人声像一团虚无的热气，把站在石桥第四级石阶上的男孩高高浮起，他的脚不由自主地带着他离开了那儿。

现在，他像一匹田野上来的小马驹在县城的街道上没有目标地瞎逛。他看见，那么多的蓝色的门牌号码——以后的日子里他多么希望在自己家门口也有这么一块啊——他看见，城里的女孩白白的脸。当他走在高高的墙弄里，他看到两边的高墙把太阳光严严地挡住了，他胆战心惊地走着——因为迷失了方向——然后，墙弄左一个拐弯，右一个拐弯，他又走到了人群充满的大街上。从几乎不见一人的墙弄里走出来，一下子看见那么多陌生的面孔，这在他是多么的亲切啊——这在从前是不曾有过的，那时他怕见生人，怕黑暗和蜘蛛。

走到大街转角的时候出了一件意外，有两个和他差不多大的城里的孩子拦住了他。他们或许是从他的衣着，或许是从他的神情和体味辨认出了他不是他们的同类。他们不说话。他们只是敌意地打量男孩。男孩心慌了，因为他看到他们手里都有枪，两把锃亮的钢丝枪。他们抬起枪头，拉紧的皮筋后面白色的纸弹如果飞出来的话一定会打在男孩的身上。像变戏法似的，男孩的手里也出现了一把枪！

那两个城里孩子的眼里掠过了吃惊的神色，是男孩手里的钢丝枪使他们把他认作了同类，从而消除了敌意？他们收起枪，叽叽咕咕地笑着跑远了。男孩这才发现手心里满是汗，他扣动扳机，白色的纸弹准确无误地射进了污脏的河水……

太阳升得很高了，石桥下的集市早就散了。太阳照在湿地上，就像踩扁了无数个西红柿。男孩看到了卖完了稻草绳的外婆，她

217

肥胖的身躯背对着男孩走来的方向，孤零零地坐在石桥第四级台阶上。她的手里，托着两只已经没有了多少热气的包子。

五

当我长得更大一点，我知道了县城里更多的地名：牌轩下、学弄、笋行弄、酱园街、邬家道地、武胜门、桃园弄、桐江桥（有一段时间，它们又分别以勤俭路、永胜路、文革路、东风路等名字流传在人们口头）。当我走在阳明大街，和曾是江南望族虞氏栖居地的虞宦街，我会想象更久远的时日里——比童年的回忆更远——走在这条街上的身影和面孔。

那时的街道肯定没这么长，这么宽。客栈、酒馆斜挑的酒旗和嗒嗒的马蹄声构成了它最初的繁华。那时的县城，肯定要远比现在重要，因为那么多优秀的人从这里走出去了，然后又像秋阳下的叶子被时间护送回家。他们带来了世人瞩目的荣华，也带来了浮动数百年的书香。以我有限的生活经验去揣度，旧日的市井里会有多少故事发生，有人屠狗，有人去家报国，有人登楼长啸，有人冲冠一怒，有人锦衣夜行……千百年的时日，那么浩渺苍茫，其间足以生长幻觉和神话。那灰尘般拥挤的生灵，他们穿过落日的灵棚都去向哪里了呢。这样想着，走在街上听着风穿过行道树的沙沙声，恍惚还是他们的衣袂飘动发出的声响，那么的空旷，凄凉，又醉死梦生。

每座城市都有自己特有的气息，譬如，佛罗伦萨的特有气息就是伊利斯（传说中虹的女神）的白花、尘土、薄雾和古代绘画的油漆味。杭州是令人窒息的桂花香和脂粉味。宁波则是咸涩的海风，撞在高大的建筑物上分散成丝丝缕缕，干净而又爽朗。但我无法辨认出这座北纬30度线上的县城的气味。当秋天，它的大街小巷里弥漫着炒熟了的良乡栗子的熏香，也散布着变质了的苹果和甘蔗的腐烂气息。它更多的引起我一种坐在剧院里的体验：嘈杂，神秘，交织着灰尘和霉烂松脆的地板的那种气味。

特别是下雨天，那些将拆未拆的百年老屋裸露着砖胚和黑乎乎的横梁，在一大堆废墟的包围中，就像一场旧电影中的布景。雨水冲刷着百年陈迹和隐私，似真似幻。

县城唯一的剧院就在沿河西大街中段，一个公园大门的东面。早年常有一些外地来的戏班在这里上演越剧折子戏。七岁那年的冬天，我坐在黑暗笼罩的剧院里，在舞动的水袖和铿锵的锣鼓声的包围中，看着不远处舞台上那些宫殿、楼阁、桥和池子，看着那些咿咿哑哑唱戏的女人，我不由自主流下了眼泪。

几乎没有一个孩子能忍受剧场里长时间的黑暗，而我，竟坐在一大群妇女和儿童中间，和他们一起为那些才子佳人的故事流泪了。无从解释这眼泪为什么而流，或许你会说，这个孩子，他那么小，就流露了天性中的孤独和敏感的倾向。这秘密只有我自己知道，这秘密就是我害怕，害怕戏总有终场的一刻。我多么希望在剧院里的时间能无限地延长，好让那些女人和楼阁长久地在我眼里停留。

是的，是时间的流逝让我心惊。是时间的流逝，让我感到了不能用语言说出的疼痛。

时间，它是一阵不知所来的大风，它会轻而易举地带走宫殿、楼阁和唱歌的美人。

时间，它一次次地穿过这座县城的每一条街街巷巷——总有一天，它会带走县城，让数不清的季节和眼泪找不着归家的路——我看着冬天立在冰冷的河水中的桥墩，它每时每刻都处在一条崭新的河流里，这就仿佛我说到过的那些地名，在更广大的维度的时空中，它们需要一次次的命名来证实存在。它仍然是一个剧院，我置身的县城是一个庞大的露天剧院，只是上演的剧目不再来自民间，来自传统的深处。

老西门，这里我又要说到城西那条小巷了。在1991年姚江大桥重建前，这里人迹罕至。许多年我都住在一幢简易小楼的底层——它还有一个长年不见阳光的小院，长着栀子花和不会结果的枇杷树——就像一只蚂蚁，在一片树叶下感受着空气中的暖意和衰败的气息，同时开始我盲目的爱情和诗歌训练。对这幢已然在这个世界消失了的小屋我心存感念，它是我青春期的墓碑。和它一起消失的是我曾经的女友们。她们，善良的姐妹，从我的生活走出后就再也没有了音讯。

那时我多么落寞，又难以合群，许多个秋天的夜晚，当午夜的星星隐匿在一张张阔大的梧桐树叶背后，我就轻手轻脚起身，下楼，去看街心花坛紫薇花开放。紫薇花瓣就像姑娘们文胸上的蕾丝花边，我把她们想象成一群束腰的裙子的少女。我就是躺在床上，也能听见她们细细碎碎的芳香，一步步地逼近我倾听中的双耳。一夜又一夜，我梦着这群天国里的姐妹，听任她们的步履把我带到黎明，想象着车马辚辚，正驶过秋天的驿站。

……是的，风暴，它把星星的碎片都吹进了我的花园……是的，我向往生活中的一场风暴，可面对风暴我又不知所措……我留恋，我倾诉，我瘦削的手指充满幻想，就像夏加尔的画笔下一个渴望在屋顶飞翔的小提琴手。这是我在老西门，在90年代的第一个夜晚写下的句子：

我的手指触到了日子的肌肤，它只是一张缩了水的白纸。

至今还生活在我家乡的诗人商略，当他2005年秋天经过这条街时，写下了一首《老西门》：

天凉起来，事物就不稳定
公路露出它被损坏的半边脸
我经过时，像个异乡人
看到暮色中房屋的脊梁
一群黑色的，沉默着的鲫鱼背
低俯下去，潜向更深、更远的夜

而被我索寻着的那旧时居所
早被拆毁
墙砖坍塌的声音
倒向积水上的光和影
水面上云朵攀升，直至漂浮着的落叶
把它们所有的行踪都覆盖

现在对这个老县城而言，我已经是个异乡人了。

流水九章
——我的南方记忆

戏台记

　　山中有古庙，庙里有戏台。庙今已废，戏台也早破败不堪。我们初到时，有老妪打开铁锈的山门，惊讶迎入。暮色中，但见群蝠乱窜，满目断垣、残砾，独独大殿前戏台顶上高挑的飞檐，显示这里香火鼎盛时的热闹光景。

　　戏台就如同远眺往事的窗口，在我登临时敞开了它的记忆。一个多世纪前，浅唱的梵呗声中，这戏台前该是人头匝匝、笑语喧哗的。戏台呈方形，高约六米，内顶为藻井，藻井中心置一铜镜。整个穹顶，结构繁复，斗拱重叠，风格典雅朴鲁。站在戏台中心说话，余音缭梁。当初僧人在大殿前建这戏台，大概就是为了招徕香客炽盛香火的。

　　但如今这一切已成为一个山中陈迹。世事更迭，还有谁记得这个旧戏台？在这戏台上甩着水袖咿咿哑哑唱戏的梨园弟子又安在？倒是几个山村老妪，常来洒水扫拭，供上佛像，垫上几个蒲团，把一个又一个日子在佛珠的捻动中过下去。

　　戏台东侧有一石桥，名白云桥。单孔，高拱，如虹跨白水，沟通南北，系旧时鄞县、余姚两县交界处。上有一联："地界鄞余地韭三菁歌利济，村连龚郑千秋万载庆安澜"。此桥据说建于唐贞观年间。

桥下浅滩，卵石砾砾，颇可爱。

或问：戏台何处？

余姚鹿亭中村仙圣庙。

板桥记

茅檐低小，鸡犬相闻，一柱柱炊烟，如画师不经意间以最洒脱的笔触画下的。只可惜不是有霜的早晨，不然，人迹板桥霜，此山水不就是千年前的宋人山水么？板桥跨北溪，北溪流出李家塔村，故名：李家塔板桥。

一脚跨上板桥，就好像数百年的山间岁月在脚下吱嘎作响。桥系双孔，石礅，长逾三十米。我看这桥有三奇，一奇便是这桥礅。它由六根巨石竖排而成，不倚不靠，于激流飞湍中兀然笔立着，却是有惊无险。二奇是桥面，由六根巨木铺就，这般三五丈高的巨树，如今就是踏遍深山冷岙，又何处觅去？三奇是桥上有屋，有横梁，有覆瓦，酷似一条通幽长廊。桥屋有十间，供奉观世音、伽蓝、韦驮一干佛像，皆刀法放诞，有乡野之风，可能出自当地木匠手笔。据传旧时桥北有庵，板桥系信徒捐资建造。那么，几百年来，这桥上走过了多少口宣佛号的善男信女？如鸟入林，如鱼入水，只是为了让卑微而麻木的生添一丝希望，跪向那一只只蒲团的啊。

后生如我辈，当然再也无法得见当年香客如云的盛况了。朝

223

拜者们的心情和对不可知来世的祈盼，又岂是今人可以揣摩？庵已废，如今山民来往北溪两岸，大抵都从上游涉水而过，不再路经板桥。无语是板桥，大道默默还是板桥。它像一个人走到了晚境，世事沧桑心事定，智慧已使他与自然万物归一。板桥事实上已在山民们的日常生活中退场，它还存在着，隐喻的色彩已远远大过实用性。很多人来了，只为站上去，想一想数百年间的山间风物。天下好景致，唯有才情有眼光者识之。这话是不是太狂妄了？我想不是。或许有一天，板桥会訇然坠落，后人对着遗迹只能一声叹息，但天地是一册大书啊，穷究物理，风景的更迭本是在轻翻纸页的窸窣碎响间啊，身体停滞的地方，还是让灵魂前进吧。

芦山寺记

雨夜走了七十里山路，到得河姆渡口边的小镇罗江。在镇上朋友唐的小学校吃过午饭，睡过一觉，驱车南行。路渐细，而草木渐高渐稠，间有瓦屋纸窗，竹篱桃花，掩映于道旁修篁。气吁吁推车上坡，因刚下过雨，新泥裹脚，重不堪言。路绝，但见大河急涌，不知何处有寺。惊问樵人，樵人笑笑说：喔，芦山寺？只怕走过了也不识得呢？

急急回转，果见来路东侧小村有一银杏，兀然高出屋脊。浓荫匝地，大可三二壮汉合抱。树下有寺，已废，众姓杂住。进了门见有无头石狮、蚀字石碑，俨然有古趣。殿前板壁上有一联，"香云自山起，花雨从天来"，隐隐然若有禅机。想来这芦山寺所处的地带极是多雨，岚翠浓澹，自是幅天然云海图了。

寺建于唐乾元元年（公元758年），距今已逾千年。寺在山之阴，坐北朝南，殊异他处。寺东南有峰，名乌石尖。峰小而秀，林壑可观，可惜宿雨路滑，不得往。

寺中数十户人家，皆姓贝。寺中有一人，恰是唐旧日学生，其家人蜂拥而出，殷勤劝留，强饮三大杯土酒，过酒菜烤笋、煨芋头之类。酒入口辛辣，回味却长，主人说是家酿薯烧。主人又告知，60年代中期，后来主持普陀山全岛佛事的妙善法师曾率徒居于此间。

脚步踉跄着下山，忽听苇丛深处渔歌唱晚，酒醒一半。回首苍茫横亘的翠微，灯火暗灭，早已半在有无之中，不由一叹：噫！见山不识山，见寺却非寺了。

这是前年四月初七日的事。同游的唐，听说已去县城谋事，今昔如浮，这事他大概早忘了吧。

芦山寺在今余姚河姆渡境内，出县城东南三十里。旧志载：堆青拥翠，秀拔鹤洲凫渚之上，亦一方佳丽也。

化安山记

山名"化安"，不知是否有深意藏焉？命名者的本意，后人想揣摩，只怕也已忘言。与天地化，则人生安笃。化而后安，大化而安——这也只是我的臆想，说出来怕不唐突古人？

但化安山实在是一座好看的山。

不知是人向山走去，还是山向人劈面撞将过来，你一下子会觉得与天地亲近了许多。说它气势不凡吧，越地这样的山太多了，八百里四明山都有七十二峦呢。对，那是一种韵。山的韵，像天

225

生丽质的女子，它的愁是静静的，它的喜也是淡淡的。说它骨格清奇吧，说它宠辱不惊吧，山却是无语。

化安山的好看应该是老早就有名的，宋朝这里就被称作"剡中"了。剡中？是的，你别以为李太白梦游过的那条剡溪会在这里出现，那只是说两地风景相似罢了。山有双瀑，远观如碎银泻玉，银河倒悬；走近来，则訇訇然的，让你满耳都是水声和风声。

山间的女子都媚媚的，见生人来羞赧着脸笑。溪水明目，也滋养了她们的肌肤。听人说这里在明朝是出过一位皇后的，让考据癖们去考证吧，你只要知道，能做皇后的女子是不多的。

还有那些不老的风物传说。你喝着碧绿的双瀑茶，能想到这茶与传说中三个美丽的女子有关吗？她们在夏天的一次淋浴中化作了三株美丽的茶树。

化安山不高，但因为黄宗羲，它成了一座在中国思想史上留名的山，它的思想海拔是那些名山大川难以企及的。山上有寺，亦名化安，今已不存，17世纪中叶，黄宗羲曾在寺中读书著述，完成了他的《明夷待访录》《明儒学案》等鸿篇巨著。他就是从这里一脚跨进了一部明清史，并在这里过完了他惨淡而壮烈的下半生。

一座山，就像一个人，能够秀外慧中，那是多么不易。

军山记

纵使晴明无雨，入山深了，也还是沾衣欲湿的，何况这样的阴雨天。出门走得匆忙，没有带雨具，下得车来，匆匆和山撞个满怀，已是衣衫尽濡了。

在小站旁的客栈里，泡上一杯绿茶，一整个下午我都在读一本尽是山啊水啊的小说。窗外就是军山，书读累了，推开窗，浓浓的绿就直泻进来。茶水一道道地续，书页一点点地薄去。心也渐渐融入书中空灵的气息里去。间或山脚溪边走来三两个肩挑叠箩、身背茶篓的山民，恍恍乎也是书中人的影子了。

来看军山的念头像个结，缠上好几年了，却不想会挑上这样一个薄阴天气。山色虽空濛，六月天的雨却并不稀奇，时落时停，还嫌有些烦人。所见都是一张张忙碌的脸，带着疲惫和生的麻木。我来做什么？凭吊一处古迹？在劳人的眼里我这样子肯定够矫情。

军山显然不再是通商要衢了。多年以前，山民挑着土产和手编的竹器走县城，都要从这里过，但现在的山路静寂得飞鸟不惊。忽然想起，四十年前还是少年的父亲挑着一担担的柴炭，就是在这个山下小镇歇脚，不由心底一酸。长年挑担糊口，父亲的腰落下了病，这样的天气，会不会痛？屋梁下的黄泥小道，仍有蓝布褂的挑夫冒雨来往，大半天过去了，我默数着，走过了十一个，山口再也不见一人。

在五万分之一的县区地图上，军山恰好处于四明山地与平原的融汇处，高不过二百米，在岗、尖、峰林立的四明山中只能算是个小土包。但它北面县城，临着一马平川的平原，又由侏儒而一跃为巨人了。军山东南与一代思哲黄宗羲的归葬地化安山接壤，西隔中山河便是以盛产湖鱼名噪四乡的向家弄水库。地虽灵秀，却没有过客留下片言只字，倒是一代代质朴的山民，在这里劳作一生，身后便化作一抔黄土。山中高高低低的，尽是些无名的坟冢。

我读着的这本薄薄的小书，写书人自称"乡下人"。我读着它，

227

总把故事移到这眼前的军山脚下：顺顺、翠翠、傩送二老，不就是山下小镇和我招呼过的老人、姑娘和青年人？书里人的那份率真与厚朴，不也是军山人的真性情？

因为杭甬高速公路将从这里经过，山下的这个小镇，怕是很快就要消失了。

我不知道书中的那个傩送二老，那个使翠翠"在睡梦里为歌声把灵魂轻轻浮起"的年轻人，是否又回到了边城？从军山回来，我想起多年前也是六月，一个阳光灿烂的下午，一个青年骑着自行车，出县城十里登上军山，坐了一整天，回去写下的一首诗。那首诗叫《军山的下午》，诗里说："如今，我冬日般遥远的祖父 / 已深入到了泥土和岩石的深处 / 成为山坚实的元素。"

这个青年的祖父，就生在军山脚下，一个叫凤亭的村庄。

龙泉山记

上世纪 90 年代初，我刚到文化馆工作时，文化馆还在北滨江路上龙泉山南麓（后来搬到了龙泉山东侧的原财政局大楼，再迁至西石山桥）。这是一幢建于 80 年代初期的四层楼房，上面办公，底层开了余姚城内最早的一家舞厅，门口立柱还镶着大理石。这在 80 年代的余姚城已经算是非常气派了。文化馆大楼的背后，是龙泉寺的残址，推开走廊上的北窗，就有缭绕的香烟飘进来，还可以听到僧人低唱的梵呗。

无事便经常登山。说是山，其实不过是个高不过百米的大土丘，只因宁绍平原坦荡如纸，这大地上轻微的隆起便也叫作了山。但我并不喜欢龙泉山这个名字，天南地北叫龙泉的山太多了，几乎多到不可计数，这平庸的名字怎么寄寓它并不平庸的记忆和我对它的想象？我更喜欢的是它的旧称，灵绪山，甚至屿山的古称，也比它千人一面的今名要好得多。

在余姚人看来，一山一河——山是龙泉山，河是姚江——也算是城中的胜迹了。但轻轻巧巧就可以登临的龙泉山，无林壑之险奇，也无山石之高峻，说胜迹还是有些托大了，在我看来，它更多的是地以人名，胜迹之"胜"，在人事而非风物——其实城中的好多处景观，都可作如是观。从多次登临并题诗的 11 世纪中国的改革家王安石到民间传说中泥马渡江的宋高宗赵构，再到在山上中天阁聚徒讲学的王阳明及一代代的姚江后学，这起伏跌宕的人事的重叠、演变里见出的士人心智的成长和对一部中国文明史的影响，就不是一日看尽城中花那般的轻巧了。80 年代初期，地方文保部门为彰显乡贤，在龙泉山南坡山腰立了四块碑，名为四先贤故里碑，专为纪念自汉迄明末的四位杰出人士严光、王阳明、黄宗羲、朱舜水，这使得市民的每一次登临在形式上都成了对这些历史人物的膜拜。但彼时年少的我并不知严、王、黄、朱为何人，故里碑前的树荫下的一大块空地倒成了我和一帮少年练拳、长啸的好地方。

明成化八年（1472），王阳明出生在龙泉山北麓寿山堂瑞云楼，据说那是他们租住的一户莫姓人家的房子（今辟为王阳明纪念馆），楼之得名是因为王阳明的祖母梦见仙人瑞云送子。王阳明在此度过了无忧的童年时代。正德十六年（1521）王阳明归省祖茔时还指点着院子里当年埋胞衣处泫然泪下。巧合的是，青年学者钱德洪投身师门时这般告诉他说，他也是出生在这幢楼里。就在那一年，钱德洪率七十四人迎请王阳明讲学，王阳明即于丁忧期间，在山上中天阁开设讲堂，每月以朔、望、初八、二十三为期，在明代中叶引起士人心灵地震的姚江学派由此形成。站在这戎马倥偬的王阳明带领门徒驰骋思想处，看山下十丈红尘，望夕照长河，远山空茫，不知这幅图景是否也启悟过16世纪那颗思想者的大脑？一个人的一生所构成的图表，是由三条弯弯曲曲的、无限延展的、不断汇聚又不断散开的线组成的，这就是一个人曾以为是的、曾希望是的和曾经是的那种东西，这是尤瑟纳尔写作《亚德里安回忆录》时说过的话。出于重述历史的激情，也出于探究历史情势下的人的内心世界的冲动，2005年夏天我写下了《王阳明自画像》向我的这位前贤致敬。

城史上曾有一个插曲：一千七百余年前一个草长莺飞的暮春，邑人虞翻率领浩浩荡荡一干族人，拾阶登上江边的龙山绝顶，指点江山，谆谆叮嘱后人"择江北而居"。那时的姚江南岸，从龙泉山望去可能还是一片荒芜。尽管现今的余姚城，江南江北已浑然一体，但在我人生的初年，一说起县城的繁华，眼前总是这一山一河之间的老江桥、牌轩下、滨江路、桐江桥、武胜门路。而龙泉山与姚江，则帮助我确立了这世界最初的坐标，它们成了我人生地理学的启蒙。

平屋记

"白马湖"派散文家夏丏尊在上个世纪30年代写有一本《平屋杂文》，笔墨沉浑敦厚，娓娓如长者炉边絮语。"平屋"二字足令人起无限幽邈遐思。想象中白马湖边的读书小屋，该是庭阶寂寂，修篁丛生的。冬日去时，原来也只是江南民居中最普通不过的几间瓦板屋。霜月当窗之际，谁去听湖水轻漾？谁又在一盏被浓重的水汽包围中的灯下细品冬日白马湖萧瑟的诗趣？怕也只有夏先生这般质本洁来的书生了。

近来忽地而起的求田问舍之意，说起来也是这本小书惹起的。春天在禹陵，拜过越王墓，穿过碑林长廊，隔了墙没几步就是农家的几间小屋，竹子的影摇曳在有些斑驳的老墙上，竟觉得这地方分外的熟悉，好像多少个世代前就住在这里似的。同行的朋友笑我怎不早生三百年呢。

其实也不一定要三百年，七十年足够了，那时的作家们不都在简陋的平屋里写到惊世美文？夏丏尊不必说了，我知道的还有石门湾梅纱弄丰子恺的"缘缘堂"，重庆北碚梁实秋的"雅舍"，八道湾四合院里的"苦雨斋"……只是听说如今的"缘缘堂"是依原样仿建的，人事全非不说，门票也贵得很。而京城的八道湾是愈发地冷落了，两株傲岸嶙峋的枣树怕也只能在读史人的眼里映照秋空了。水泥钢筋的硬体建筑阻断了文化，断处的空白依稀传出的还是流水的声音。

大概有五年时间，我住在城中龙泉山西麓西门街的一间小平屋里。屋后有院，人迹罕至，断瓦残砾遍地，却有一株枇杷树，长得根深叶茂，亭亭如盖，有风的夜晚，横斜的树枝常在窗玻璃上撞出铮铮的声响，此中情状大类归震川的读书小屋"项脊轩"。我一向喜欢这位以细节见出人性的温暖的明代作家，也学着他将所居小屋叫作"不名居"。如今小屋易主，锁在里面的就是我五年荒芜的青春岁月了。那都是一些关在记忆的黑屋子里的鸟，门一开启，就会在阳光下扑喇喇地四处惊飞。

我写这篇短文时，已经搬回到了城西的老屋。老屋是 1982 年建的，庭前有柏。墙体裸着山石，很朴拙。我把它称作"石屋"，总觉得寓了种为人方正"石骨铁硬"的意思在里面。写作至夜深，明月半墙，看庭前柏树枝如水藻交横，亦是一大舒心事。

虽说人生如寄，谁又说我们的身体不是灵魂的栖息之所？时代变得如此的浮泛，谁还会有心情去顾念那些灰色面容的平屋？作家谢鲁渤说他的北方老家，"树下的碾子虽凉，却是罩在温暖的灯影里"，碾子，树，灯影，多么古典的心情。

闲食记

很难在汉语里找出另外一个词来代替"闲食"，小吃、茶食、点心，都挨边，但又不很确切。闲食，消闲的吃食，这词儿一流泻到纸上，就是一股闲闲的风味。越地管闲食又叫"哩啰"，"哩啰"，还含有琐屑、细小的意思。

三十年前我生活在江南的一个小镇。小镇的天空总是灰蒙蒙的。男人们一色儿穿着蓝灰色"的卡"上衣，孩子们照例是草绿色的没有红领章的军装。三十年前小镇的江南直街路口有两爿店很有名，一爿是"长庚包子店"，一爿是"恒祥南货店"。

包子而呼"长庚"，是食因人名，叫顺了口。这是一爿夫妻店。刚出笼的小笼包子皮薄馅厚，鲜美异常。"恒祥"是家老字号，不过那时已改名"国营江南副食品商店"，但人们还是爱"恒祥、恒祥"地叫。

正对着"恒祥"是一座满身青藤的石拱桥，据说始建于元末。站在桥上，可以看见南货店里七八个店员忙碌着，把货架上的茶食啦果脯啦用马粪纸扎成一个个小包，再在外面覆上一张"南北果品四时茶食"的红纸，递到柜台外一双双伸过来的手上。三十年前，总有一个背着书包的小学生吮着手指站在这两家店铺前，看着包子出笼时蒸腾的热气和南货店玻璃柜里琳琅满目的糖果。那个孩子或许是我，或许是小我两岁的弟弟。这是我童年生活中一个习见的场景。

记忆中，那时的"长庚包子"是五分钱一两粮票一个，而我父母给我的早餐费是每天一角三分，这点钱可以吃上两个"长庚"外加一根油条，在"恒祥"却只能买十三颗什锦水果糖，还不是软糖。那时候，我们常吃的闲食只能是罗汉豆、番薯屑、糖炒年糕片、笃笃糖，逢年过节了才能吃上几块冻米糖，或者云片糕。

我最喜欢吃，也是最常吃的，是番薯屑和"笃笃糖"。

我吃了好多年番薯屑，却一直没有看到过它的做法。挑到镇上来叫卖的都切成薄薄的片，菱形，上面撒有黑芝麻，香，而且脆。

卖"笃笃糖"的都是些收破烂的，他们挑着货郎担，一个一个村庄地走。他们的箩筐里总是放着一大木板的糖，糖上覆盖一层尼龙纸。卖"笃笃糖"的敲着两块铁板，捏细了嗓子一喊，街上的孩子就跟屁虫一样在后面跟了一长串。

云片糕，是那时候女人坐月子时吃的闲食，稀罕得很。

有年春节去乡下看社戏，吃过一回云片糕。台上唱的大概是越剧吧，闹哄哄的听不进去。看着手上的糕一层层地撕去，只剩下薄薄的像纸片的一张，不由得心底怅惘兮兮的，连吃进嘴里的是什么味都没有咂出来。大音希声，至味呢？那就要让你的舌蕾失去感觉了吧。再说，过去的吃食，总是系连着那时候的心情，所以把云片糕说成我的"玛德莱娜小点心"应该也不过分吧。以后，我再也没有吃过这种令人怅惘的闲食。

三十年前的闲食就写到这里吧。我总以为一个地方的闲食是地域文化中最富风情的，于日常生活虽非必需，却也少它不得。不求一饱，求的就是品它的味，品它的趣。说到底，过日子还不是饮食男女？这当然是三十年前嗜吃的我不懂的。

绣球记

过了五月黄梅天，母亲总要把几大箱衣服抱到院子里去"晒霉"。打开箱子，一股浓浓的樟脑味就会在空气中弥散开来。很小的时候，我在箱底看到过两只绣球，那时，父母整日为衣食奔忙，我从没听他们讲过绣球的事。显然，这两只深藏箱底的绣球与他们一生中的某段故事有关、与我怎样来到这个世上有关。我的父母把它们锁入箱底，是不是有某种寓意呢？我小时候听过姨父讲的薛仁贵征东的故事，在那些故事中，绣球是高门闺秀暗示情爱的一个小道具。绣球，一种带有才子式浪漫的、散发着贵族气的物件，在70年代某天正午的阳光下，竟偷着从箱底跑了出来。

那两只绣球色彩斑斓，底端垂一缕杏黄的流苏。缎面下不知是什么香料，散发着幽远的淡香。把它们靠在腮帮轻轻摩挲，竟有丝丝的凉。

后来我看见这两只绣球挂在父母的大床上。雕着云啊树啊草啊各式图案的床架，油漆剥蚀，一顶补了又补的细纱布的旧蚊帐，中间悬挂着两只苹果大小的绣球，这情景说不出是寒伧还是奢华。一缕穿过屋顶天窗的光线斜斜地落在房里，看过去就像一柱烟尘攀援光柱而上。两只绣球似乎穿过时空再一次和我相遇了。

茔屋筑漏时，家具什物都寄放在亲戚家。那时，一个研究民俗学的朋友听我说起过这两只绣球的事，特地从杭州赶来。我翻箱倒柜地找，竟然再也找不到。问母亲，她也茫然，连有没有过绣球这回事也说不清了。尘世碌碌，谁还会在意两只没有任何实用意义的绣球呢？母亲也终于老了。

　　我早就无师自通，绣球是一种古典情感的象征。后来我又读到这样一个故事：一个落拓江湖的秀才，得一商人之女资助赴京赶考，临行，少女私赠绣球、佩玉，以期书生金榜题名和她同圆洞房之梦。故事的结局自然早就安排好了——书生变心，少女闻讯忧郁咯血而死。一个俗而又俗的痴心女子负心汉的故事，我惊诧于这个故事何以会被佩玉、绣球这些小物件照亮。一种多么羞涩而又含情脉脉的风尚啊，但我终于明白，世上没有一个绣球能引领着痴情男女渡过爱情之河，从来没有。

　　1992年秋，浙东一个小山村里，一个嫁前的少女让我看了她亲手缝制的一对绣球。可能是怯于在一个外人面前展示她的手艺，她低着头，羞怯的长睫轻轻颤动着，我突然明白，浑圆的绣球寄寓的是女人一生的痴梦。我惊叹女红的代不乏续，也惊叹这个偏僻的山庄竟还原封不动地保留着古典的一角。

大河沧桑

无法透过水面看见河流的传说。

——华莱士·斯蒂文斯

一

从叶家小站到河姆渡遗址，须在姚江上摆渡。江宽浪急，水声啪啪的，像风中一面旗帜甩出的声响。冬日的江畔寂寥无人，只有江岸芦苇秆端残留的苇絮在风中瑟瑟。其时，冬日已半嵌入锯齿形的远山，落日熔金，江水灼灼，同舟地方志办公室的龚君从贴身衣兜里取出一张泛黄的旧照片，在暮色中细细辨认。这是我生活的小城摄于民国时期的一张照片，照片正中那条虞宦街经1929年的一场大火，如今已面目全非。那上面面目呆滞的人们如今也不知掩身于哪一丘黄土之下，突然的遭遇使我悚然而惊于世事的沧桑无定，六十年，一百年，七千年……俱化作船头激扬的水花，哗哗地流向身后。事实是这条不长的河流不仅孕育了我的城邦，它冲积的狭长平原也是七千年前璀璨的河姆渡文明的摇篮。1990年1月8日，我经由一条河流走进一个史前文明的遗址。我像一个朝圣者在施洗的河上沐浴了我的灵魂。

二

冬天，这条河穿过我所在的城市像一柄闪亮的刀子，水落石凸，薄冰在阳光下丝丝消融。穿着臃肿的人们匆匆在桥上走过。这条河过去的荣光随着大时代里贤哲的逝去已无可挽回地失落了，"落日残僧立寺桥"，空茫的眼里秋云如涛，不见古人。歌馆酒楼红袖倚栏的风流终被雨打风吹去，像水洼中蔫蔫的残红。

河出三江口，陡地恢复了流出四明山夏家岭时的浩瀚大气。河面拓宽至一百至一百五十米，平波之下，狭澜深潜，汩汩流动似四明大地的脉搏，1989年春夏之交的一个雨夜，我顺江而下，走了百里山路。幽亮的河水在车厩大桥下撞出訇然巨响。我划亮一根火柴，大风中，掌心围拢的一点火光照见了通向河姆渡边那个古老村庄的道路。

站在覆船山（传说"商山四皓"之一的大里黄公归葬于此）上，隔江远眺遗址，它更像一个湮灭千年的原始村落重新出现在阳光下，三三两两的低矮的灰色排屋，尘俗不惊，当年声吼如雷的捕猎、篝火、祈晴的礼仪、制陶作坊……如今在上面是片油菜花金黄摇曳的农田。机帆船隆隆犁开清澈的河面，隔岸打割猪草的少年出没在蔺草丛中，乌桕树、鸭棚和古堡般的砖窑，眼前的一切使我觉得深埋在地下的只是一个神话，我只不过在梦呓而已。七千年，七千年是多久？写在农人脸上的是一片迷惘。

大河沧桑，一边是有着二千二百余年历史的古城姚邑，一边是七千年前的古文明遗址，不堪的负荷里，姚江只是清清亮亮地流，挟带着彩陶碎片和历朝历代两岸散落的故事，处变不惊，应无所住。设若姚江有魂，一定有什么在她的内心生成。曾在她怀里沐冠濯足的古人高士，该不是断云微度，了无踪影的，他们是匡护这江的堤岸，是不息的流水和无所不在的空气。

王阳明，这个出生于姚江北城云楼的一介儒生挥旌于荒野大泽，平息宁王朱宸濠兵变，文韬武略，彪炳千秋，在万马齐喑的明季儒林如白日贯空，绚烂而又清新。他通过冥想的自我体验实现精神的启示，以及人在社会中积极的行动主义，确立了新儒学中心学派——姚江学派的根本，"知是行之始，行是知之成"，以行动体证哲学，多么完美的人格理想！还有黄宗羲，十九岁怀锥进京，痛击权贵爪牙，继而毁家投笔抗清大败而归，终厕身于儒林，撰成冠绝时世的《明夷待访录》和《明儒学案》，从济天下苍生的经世致用而遁入内心，走过了一条何其悲壮的知识人的道路！

我已厌倦聒噪的争辩和煞有介事的说教，当我在灯下盯着这十万分之一的县区地图上这条蓝色的河流，一个念头已在我心里形成：我幻想着用另一种语调来说说这条河，这个沧桑的城和这块神秘的土地。这种语调不是浅陋的民居民情贩卖，它像姚江的水，清澈，沉潜，流过人们的心腑，召回这条河曾经的荣光，唤起我们的智性和尊严，并懂得怎样去维护这份尊严，重要的已不再是选择，而是行动，让人生在行动中圆融，正觉。

三

十多年前，当我企图从县城出发溯源而上走完这条河，还只是一个中学生的狂妄。事实上我讨厌走马观花，而从那几本薄薄的历史教科书和乡土史读物上得来的一孔陋见，也只能使这一百多公里的跋涉味同嚼蜡。我只是好奇，对这条河似乎前定的一见倾心。

这是有关这座城的一个插曲：一千七百年前一个草长莺飞的暮春，邑人虞翻率领浩浩荡荡一干族人，抬阶登上龙山绝顶，指点江山，谆谆嘱后人"择江北而居"。当我在这片虞翻曾经指点过的北城居住了近三十年，我渐渐熟稔了这条河的脾性，它像我一个出生多年的兄弟，带来了我已然淡忘的往事和惘若前尘的气息。在枕上，听着涛声，我放上诗集和这座城的旧志，我的兄弟河，我用全身心感受你的气息，从内心深处来把握你桀骜不驯的灵魂。

当我在夜色中沿着这条河走在岑寂的四明山道，听水声萧萧而过，不知其初起，也不知其终结，对时间和存在的追寻找到了一个清晰的支点。我还听见了林风和群峰的低语（这无人弹奏的鸣琴般的声音）。流水渐逝，世界渐变，这万物的微语永远也不会销声，我们人之为人骄傲的理由，或许就在灵魂无时无刻的独语？

"夜行途中一切惊心动魄又柳暗花明"，我在散文《如云之恋》中这样写道。百里山路如百里长卷展开，雪亮的车灯，竹林，树桩，虫们与草尖的微语……姚江你本身就是一个奇迹，凡俗所谓的荣辱在你已平波不惊。

那时到了我行程的终点。夜雨渐歇，天色微明，远处小村传来隐约鸡鸣。而晨光也仿佛在两岸的鸡鸣间涌上了河滩。河姆古渡在铅灰的背景中静静蹲伏，其下是氤氲的雾气。金黄的油菜花的海洋中，村道上走来赶早市的菜农。一道晃眼的光柱流过水面，抬头却是旭日杲杲，离开了小村水杉林的梢顶，两只尖喙长尾的鸟掠过树林，搏击于清晨的大气，一切像极了出土的"双鸟异日"象牙圆雕图腾。

当所有的人进入自己的墓穴

那里还有一个精致的建筑

高耸在人类黎明时期的遗址上

承载着沉默的最高的器皿

……

循姚江走向河姆渡，巴勃罗·聂鲁达的诗句不断在我脑海中闪回。大气黯淡的手指抚摸着一代代长眠者的眼睛，河姆渡——这文明的最高的器皿——是沉默了，像石头，像高冈上滞住的云，七千年啊，鼓皮般绷紧的大地上奔驰过多少人群、战马和尘埃？

我仿佛听到河在低语：从我这里眺望初始的辉煌，从我这里通向寂寞的居所。

冷静想想，今天四明大地上的人们并不是河姆渡人的嫡传子孙，七千年二百二十个世代，一定有过什么沧桑遏制过文明，不断的海潮侵袭，我们的祖先不得不一次次地离开这片热土，终于，河姆渡人的后裔在第四纪的一次最后的海侵中长途迁徙了，余下的也在秦始皇帝的那次"塞山赶海"中被驱逐到了今日的闽、粤及至更边远的荒蛮之地。随之，一个个朝代兵荒马乱中的强制移民，迁徙到四明大地上的是黄河文明的传人。姚江，伟大的圣母河，在这里显出了它文化上的伟大的包容性，她甘甜的乳汁哺育了嫡出的儿孙也同样哺育着这群移民，在文化的承继中，姚江和我们一起新生了。

或许这一切今天看来更像一个传说而不是史实，时间的尘埃下深埋的真实超出了我们的想象。姚江无语，在鸿蒙开辟中她完

240

成了文化哺育的辉煌使命，如今她更像一位慈母，在寒衣密密的针线中守望着历史这位游子的梦乡。应该惭愧的倒是我们，离开母亲河的源头，我们走到了哪里？传说中王子猷的雪夜访戴和赵家皇帝的驻跸龙山，更像是一个苍白的圈套，活脱画出文人的无聊和攀龙附凤的无耻，气度如芥，文明源头伟大的包容性去了哪里？

还是让真正的思想风一样渗透我们的身体和大脑吧。

四

黄昏日落之际站在河边，我仿佛守持着圣哲的临终一刻，庄严平和中，肉体消融了，只留下灵魂栖在永恒的大气中。我开始上路了，沿着落日中的沧桑长河。我终于说出了：我爱你，大河。而大河就在初始的地方等着我。太阳沉没了，余光上射，大地一片金黄。群星荧荧，它们是太阳的遗孽。

飘飘何所似

只有歌唱者能陈述

只有神性者能听见

——里尔克《致奥尔弗斯的十四行诗》

多年来，我一直醉心于鸟拍打翅膀巨大的声响，醉心于水不舍昼夜奔赴大海急切的流声。一年一度，大群的候鸟飞越我的屋顶南迁，它们的翅膀扇动气流让我感到气候变化的些许凉意。岁月就如同一只鸟，它的飞翔把过往的生命中无数或丰厚或单薄的日子给串了起来，有时候我甚至看到了岁月这只大鸟掠过城市上空的银色弧线。流水、飞鸟……我感到在这些事物的内部都蕴藏着一个中心，奇怪的是，我虽然感受过它们，却一直不能像一只蜻蜓抵达苇秆直接地抵达这些事物的内部。

无数个黄昏，我站在这个城市年代最为久远的一座石拱桥上，凝视着桥下不息的流水。我仿佛置身于惠斯勒的小说时空，黄昏的江水莫测的光与影的变幻、追逐让我久久着迷。这条奇迹般的大河不仅是七千年前河姆渡文化的滥觞，而且哺育了王阳明、黄宗羲等一代思想巨子而成为一个学术流派的象征。但如今那一代意气飞扬指点古今的青衫学子又去向何处了呢？他们的典籍又有几个人能真正领悟甚至记得呢？这种逝者如斯的悲天悯人情怀让我相信世间万事万物都有一个归宿，尽管这归宿也许是销蚀和遗忘。

好多年前看过一场美国西部片：硝烟散尽后的战场，两个满身血污的男人挣扎着爬过来，手指张开做一个"V"字，一个拍拍另一个的肩膀，咧开嘴向银幕下的我们意味深长地笑笑，我们……回家吧。我们回家！一种温暖的情怀潮水般感动着我们。那时我们唱：

天边飘过故乡的云，它不停地向我召唤……当身边的微风轻轻吹起，吹来故乡泥土的芳香……

那是六月，在校园外溪边的青草地上，夏天的气息已经很浓了。那种田园牧歌式的忧伤经由我们的嘴唇唱出来，又和六月的农舍、溪水、乌桕树一起感动着我们，让我们双眼潮亮。我的梦中开始出现故土的内容，它或许是童年戴过的一顶麦秸帽，一把每天使用的水壶，一盏茅檐下的油灯或是母亲的一个微笑。年少时谁没有做过一两件荒唐可笑的事呢？我不也曾在大雪封山的日子里，翻越陡峻的四明山回到小城叩敲老家虚掩的门扉吗？

我的整个少年、青年时代都在这座江南小城度过，我离开它只是短暂的求学期间和后来断断续续的几次漫游。它的历史至少在两千年以上，在大禹治水的传说中，禹曾把治水的秘图藏在这座城市的一座小山上。近年来拔地而起的高楼和旧城区废墟散发出的阴湿霉烂的气味，证实它是一座处于痛苦裂变中的城市，但它那种绮丽精致的建筑格局和呢喃越语交织的江南风情不是我希冀中的故园，我很难对它产生一种一眸惊心的好感。我梦中的故园是一片北地的旷野上几株孤零零的老树，而它支撑不了我梦中故园的高渺、寥阔。我相信三毛所说的，人除了他命定的出生地，还是有一个故乡的，它或许就在旅途中往车窗外不经意的一瞥中。如果套用一下米兰·昆德拉"生活在别处"的名言，我是不是也可以说"故园在别处"？

在这座城市几本线装的旧志里，蛛丝马迹地记载着我们这个曾经的望族是"外来户"，它迁自甘肃一个叫"天水"的地方，时间在明清之际甚至更早。我这才明白我的父辈在一些新置的器具上写字时为什么要在名字前面加上"天水"两字（我问他们，他们笑而不答）。或许我的祖先最早写下"天水"两字是为了警示后人毋忘故土，但这一符号代代相袭早就失去了它原来的意义。在一种类似于破译了羊皮纸上秘密书写的欣喜的同时，我不禁浮想联翩：在西北边陲遥远的"天水"，几个世纪前，我的祖先是骑马游牧还是腰掩弓箭，追兔逐鹿？他们又为什么背井弃乡来到这温婉的江南水乡？那些日子我接待了一位来自新疆阿勒泰的朋友，他一脸连鬓的络腮胡和几篇大漠风暴般怪异的小说唤醒了我血液中被现代城市文明准则禁锢的一点点野性。阿勒泰，一年中六个月都是积雪的地方，多么神秘！我因他来自西北边陲之梦中的故园而一见如故。那些日子我拼命搜集描绘北方风光和一些北方作家的书，周涛、张承志、扎西达娃……这种在世俗者看来劳而无功的"寻根"在我是真正意义上的精神探寻。我凝视着桌上的家族谱系表，总觉得它像一只张开翅翼的大鸟，它由北而南，飞过了那么多岁月，那么多村庄、河流和城镇，它终于飞累了，栖息在这座充满咸涩海风的城市。

"归与！归与！"冥冥之中似乎传来这宏大的召唤，我也似乎明白：我们一生下来就都是些无根的转蓬，我们的一生注定在宿命和精神这巨大广袤的空间飘游。故土是什么？它是目光凭借智慧穿透田野、村庄、城镇的小站和电杆所望见的东西，它是当你离去时可以随手携走的那种东西，如同我案上散乱的文字。现在是夜晚，柔和的风从窗口吹进我的房间，轻轻摇动着绿色的灯罩并吹动我打开的书籍而发出沙沙的声响。外面有谁骑着单车从我窗下经过，清脆的铃铛有节奏地敲击着这无边的夜色。我的指节轻叩着松脆美好的纸页，仿佛它是一扇门，正把我引向神圣的殿堂。赫尔曼·黑塞在《我最心爱的书》中说得真好：

　　这世间有一种使我们一再惊奇而且使我们感到幸福的可能性：在最遥远、最陌生的地方发现一个故乡，并且对那些似乎极隐秘和最难接近的东西产生热爱。

　　赫尔曼·黑塞在他不朽的《荒原狼》中把芸芸众生描绘成自然和精神之间的一道桥梁，而把真正意义上的人界定为一种精神要求，一种遥远的既被期望又是可怕的可能性。我寻觅着这"可能"的故乡是否实现了作为一个人的"可能性"的一半？我像只天地间的大鸟被远景所包围，我迎面感到了岁月的罡风，我必须承受它，我的目标是迢遥的白雪皑皑的神山。我掠过秋大的云和树，省略了日常生活的一切细节，无边无际的孤独向我涌来，我听到了远处风景的声息，却又不发一言。飘飘何所似？我像那个执着的希腊少年伊卡洛斯，紧紧挽住时间这匹白马的缰绳，在疾速的飞行中成为照临下界的光明本身。精神之光烛照下，尘世的悲欢在沉沦、消逝，太阳、月亮和梦境都不再属于我，我看到的真实世界就是我叙述的生活。我御风而行，神山之巅，仿佛传来一句神谕——你去叙述自己的生活吧，只有自己叙述过的才能永远存在。

到处地方都有个秋风吹上心头的时候

一

边城凤凰旧属楚地，历史上"楚"人的幻想情绪和奔放性格便能在沈从文的身上见诸形相。读从文，既能领略灵智的幻美，又是一次次愉悦的旅行。你没到过湘西，从文能引你在白纸黑字间由武陵过桃源，再坐大木筏在沅水长河漂游，一路出没在吊脚楼、汤汤的流水和水手们的传奇故事中，读书乃精神之游历，这话真是一点也不错的。

在一个地方住久了难免生厌，便老想着离开去看看别处的风景。人活世上，俗事牵绊，也不是随处想走就能走的，好在还有读书，可作精神之远游。但现代导游书上满是商业、广告用语，温情脉脉下一脸的势利与小气，盯牢你的钱袋，就不如去读文人们记行的书了。宋人陆放翁的《入蜀记》，徐弘祖的游记，沈从文的《湘行散记》和《从文自传》，便是见性见情的好文字。

西人有谚云：只有书和女人才可以在床上卧拥。我们的先人不也说"卧游"么？所以读记行的书你大可不必正襟危坐，一床竹榻，清风过帘，不是更宜于神游八极之外么？如果你读的是一本旅行探险的书，你尽可以高枕无忧。如果你能在别人走过的旅途上走出自己的心路，你的读书就不只是"皮相"了。

先前读外国作家的书，老是奇怪有那么多"流亡作家"，纳博科夫、萨克斯、布罗茨基，还有茨维塔耶娃，这几年还有个写《撒旦诗篇》而遭追杀、野兔般东躲西藏的拉什迪，除去政治原因，我想作家其实都是些自我放逐的人，作家，就是"一生在路上"的人啊。

狄更斯的《游美札记》，处处流露出以"文明人"自诩的优越感，没翻几页，就任它在书架上蒙尘睡觉了。郁达夫的《一个人在途中》和一些记海外行踪的文字，虽不免叹老嗟贫的苦辛味，到底出自真性情。要记下"路之所经，身之所遇，口之所谈，心之所寄"，记行的文字也真不是随便弄的。有个美国作家，一年四季都在国土上东南西北地跑，追春逐夏，终于写下一本《美国山川风物四记》，分春夏秋冬四卷记述季候风土，据说很是畅销。他是把世人不屑的事作为大事业来做了。"到处地方都有个秋风吹上心头的时候"，读从文笔下的湘西，读美国佬的山川风物，你的心里便会有一根弦被秋风拨动，这便是记行文字的魅力了。

二

文学史告诉我，自从两千多年前楚国的一个逐臣在一条叫沅的河流上抱石自沉，自此以后这条河就或明或暗地流动在中国的诗史上。但少年从文并不知诗，他挂念四月后满山的蟋蟀远比读"桃之夭夭"来得起劲。少年小小的心中还没有那份哀戚，他站在河边，看苗家小妇人抬起绣花大衣袖掩着嘴笑，看船工在大太阳下安置船上的龙骨。他自由啊，就像空中婉转的黄鹂。

多年以后，当从文手中握起一支笔，那条河从记忆的渊海中跃了出来，码头、木筏、灰色的小渔船、形形色色的船娘、水手，全在他的笔下复活了。他因那条故土的河流而爱上了世间一切的水——檐流、溪漳、万顷的大海。他告诉我们，他学会了用小小的脑子去思索一切，全亏得是水。他尤其不能忘怀的是十五岁那年的7月，一只大船载着他驶离山壑中那座美丽的小城，进了军营，他揉着因长途跋涉起泡的双脚，第一次觉悟了生命如水一逝不复返。

但那条美丽的长河将伴随他终生了。当沈从文像一滴南方的水融进20年代干燥的北平时，在孤室写作时，走入他记忆的还是乡下唢呐声中红衣绿裳伤心大哭的小小新娘，看星、看月、看流水的边城生活。城起于山壑之中，砌着一道精致的石头城墙，城里有磨针的老人，有宽脸大奶的妇人，用发光的铜勺舀取豆浆；有满脸英气的少年，布履长衫，野马一般跑过……他用笔堆垒着文字的"希腊小庙"，精致、结实、匀称，表现着一种优美、自然、健康的人生样式。他编织着故事，故事也改造着他，成为一个被称为知识分子的人。但他还是爱说自己是个乡下人，谦逊地把这些成绩引到南方的地理上去。他说他写的船上、水上的故事，如果有点灵性，那也都是来自多年以前南方山地雨水的滋润。

他说时间带走了一切，带走了天上的虹或人间的梦，他还在说时间在改造着一切，星宿的运行，昆虫的触角，全在时间的流变中失去了原先的位置和形体。他痛惜时间的流逝，尽管他在古都度过的一个文艺青年的苦闷日子实在太长了些，他还是惋惜美"不能在风光中静止"。这些体悟或许不无窘迫，现实的挤压触发，但它们已经超越了贫穷和卑微，进入一个更广大的世界。从这个时候起，他在内心已经以长河的歌者和儿子自居了。

三

废名的文字真好，淡淡的，像雾像风，知堂说他是在树荫下读废名的，那也是为着废名文字中那点宁寂的村趣。我是坐在窗前读废名的。窗外是墙，更远处是深蓝的天空。夏天已然远逝，天空有鸟飞过，风吹哪页读哪页，此中情味便很"废名"了。

大象无形，大音稀声，要名何用？不知废名先生是不是哲学味很浓的一个人？当年废名在北大讲孟子，讲陶渊明，探幽抉微，连知堂老人都说"生怕听不懂"。但废名的文字不这样，很清、很纯的文笔，像他常年穿在身上的月白竹布长衫，讷讷的，像隔世的月光一般的美。但这般的美，人生没有经历过大痛的人不见得能领会，尘世几回伤往事？山形依旧枕寒流。

读废名的《桥》，是在初春的微雨天气里。多么纯粹的散文啊，有炫目的光色，有爱，有欲，又有一丝挹郁，但一切形诸笔下又是那么的和谐，似乎这幅恬静的山水几百年前就裱好了的。山乡翁媪，儿女私情，一不小心就会弄成三角恋情的题材，在废名，在《桥》，只是见出生命的纷缠与悦乐，见出为种种习见所遮蔽的美。小溪河、破庙、白塔、古墓、老树、灯、孩子……读那种书，你闻到的是带有稻草、牛粪、青草气息的乡村空气，很原始，很单纯，又很素描。

影印的直排铅字，每一页也就那么百十个字，但每一页都交互着平凡众生的呼吸，那呼吸罩定了你，恍兮惚兮，你会在一霎间莫辨是在卧床夜读还是放浪于20年代的村野上空了。你跑，你跳，你和草花微语，你是在废名的世界里了。

废名的《桥》《枣》《竹林的故事》《桃园》，几乎每一本习作上都有知堂的序跋，撇开师生情谊不论，更因为两人趣味相近。一个操散文，一个持小说，瓦屋芭蕉，当窗饮茶，他们似乎都有些喜欢在人群中藏起身子，或者他们本身就是隐逸中人。

契诃夫说简洁是天才的姐妹。废名的作品以简洁的文字写人生意趣，难怪知堂这样说他——人不比我老而文章已近乎道。

一次想象的旅行

一

仔细想想是多么无奈，我们的生命正日渐一日地消逝。消逝的时间就像死去的灵魂一样，被拘禁在某种特定的物象中，如果这一物象不被发现，消失的时间就永远不会重现。事实上，那些时间的寄寓之所遍布在生活的周围，就像各不相同的封口的容器，只是我们很少会有好心境去把它打开。它是阳光下一枚闪亮的叶片，是夜读时过耳的风声，是衣上的皱褶，襟上的月光，是植物开花时不可言说的香气，还有一种说法是，我们所到过的地方……当我们找到了它，它从四野的风物中获得了独立，失去的时光便又重新返回。如果有一个安放时间的盒子就好了，这样我们需要回忆的时候就不用去四处寻找，灵魂也不会那么不安。有一种说法认为，这些寄寓时间的地点、形体、声音和气味不在智力的认知范围内，智力就像一盏灯，它只照亮它所能及的一部分，那不可知的、万有的黑暗，只有自己去领悟。领悟，这一点没错，但当我试图创造性地把那个寻找回来的世界表达在纸上时，我却感到它是那么的不真实。写作者摆脱智力，到达的不是事物本身，而是另一面的幻象。

……窗外的时间正在行进，时间的虎皮斑纹一隐一现。当我被黑暗包围坐在写字桌前，我很难相信，花如此一个又一个早晨和夜晚在词语和节奏中工作是一桩合理的活动。尤其在我们置身的这个时代，生活给每个人提供了更多个出口和更多个可能，单凭写作来改变生活境遇已成为一个神话，我深陷于这条放浪的幻路是否明智？

我长久地看着眼前的这只 Marie 牌墨水瓶，它已经淹没了我那么多时间，它黑漆漆的张开着的瓶口还将吞噬我更多的日子。如果我现在把它举起来扔向窗外，它就会在楼下人来车往的车道上绽开一朵硕大的墨菊。如果我这时把所有文稿攥成一团，然后走出房门，走到城北那个铁路小站，接下来的一天就会是全新的……这不是没有可能：我会坐火车外出旅行，我会靠着车窗，透过纤细透明的空气看见铁桥，看见路基边开放着的矢车菊，看见红色的太阳随着车厢的震动而摇摆，像个红脸膛的醉汉。或许我会邂逅一个姑娘？她是年轻的，健康的，扎着可爱的麻花辫子。她提着一柄长嘴的水壶，为在路上的人们送来咖啡、面包和茶水，还有种种花花绿绿封面的消闲读物。火车紧急刹住了，她一不留神扑倒在我怀里，她又羞又恼地站起身的时候，我会看到她的脸红得如同车窗外红光衍射的那片树林的上空一样。然后我会在一个陌生的地方下车，满天的红光现在变成了暗蓝，暗蓝的夜空下是一个个村镇，我沿着阒无人声的街道蹀行……

我像一只大甲虫在地图上的一个地名与另一个地名之间爬行。我涉过大河，越过高山，在虚拟的途程上四处勾留。当我驻足回望，却发现，除了文字，我什么也没有留下。

写作是危险的！它会使你投身现实世界的热望一次次地成为泡影。那么，我只能在一张白纸上想象一场莫须有的旅行了吗？

253

然而外部的公共活动于我又未尝不是一种毒品，沉溺其中就很难复返。这正是我所从事的工作和外部世界的一个悖论。就在我犹豫着是不是出门旅行的时候，又一段时光被禁锢了。因此我要说，写作是专门消磨时间的，如果你手上没有一大把空白的时间，你就千万不要写作。

二

有什么感情比热爱山川、海洋、夜晚和花岗圆石更富浪漫情调呢？当我们走在城市的街道上，面对着被高楼切割得四四方方的天空和被夕阳烧得彤红的幕墙玻璃，有关大自然风景的回忆，正通过曾经使我们激动的最杰出的作家向我们走来。有关雪地上的白桦林、草原、掠过乌鸦影子的金色池塘，我们是通过屠格涅夫、叶赛宁这样的俄罗斯风景圣手来获得的。19 世纪初期有关工业革命图景的风景画，我们是通过梵高《克利希的于特工厂》这类作品和他的同时代艺术家来获得的。另外，还有伦敦西敏寺大雾的记忆，中原承天寺月色的记忆，南美大陆雨水的记忆，都出自那些"器官"——专为歌咏大地的忧伤、痛楚和幸福的"器官"。

在马可·波罗时代，几乎每个作家都是旅行家，而探险家、旅行家们也大多是作家。他们在月色山川中匆匆行走，又在回忆中把旅程风物一点点地记载在纸张书籍中。在早期行吟者的文字中，较为真实地留下了那时的地理风貌和风土人情。17 世纪中国的旅行家徐霞客就是一个最好的例子。有时我大不敬地想，如果徐霞客生在今世，在"纪实""探秘"文字大行其道的今天，他的记行文字一定会销得更好。他曾说，如果让他游遍江南名山，即使老死在山川中，也不会是一桩憾事。他是把旅行探险作为自己一生性命所寄了。世界的空间在今天看来是缩小了，但仍有些地方是我们想去而未能去的，人性中潜在的怠惰又让人过了中年就倦于远游，谁还会有强烈的欲望去看一看传说中或伟大的作品中写过的地方的风貌？

今天留存在我们记忆中的风景，很大一部分不是游历所得，而是通过阅读。在阅读中苦行孤历同样可以亲近自然，放浪山水，翻开一本书，我们就开始行走在了那片风景中。熟悉的地方没有风景，没有到过的地方总有一种神秘的力量让我们梦萦牵挂。18世纪英国的赛弥亚·约翰逊博士渴望有一天能看到中国的万里长城，博尔赫斯也同样对古老、神奇的东方充满幻想和向往，在他的《长城和书》里，他最终无缘见到的在大地上投下长长的阴影的长城，成了秦始皇这位命令世上最谦恭的民族焚毁过去历史的恺撒的影子，阻隔空间的长城和斩断时间的焚书都是在废止历史，是出于对死亡的恐惧而去徒劳阻挡的屏障。

"对于我们这些从事物候学、观察自然现象一天天变化的人来说，春天是从光的增强开始的，这时候，民间都传说熊在窝里翻身了；这时候，太阳快要转到夏天的位置上去了，尽管残冬未尽，尚有酷寒之日，茨冈人还是开始卖皮袄了。"（普里什文《第一滴水》）那些能够担当起导游职责的作家应该具备像普里什文这样的才能：他善于把知识的谱系引进他的写作，把民俗学、物候学、植物学、动物学、鸟类学、地理学、方志学融合进他的写作中，同时他还应该关注风景中的主角——动物、花草、人，甚至还有时间，关注阅读者心中所存有的幻想。这样，我们最终就把那片风景跟咏唱过它、描述过它的作家联系了起来：屠格涅夫就是俄

255

罗斯风景，王维就是中国唐朝的山水，哈代就是他虚构的"哀敦"荒原……则时间中的过客的我们，在他人、在后来者的眼中，也只是一片片行走的风景——不是海洋，不是夜晚，我们只是一粒粒舞蹈的灰尘，我们从中而来，又悄悄地归化其中。

蝉声穿石

立秋那天早晨，我照例去河边散步。一阵悄无声息的风过后，天与地倏地分开，空气也不再那么粘滞混沌，平静的河水就像被细心擦亮了的一面镜子，薄薄的阳光在上面轻盈地跳跃。我望着我们城中那条著名的石拱桥，它像一张弓紧绷着，横跨江上，有一种隐秘的力量。它完美的造型让我想到了气候渐变的弧度，一种平静的欢悦浸润了全身心。在这个立秋的早晨，我站在这个巨大的弧形上的一点，身上每一个张开的细胞真切地感受到了充盈天地间节气变化的气息，那水声，泠泠的，也带着些微的凉意了。

"乾坤的变化，乃是风雅的种子"，这是17世纪日本俳人松尾芭蕉说过的话。在这里提到它，只是因为这些日子我对这种简洁、素净的句子深感兴趣。除了芭蕉，我近日在读的还有谢芜村与小林一茶。这种参差不一的句子引起的阅读体验是奇妙的，它们犹如寺钟的一击，余音缕缕，在心中一漾一漾地荡着。

前些天，吃晚茶的时候，跟朋友谈起了松尾芭蕉，在慨叹芭蕉式的竹履芒鞋走遍万水千山的诗人精神的式微后，我们说到了他的俳句。不是"为白罂粟花撕下翅膀作纪念"的那只蝴蝶，也不是扑鼕一声跳进古池塘打破百年沉寂的那只小青蛙，我们说的是关于秋蝉的一首：

> 古刹静，秋蝉鸣
> 声声渗入岩石中

我揣想那是个秋日的午后，风一息不动，寂静在古刹上空蔓延。寺门紧闭，阒无人迹，突然一声蝉鸣，更显天地的静虚。这蝉声清澈剔透，不知不觉渗入了虚空，全山的石头也慢慢化为一片巨大的寂静……朋友说，无形的蝉声渗入有形的岩石，穿透心灵，这是一种沉思中的幻象，幻象中的本真，在对自然的体悟中，抵达精神的宁寂与澄澈，蕴含其中的是一种东方式的智慧。

说到东方智慧，我想到了平民诗人陶渊明，和他那首著名的《饮酒（之五）》：结庐在人境，而无车马喧。问君何能尔？心远地自偏。采菊东篱下，悠然见南山。山气日夕佳，飞鸟相与还。此中有真意，欲辨已忘言。

一个人在车马喧喧的热闹处所怎么能过清静宁寂的生活呢？其实陶渊明早就懂得，宁静，就是心灵的井然有序。因此他饮酒、写诗，生活在本色当中。冯友兰在《中国哲学简史》中说这首诗体现了道家的真髓，真的是这样吗？青山入帘，天空有鸟飞过，在这祥和静谧中，凸现出了"真意"——宇宙的真实，这究竟是出世之想还是对这个世界、对生命的积极探索？

阿克翁的英译中，把"真意"译为"A hint of truth"（事实的暗示）。真好。"此中有真意，欲辨已忘言"，在这些事物中间有一种真理的启示，但当我开始述说，却找不到合适的语言。真理的呈现正是通过那些小小的物象的暗示：林中小径，倏忽来去的小鸟，薄暮时分的群山……你想要把它们都带到语言中来吗？

嘘，别出声——不出声该有多好。

物的启悟，心的悸动，更多的是来自暗示而不是明晰得一览无余，这不是东方艺术的理想吗？"言有尽而意无穷"，甚至这种理想也反映在东方哲学家表达思想的方式里。

那么，今天我们在城里看到的那群怅怅惶惶的鸟，还是启悟过陶渊明的那群鸟吗？我们每年秋天费心侍弄的那种充满象征意义的黄色小花，还是浔阳柴桑那一朵朵清洁的菊花吗？文明在一代代的传承中渐渐背离了原初的意义，就像传话游戏中充满了误解和幻听。心远地自偏，今天谁还有这般的骄傲与自信？

我想起了少年时代，在一个叫梁弄的小山镇的藏书楼"五桂楼"，最初看到门楣上"日夕佳"三字时心里的一颤。还没有被文化浸渍的少年，已经从这三个简单的汉字中感受到了悠远的牵引。"生命中不可言说之欢悦"（克尔凯郭尔语），在我是哪一年真正领悟到的呢？

出入于一本本的书籍典册中，从思想和艺术中衍射出的那一缕东方智慧和精神的幽光，总让我心有所会，想要形诸文字却又嗒然若失。当我把自己关在工作的房间穿行于一个个理念的堡垒时，不可否认的是，生活由于没有鲜活的源头之水的滋润却在走向干涸。原来精神之光并不玄秘，它离我是如此地近，那么自然，又那么令人欣慰。它就像立秋早晨的那片阳光，轻轻照耀到我，就像芭蕉俳句中的那声午后的蝉鸣，一下就穿透了我的心灵。我想这种精神的实质就是在对生命感悟的欢愉中，在心灵的彻底舒展中，实现生命无所不能的自由。

那个立秋的早晨，我从江边散步回来，折了一枝紫薇花，插在一只细口瓷瓶里。做着这些我满心欢喜。粉红的紫薇花瓣打着小小的皱褶，就像少女的裙边，纯洁而又飘逸，我把这感受模仿日本的短歌体写了下来：

　　紫薇花开，
　　少女的芳香，
　　脚步声里。

大地风景无语

　　大地的景象令我深深着迷。每天，太阳带着它伤感的表情从城东龙泉山的背后升起，它直接照耀到我，雾气氤氲中，它就像是悬在我们城市上空的一瓣湿润的嘴唇，吐露着神秘的话语。而周遭的风景也一点点地虚幻起来，像来自多少岁月前的一张明信卡上的画。我意识到：在我的脚下，大地在呼吸，它有嗅觉，有听觉，并能感知其内部所有的细胞和变化，只要我愿意去思考，愿意在阳光和空气间获得巨大的满足，大地就是无数的生灵。它的部分已经死去，或正在死去。但它正从残骸中再生，从废墟中重新建立。

　　那一刻我多么富有！空旷和天空，无垠的地平线，一马平川的浙东平原……这虚空的一切深深打动了我，并留存在我的心里。它们是我创造的直接的源头，我可以据此去描绘、去叙述、去探索和发现新的事物。大地风景无语，却蕴含着巨大的力量，它们留存在我心中犹如一场熊熊大火，其焰则犹如永恒的思想之光，照亮这庞大得近乎虚无的世界。

　　我的写作就是在这种强烈的感受驱动下开始的，它最初的缘由，可以是我在大地上的一次散步，草叶上的一滴露水，我在春天的一次远行……这种感受一度使我远离身边的这个世界，向往在神秘中倾听，在神秘中写作。这个时代根本无视那些面向神秘世界敬畏颤抖的灵魂，当我一再地说起神秘，人们却把它当作虚假，然而那恰恰就是最接近真实的东西。

我想起我居住的这座城，不止一次，我把它想象为风雨飘摇的世界中的一叶小舟。当我在1991年看到七十年前这座城的一张旧照片，我曾为时间坚韧的蚀刻力量所震惊。我觉得我无力描摹出它两千年的沧桑的脸。我像一个梦游的少年，在它的城堞遗址、钟楼、石桥上游荡，我发觉，两千年来它看来几乎是静止的，而眼下却无时无刻不在变化之中。我发现自己也像它一样在经历着不断升华的死亡与生存。风不断地撞在城墙上，又不时回旋过来，卷起废旧的报纸在空中飞扬。我对这座城、这个世界，重新进行着体认。

我还想起这大地上曾经有过的人和事。唐朝的马。唐朝的月亮。宋朝的雨……它曾经是中国东部"唐诗之路"所经行的重要一站。八百年前，宋朝的船曾经载着陆游在这个地区唯一的一条大河上漂流。王阳明、黄宗羲就是从这里起步，跨进一部中国思想史。那么多人匆匆走过，大地如此亘古静寂着。这种静打动了我，它使我想到产生运动的巨大空间，这种运动没有时间来终止，没有终极。

在我国文明史和考古学史上占有重要地位的河姆渡遗址，就在陆游曾经漂流的大河的一个转弯处（它离我生活的城市大概三十五公里）。从它1973年首次发掘以来，已经改变了中华民族历史的写法——长江流域，也同样是华夏文明的发祥地。二十年前，当我顺水而下坐船经过这个渡口，它还沉寂着，是一片普通的江南稻作区。那地方盛产蔺草、杨梅和光滑的苇席，还有快嘴

262

利舌的女人，那里的人们安静而又实在地一代代栖息着。几年后的成功发掘，与其说是这片土地的神秘震撼了我，倒不如说是它那么多岁月掩盖之下的一个简单的事实打动了我：数千年前的这片文明只留下一些炭化的稻谷和焦黑的木桩，也不见典籍上有片言只语的记载，但今天我们的营造、栖居，延续至今昔对比的日常生活方式，还是跟七千年前有着惊人的相似。

我有一个梦想，为一个小地方写一本大书，就像福克纳写出他的约克纳帕塔法，写出这片大地的过去、现在，勾勒出一种文化在无数个世代里沉潜的演变。当然我不像博尔赫斯一直生活在国家图书馆里，我在大地上行走，倾听，思想，用我最大胆的想象来抵达真实。我还有那么多的记忆，它们有的来自阅读，有的来自我到过的地方，有的来自我成长岁月中内心的隐秘体验。我很清楚，生活是神秘的，而写作应该明晰，我想我能够在我的写作里清楚、明白地达到表达的目的，像七千年前象牙圆雕图腾里的那对鸟驮着太阳飞升。世界之极将注视这片土地，更遥远的生灵将注视这片土地。

这到底是纯属梦想，还是一次可能的行动？风景倏忽，大地无言。我多么富有啊！我必须奉献。

某时某地

雨水

雨落着，一点，一滴，合着墙上挂钟的节拍。那雨是落在你的头上，你的灵魂上无片瓦……你觉得雨声响在你空空的体内，一只手在你的身体里狠狠地拨动着。日子一页页向上翻去，第一场雨落在 1969 年，夏天。这是一场雷雨，它蛰伏在农谚背后已经很久了。地点：北纬 30 度的浙东平原。你现在回想起三十多年前的这场雨，乡村生活中最温情的回忆，如一幅画轴展开。雨中，牛和羊的影子仿佛剪纸。一顶顶草帽在雨中浮动。鸟飞来又飞去，像在时间两端往返的明亮的梭。当雨线倾斜到很诗意的角度，大地上的植物在呼吸。

雨落着，在你的身前身后，这散乱的音符，流水的乐章，带走了你早年的鞋子和书籍，白雾迷茫中，大地浮现出苍白的脸容。

秋天

那时你到了城里，住在一幢简易小楼的底层。当午夜的星隐在一张张阔大梧桐叶背后，你轻手轻脚下楼，去街心花坛看紫薇花开放。你把它们想象成一群穿着束腰裙裾的少女。那时你多么落寞，又难以合群。你听到他们细碎的芳香，正一步步逼近你的倾听。一夜夜，你听任少女们的脚步把你带到黎明，想象着车马辚辚，正驶过秋天的驿站。是啊，已经是秋天了。

然后有了第一场台风，拂过青萍的风，把星星的碎片都吹落在大地上。它们在一张白纸上扫过，带走了落花，还有泪水。你向往生活中的一场风暴，面对风暴你又不知所措。你留恋，你倾诉，你瘦削的手指充满了幻想。很快，秋就深了，你终于走到了一场大梦的边缘，你匆匆在一个夜晚写下这样的句子："我的手触到了日子的肌理，它只是一张萎缩的白纸。"

美学的屋宇

你想象自己是一只蚂蚁，在一片秋叶下，用触角感受着空气中的暖意和衰败。事实上你确实需要这样一个屋宇，它有高高的顶梁，有青青的瓦楞草，还有大风吹来时会跳舞的瓦。你的思绪和衣衫一直在飘摆，你想早一些结束这居无定所的日子。

正午，你站在高处，整个城里，你发觉只有旧城区还剩下些灰色瓦楞和屋脊。你说不清想象中的屋宇是形上的还是形下的，说它形下，你确实需要一个栖身之处；说它形上呢，你所求的又不仅仅只是这些，所以你也一直把你寻找的叫作"美学的屋宇"。在那里，一片瓦和一片瓦之间，一个词和一个词之间，叠加的是你品性中优美淳朴的部分，呈现的是从现实到理想的种种可能。但很快你就发现，抒情的含义就是逃跑，就是一次次地从现世中逃离，"美学的屋宇"只是一个象牙之塔，你在其中营造、栖居，

265

就像一只黑暗中的蜘蛛。这不是你的本意啊。

你站在窗前，窗外若隐若现的，是时间古旧的虎皮斑纹。时间真的是一只草丛中的虎吗？风声飒飒，你会看清它的本质。

1991年，车过徐州，你在外省五月的阳光下突然忆起了故乡的那排老屋。那是你出生的地方，你在里面度过了整个少年时代枯淡的日子。那时正是你的初恋时节，恋爱的气候很适合你，想起南方多雨的天空，和天底下的一排褐色老屋。

河流

你最初写下有关这条河的文字，人们都以为你是一个老人。一条河的影子总是与一个沉思的老人的形象联结在一起。你在河边坐久了，站起身，也会陡然发觉自己很老很老了，脸上的皱纹很深很深了。

在十万分之一的县区地图上，它是静止的，像皮肤下隐约可见的蓝色血脉。在你眼中，它又时刻在流动。河面上掠过剪翅低飞的鸟，水流带来了上游的水草和动物的尸体。它苍老的面孔里流动着的是年轻的梦幻。多少年来，你已熟悉了他的脾性，你们近得可以听见彼此的呼吸。一次次，你枕着它入睡，又一次次被它粗重的呼吸从梦里惊醒。白天，你看着河水的反光，它投在桥洞顶，投在你祖屋的墙上，你一动不动，却已经有了呛水的感觉——它正在遗弃你和你的声音、房子！你的存在就是被遗忘。你望着它的深邃，它的虚无，其实就是看着自己的沉溺。

去河边散步成了你例行的功课。你望着江边铁锅厂的自来水塔和塔在河中的倒影，一个实在，一个虚幻。你还看到三两个垂

266

钓的人，叼着纸烟，出神地望着它不可究诘的深处。成团的水花生草昼夜不停地赶着路。河面上散布着船家生火做饭的气息。拍岸的涛无声无息，像默片中的镜头。它在流动，并将流经在世的一切，这种噬心的绝望，就如同你沉溺一个梦境无力脱身。那一刻，你深深感到了生活的无序和不可说。

它是令人怅惘的。它的气息，像一个成熟女性的胴体发出的。这多少让你感到惊讶。肉体沿着灵魂的踪迹前进，就像水浪依附在摇荡的大河上。但你看不清它久远的源头，那儿时间的杂草丛生。

岸，流水。这两者合成一条河，一个第三人称的单数。河水流着，也流在你空空的体内。或许有一天，你的名字会被河水擦亮挂上城门。到那时，河水肯定脏了而世界照样鲜艳着。

是河流使这座城著名，但你无法听清河对城在说些什么。"从我这里远眺永恒的居所，从我这里走进痛苦之城。"你想应该是这样的。一条河，你感受着它的流动，它的神秘，一个下午就这样过去了。一个无可争辩的事实是：黄昏过去，夜晚就要降临。夜晚，意味着沉默，意味着聒噪者将永无发言的机会。他们将出走，流放，在河的幻影中消失名字。

白云深处

你躺在秋天的草地上。你看见一朵浮云，静静地泊着，在天空，在时间的静深处。有谁听到过白云的呼吸？轻，轻轻，像一条飘动的缎带。你看见风窸窸窣窣穿过芊弱的青草过来。看见更远的风潜入草坪。你还看见从你脚下荡开去的秋草，一纹一纹，高过了远山和太阳。你闭上眼，阳光在你的眼睛上踩出一个个金黄的圆点，你会感到这圆点在鼓胀，鼓胀，迫使你向更深处寻求理解。

转瞬间，云已过了你的头顶。

一双手在天穹深处撕裂它们，驱赶它们。你听见这双手在云层背后的冷笑。一切如同流沙，或者不可确定的记忆，改变了现时状态的真实和残酷。那真是一个伟大的牧神，高举长鞭，驱赶着这群传说中的白羊。因此你看见了时间漠然的脸，像一口钟，倒悬在这个季节的天空。

你想起了一本叫《成吉思汗的白云》的小说，是去秋你在乡村暮色四合的石屋里读完的。小说讲一群知识分子被流放到西伯利亚去，越过好几个世纪，书中还穿插了成吉思汗西征时的一段轶闻。西征甫始，一朵祥云总是盘旋在一代天骄的头顶，仿佛草原车辇上的华盖。突然，这朵五彩祥云神秘消失了，同一晚，一个骑师带了他在军营中绣旗的情人在月光下打马西去……你注意到这朵云在小说中出现了两次，一双神秘的手操纵着白云，让它悄无声息地降临或者逃遁。

现在，一片白云就是你的天空。它低低地照耀到你，带着诗意的感性的光辉向你发出微笑，让你痛，让你忧伤。你渴望有一双手，来抚慰你的痛。渴望有一阵风，中止遗忘。但马上，你的时辰就要到来。草丛中那只美丽的灰兔，又来温柔地窥视你。你大呼小叫着，起身去追赶这只狡猾的兔子。

你真的能赶上它吗？兔子跑了，浮云已逝，无边的黑暗就要来临。

哦，黑夜。

夏天的采石场

夏天的采石场像一座巨大的环形火山，荒凉，燠热，不见一棵树。光在膨胀，在乱石堆中跳跃，流淌。在充满阳光和苦艾的空气中，你无法睁开眼，你只能从睫毛上淌下的咸津津的汗水中捕捉到炫目的光亮和色彩。极远处，蝉的穿透力极强的嘶鸣像一架老朽的纺车的咿哑。

在梦里，你无数次站在这个采石场的入口。那是在穿过桑林小径走过一大片红薯地之后，你的目光被峭壁上的一个身影牵引着。他的腰系在一根粗长的纤绳上，远远望去，像一只网中的蜘蛛。你知道，这张网有一个更为具体的名字：生活。看不清他的脸，他抡动钢钎的动作你无比熟稔。你是在梦中和三十年前的父亲相遇了。

你踩着滚烫的砾石走向他。石隙中，机警的蜥蜴探一下头又消失得无影无踪。群峰之上回响着风的轰鸣。

起风了，夜一般轻。阳光像薄薄的金箔，游移不定。你张开嘴却发不出声音，声音被风掠走了，风潜入到更远的草丛里。或许从一开始，你就是在跟自己说话。就像有些人，从不在人群中表露什么，只把声音在心里哭出来。

在梦境的深入中，吸引你目光的是桑林中的一个红衣女子。她总在你前面四五步的地方，仿佛触手可及的爱情。但你总无法逾越她，只能在她身后不即不离如同一个情欲鼓胀的少年。她的行走寸尘不生，那是因为她的赤足起落在青草丛中。多么纯净的两支藕啊，玉一般的光泽，向你的眼睛扇来阵阵沁凉的风。在一个叫鹿亭的山坳里，她开始唱一支动听的歌。这时太阳已完全不见了，她的歌里有一种日暮倚修竹的唐诗的古典。你无端地想起了山鬼的传说，你觉得自己就是那个走进聊斋里去的青衫书生。

但路的尽头只有夏云变幻着奇峰，变幻着莲花、老僧、树和狗，仿佛是佛的幻化。那么，她是死亡的影子？多美的精神的憩园啊，这个夏天你是不是曾钟情于她？常常是这样，在夜里，在深黑的墙影里，清风吹梦，吹不散的还是她的背影。

生与死就像一枚银币的两面——采石场的凿石声响起，叮叮咚咚，多么贫乏、单调的声响啊。这个时代还有别的奇迹没有？除了梦想，除了让大地围绕梦想转动，又还能做些什么？现在，大地沉寂了下去，鸟雀站满了黑暗的枝头。采石场像一只被人丢弃的孤零零的旧雨靴。一切的声音，你爱着的人和世界的声音呢？

夜晚的神祗降临，那无比的黑暗比光更亮。你会说——世人啊，我迈开脚步，悄悄走在通往永恒的老家的路上。

火车，或记忆的群像

一

《与火车赛跑》，这是我二十岁那年写的小说（它终于没有发表），里面充满了少年的怨艾、躁动和梦呓。现在，这本用活页笔记装订的小说手稿已经在这个世界消失了。"火车变成了一个小黑点，在视野里消失了……"这是小说的开头。我现在回忆起它，眼前就出现了一个个纤尘不染的早晨，那些早晨像露珠一般一碰就破碎了，恋爱中的少年和女孩，在过去的时间里沿着乡村大道向我走来。那是六月的早晨，草尖上隔夜的水珠打湿了他们的脚，路边的荷塘里，荷花已经开了，田野里涌动着植物苏醒的气息。他们走得如此匆忙，是因为要去赶早班火车。每天早晨七时正，一列从宁波方向来的火车，准时在河姆渡遗址边的小站叶家作短暂的停留。一条大河横亘在他们和叶家小站之间，渡河的时候，少年爱怜地看着他的情人，而女孩（她在小说里的名字叫盈盈）正对着船头激起的水花冥想着什么。二十岁是什么？二十岁是树木的成长，是爱情的遮天蔽日，是一夜之间就着一盏二十瓦的台灯读完玛格丽特·杜拉斯的《情人》。我的二十岁的主人公，他的眼里除了身边小小的情人再也容纳不下别的什么。新鲜的血

271

液，像河水一样在他年轻的身体里奔涌，他对渡河有一种新奇的感动和向往。变成了老妪的杜拉斯，坐在巴黎的寓所里，回忆她在少女时代和来自中国南方的情人的邂逅，也是从渡河开始的。这样的句子他都能一字不差地背下来：

对你说什么好呢，我那时才十五岁半。
那是在湄公河的渡轮上。

船到江心，他们听到了火车的鸣叫。接着，一列绿色车身的火车撕开白纱似的晨雾闯进了他们的眼里。它比预计的提早出现了几分钟，这使他们感到吃惊又感到紧张。船还没停稳，他们就跳上岸，急步跑上了那条通向小站的田塍路。少年的肩上，背着一只特大号的旅行包，一只手拉着女孩，他们迅疾的脚步使得草尖上的露水纷纷破碎，一群在稻田里啄食的麻雀也惊得飞上天去。

火车，火车就停在离他们三五十米远的站台上，像一只庞大的、分成很多节的昆虫。要命的是它竟动了起来，"咔嚓"，"咔嚓"，前面车头发出的鸣叫像是对这两个迟到者的嘲笑。他们已经跑上了站台，他们拼命地追赶着，叫喊着，火车越开越快，一节节绿色的车厢在他们眼前晃过，一张张疲惫的脸在高速的行进中变形、重叠。渐渐地，火车在远处树木的掩映中成了一个小黑点，眼前空荡荡的铁轨，好像在说刚才发生的只是一个梦。少年停下脚步，大口大口地喘着气，离他十步远的地方，女孩因长时间的奔跑痛苦地蹲下了身，她的眼里转动着伤心的泪水。

在我不长的生活经验里，火车、铁轨、站台、候车大厅、离乱的人群、蛛网一般纠结的铁路干线图，这一切与注定无望的爱情故事有关，与生命盲目的游走有关，与时间的流逝有关。或许我还真能说说那些场景里上演的一幕幕人间喜剧的片断，月台上长长的迎送和路灯下形只影单的等待：

——那个一边看着手表，一边翘首张望火车出现的老派的男人，车站廊柱的阴影投到他的身上，他的内心就像候车大厅的穹形拱顶一样空空荡荡；那一张张疲惫的面孔中，出现了一张因未干的泪痕而显得生动的脸，站在车厢走廊上的女人，挥着手，好像在擦着窗玻璃上的雾水，然后，她举起手，掩住哭泣的双眼，"就像捧着一只水盆，喝呀，喝"；那些下了火车被出口处的大门轻轻吐出来的人们，他们向人询问到站的地名，在附近的招待所填写旅客住宿登记表，或者走进火车站旁的花店，给人寄送鲜花，在一张小纸片上写下吉祥的话语和正在逝去的爱情……

可是——不，一种更深的惊惧攫住了我。我的耳边响起了那巨大的钢铁的躯体的轰鸣声，它缓缓地爬动着，在地图上，在现实空间的某一个点上，冰冷，而又黑暗。1989 年 3 月 26 日，北京山海关外的铁路上，一列自北向南的火车碾过了一个农民的儿子，一个沉浸于冬天、倾心于黑夜的孩子（他的眼镜落在路基一边，他的胃里只有几粒清洁的橘核），火车把他的身体完整地分割为两截。他一直在诗篇中收获着堆鲜花的马车，冬季的草场，金针一般的阳光和空虚而寒冷的乡村，那一刻，他把自己的生命交付给了这机械时代冰冷的钢铁的躯体，让它给轻轻收割走了。

这样的黑色火车我从未见过

它徐缓驶来，像一根绳索

雨夜一样的黑色火车

没有花朵的黑色火车

它的鸣叫像来自水底

我冬天的手指是它的枕木

它碾过水果和眼镜（这钢铁的躯体多么的冷）

它要去赶春天的集

这样的黑色火车在一个词中安息

在天堂客列的站台

——《黑色火车》

　　那么多人的舌头上翻卷过诗人的名字和他的死亡，使他的死亡几乎成了一个公众事件，我再度提到他是危险的，因为我也完全有可能忽略他作为一个独一无二的诗人独特的一面。出于对一个天才的热爱和崇敬，我还是抄录了 1991 年的冬天写下的这首《黑色火车》。那列想象中的火车，那个杀死诗人的刽子手，它冰冷地躺在我的内心已有多年。试图对海子之死的种种误会、误解乃至曲解作出澄清是徒劳的——有思想的人谁不想到自杀，对于那些命中注定的天才，或许只有沉默才是适宜的。在这里我只是想说一说火车，说一说海子自行选择的这一孤独的自杀方式。

　　他关注过死亡（从某种意义上说，他甚至还是一个研究自杀

274

问题的专家），他没有像他的前驱一样选择斧头、绳子、刀子、煤气管，他把自己的身体在火车爬坡的一个路段平静地摊开。他选择了卧轨，那是因为在他看来这是体面的、干净的、最为尊严的。我们每个人都在时间中沉浮，火车是流动着的时间的征象，终有一天，人的生命都要在它飞速转动的轮下碾为齑粉。他让流动的时间碾过自己的身体，只是提早一步把生命交付给时间，他与众生的区别，就在于他是一个比我们所有人早一点抵达终点的人。而且他相信，肉体的生命终止了，自己的鞋子仍在大地上行走。

　　轻雷滚过的风中
　　死者的鞋子，仍在行走
　　如车轮，如命运
　　沾满谷物与盲目的泥土

——《喜马拉雅》

　　灵魂飞离了肉体，仍能在大地上行走吗？在轮下的一刻，那提早到来的宁静里，他在想：我能够证明，我已经在证明了，用诗歌，用这颗还在跳动的心脏。这是让车轮带走生命的人的福分。那一刻，他在笑，他看见了自己的影子在天堂，在人间，在喜马拉雅的姐妹们中间。这就是为什么他在掂量死亡的时候只要了火车，而不放心把生命交给绳子、刀、打开了阀门的煤气管的原因，因为自杀者在借助这些工具终止生命的时候，他的灵魂也终止于这一动作上了。

　　还好，这样的黑色火车我只是想象过它，梦见过它。这样的黑色火车我还从未见过。我现在也不想见到它，这世界有一个海子已经足够了，这世界真的不需要有十个海子。我非常快活，我深深扎进了世界这只绵羊的毛里，就像一只虱子。我就这样快活。这个世界那么多的痛苦，足以碾碎十个海子的头颅，和所有的心，我哪有那么多的泪水啊。

二

一个叫双河的村庄，村前的河塘里密植着芦苇，冬天，西风把苇秆吹得窸窣作响，住在河边的人家早就把它们一把火烧了。因此，站在村口，目光越过田野上那些矮匝匝的油菜、麦子，可以很清楚地看见那条拉得很直的铁路。每年冬天，照例是下雪前几天，孩子们由他们的父母带着，都要到这儿住几天。这儿有他们的一家亲戚——父亲的大姐，他们叫大妈的，孩子们因这个村庄就在火车路边，每天都可以看见火车来回地跑，都这样叫她：火车大妈。

这幅二十多年前的画长久以来保存在我的记忆中：钢轨，撒满煤渣和空罐头的路基，穿着新衣服去乡下走亲戚的孩子，他们面容严肃的父母。孩子们在村里走来走去，他们捕鸟，去池塘里玩冰，把扫帚柄倒过来打下挂在风檐下像巨大的铁钉一样闪闪发光的冰柱子……只要火车孤独的鸣叫声远远传来，他们就全都跑到村口去看火车。锃亮的铁轨在阴沉的天空下铺展着，那是一个乡村之梦的入口。

远处林中惊起了一群黑压压的鸟，飞一阵，歇一阵，最后斜斜地向两侧的田野散开去。他们听见了火车的喘息。一转眼的事，它驶近了，黑色的火车头就像一头撒野的牛一样冲过来。孩子们快活地叫喊起来，但都被车轮和铁轨的摩擦发出的轰隆声给湮没了。他们只听见自己的心快活得在咚咚地发跳。火车掠动气流拍打着他们的衣服、裤管和头发，这钢铁的躯体一节一节地从眼前滑过，不能容留他们更长时间的注视。它一点点地退出了他们的视野，最后只能远远地看见，火车头中喷出的烟像一块小小的寂寞的手帕，在空气中飘散，消失。他们的耳朵里还跑着一列火车，轰隆，轰隆，他们的大嗓门在空旷的田野上听起来响亮得有些惊人。一个说过去的火车有二十节。另一个说，你的脑袋里塞满猪粪了，明明只有十八节的。他们无休止地争论着，谁也不能说清刚才开过的火车到底是多少节。为了证明自己的正确，他们站在寒冷的村口，等待下一列火车的出现。

有一次，正在吃饭的时候，一列火车在村外示威一般叫了起来。小弟把饭碗一蹾，拔脚就要向外跑。火车大妈把他叫住了，说吃好了饭再去看。小弟急了，他挣不脱火车大妈的手臂，就躺到地上打起滚来，他边哭边喊火车我要看火车。同桌的大人们都笑了，他们对火车大妈说，孩子嘛，随他们高兴好了。小弟像泥鳅一样飞快地跳起来，冲到了门外。他回来的时候哭得更响亮了——这回是真的在哭。他说都怪你们，火车没有了。还有一次，我和小弟在村口铁路边的凉亭里坐了整整一天，一节节车厢、一张张面孔从我们面前飞驰而过，我们收获了一大堆空的汽水瓶和罐头。我们数清楚了，这一天里一共有五班火车经过这个叫双河的小村庄。

一条钢铁的巨龙，它不断地把人和货物在这儿吃进去，又在那儿吐出来，价值和利润驱使着它疯了一般飞奔，真是"火车一

277

响，黄金万两"。19世纪初叶的欧洲，正是隆隆的车轮宣告了第一次工业革命的到来。今天已无法想象，斯蒂芬森——这个英国矿工的儿子——发明的第一辆蒸汽机车试运行时的情景，那是在1814年的达林顿矿区铁路上：火车开动了，浓烟滚滚，火星四溅，简直是地动山摇，烟筒里冒出的火焰把路边的树木烤焦了，坐在车上的人则被颠得满脸烟尘，浑身骨头几乎散架，有几位大人物还被摔伤了。这一伟大的发明迅速走向了实用，没过几年，出现了世界上第一条商用铁路。在一本叫《科学的历程》的科普读物上，我看见了那个时代从利物浦至曼彻斯特的大铁路上的火车的图片：长长的烟囱，柴油桶般臃肿的火车头，这一切传达出了早期工业革命的新鲜气息——包厢里坐着贵妇人和打着领结穿着燕尾服的上流社会的男子；二等厢就像我们今天的硬卧，密密匝匝的都是人头；敞棚（棚车）的栅栏里则围着成群的牛和羊。活塞、气缸、光滑的金属轮子在光滑的金属轨道上产生的牵引力，拉着满满一车人和物忽紧忽慢地走着，火车就像一柄刀子，切开了19世纪英国乡村寂寞的田园风光。

美国"爵士乐时代"短命的奇才小说家托马斯·沃尔夫，在一篇叫《火车与城市》的小说里描绘过新泽西州荒野上两列火车之间的一次竞赛。那是对速度、空间和力量的一次礼赞，同时也流露了他对生命易逝的叹息。有谁见过两只巨兽的狂奔？那真是一场钢铁、烟雾和活塞轮的势均力敌、惊人而可怕的斗争——沃尔夫这样说。

这两列火车，一列是开往弗吉尼亚州去的，另一列是开往费拉德尔菲亚去的，在新泽西州约有十英里的路程上它们开在了一起。开始的时候，它们笨拙地颠簸着，发亮的活塞自由地摆动着，谁也没有意识到这是一场竞赛。慢慢地，有一列以砰砰作响的大动作超了上去，它笨重的锈红色车厢一节一节地蚕食而过，跑到了前面。这时候，两列火车上的人们恍然大悟。他们挤到了车窗口，像坐在赛马场里一样大喊大叫起来，兴奋得像孩子一样。他们苍白的脸这时候变得红润，迟钝而暗淡的眼睛也闪着兴奋的光。

我相信这是托马斯·沃尔夫一次真实的旅行，当他乘坐的后一列火车以惊人的速度超了上去，他看见大地以一种越来越快的闪动之势奔腾而过，看到了对面车里穿着蓝条纹夹克衫、戴着护目风镜的司机，往炉子里铲煤的司炉。看到了餐桌，微笑的侍者，铺着雪白台布放着锃亮的银餐具的桌子，就餐的老人和妇女。他还注意到，这两列奔驰的火车使光景寂寥的田野突然焕发出四月的光彩——一边是草树萌发，荒蛮、广大而精致的大地；一边是巨大的钢铁火车，闪光的铁轨，绵亘的铁路，大量冰冷肮脏和铁锈的颜色，机械和技术的气息。这动与静，这亘古的风景与易逝的生命，让沃尔夫的心里涌起了一种广大的怜悯。当两列火车在某一个道口分开，车上的人们的嘴巴都在微笑，他们的眼睛都是友好的，在大多数旅客的感受中，有着某些共同的悲伤和惋惜。他们作为互不相识的人住在一些巨大而拥挤的城市里，如今他们在空间上无限、时间上无始无终的天空下有了片刻的相遇，同行，然后又经过了，消失了，再也不会重逢。两列结束竞赛的火车在一个道口不约而同地拉响了汽笛——沃尔夫说：我们生命的短促，人的命运，都在这片刻的招呼和道别声中了。

沃尔夫还有一篇发生在铁路边的小说，《远与近》，题目提示了他在谈的是距离和美，以及交往的虚谵。在铁路边上有一座整洁的白木板小屋，二十多年来，火车司机每天开车经过这个小屋的时候，总看到一个妇人带着她的女儿向他挥动手臂，这小屋和母女俩，使他得到了异乎寻常的幸福感，他对她们以及她们所居住的小屋，怀着一片深情，就像一个男人对他的妻女所怀的深情一样。终于他在铁路上服务的岁月结束了，他决定去找这两个女人，同她们说说话，因为她们已完全融进了他这二十多年的生活里。他来到这个小镇，一路走去，心中的惶惑和慌乱越来越强，他觉得，这些每天都看见的屋子是那么的不熟悉，那么的令人不安，他就像走在一个梦中的小镇一般。终于他走到了那两个向他挥手致意过几千次的女人面前，但她们只是用怀疑甚至敌意的眼光看着他。他离开的时候明白：那条灿烂的、失去了的道路，那由想象所产生的一切的魔法，永远地不可复得了。沃尔夫对火车、铁路几乎有着一种说不清的喜爱，这使得他的小说有着铁的气息。对，他的小说是铁质的，有力、突兀，他的主人公常常是一个乘着火车走遍大地的漫游者。但他最终关怀的还是人，人的心灵和人的命运。在他的眼里，火车是流动的时间的一个征象，在小说里，它的功能几乎与流水、沙漏、马蹄声等同。

在福克纳著名的打猎小说《熊》里，结尾的时候出现了火车。在这之前，小说中出现的场景和物象依次是：庄园，帐篷，篝火，大熊，印第安猎人，猎枪，被褥和食物，猎狗，未经斧子砍削的森林，由于飞奔身子变长了的公鹿，狗和熊搏斗的场景，少年猎手和大熊相遇对峙的场景，人和熊厮杀的场景，等等。这是一个古典的世界，在这个世界里，最高贵的是人的勇气、仁慈、同情和牺牲精神。在小说的第五章，长大后的艾克再次进入森林，这一切都已消失了，新的事物是出现了砍伐树木的木材公司，出现了火车这一摧毁古典梦境的机械文明的铁臂。

那是多么丑陋的火车啊，它尖叫着，排气管急急地震颤着，发出缓慢的咳嗽声，松弛的铁钩懒洋洋地拉紧，把碰撞从车头一点点地传向车尾，远远看去，它就像一条脏里脏气的小草蛇在草丛里游动。当它空车开进大森林去的时候，跑得又轻又快，车皮发出碰撞的"喀嗒喀嗒"声，火车头发出炒花生一般"噼啪"响的汽笛尖叫声，这些声音刚一发出，都让沉思默想的大森林吸收了去，连一点回音也没有。当它满载着树木从森林里出来，慢腾腾的模样就像是一架用爬行速度前进的疯狂的玩具——"把一小口一小口复仇的、费了好大劲才吐出的废气，喷到亘古以来就存在的树木的脸面上去"。火车，这个现代文明的利器，它带来了枕木的阴影，带来了这个森林注定要消失的凶兆，它像一把刀一样切入古典的梦境里，把什么都搅碎了：公正、怜悯、同情和信念。福克纳是一个宽容的作家，他一直描写的是中间状态的事物，让美好和丑陋在他的笔下同时存在，他知道南方衰落的必然，但也试图挽留传统，正是这种复杂的心情使福克纳在纸上复活了一个南方的世界。

三

现在，我的眼前浮现出了一片烛光，小小的烛光，温暖，而又纯洁，它把夜读者的身影放大了好几倍投到了墙上。风一吹来，墙上的影子就动荡不止，好像整个的屋子和人都在水里。这是一个冬天的夜晚，屋外，冬天的第一场雪如同无数的白蝴蝶纷飞着，夜读的少年裹着一件旧大衣，寒冷使他的身子缩小了，他的手笼在袖子里藏在桌子底下，他的面前摊开着一本书——列夫·托尔斯泰的《安娜·卡列尼娜》。

多少年了，当我有了足够的好心境站到回忆的路口，最先望见的总是这一片红红的烛光。因了烛光的暖意，因了书中读到的某一句话，少年的脸滋润而红艳，有着一种水果的光泽。就像昆虫结茧又破茧一样，最初的记忆总是指向最后的归宿，这风声、雪声（它是多么的细微，像一只猫蹑足走过），这书中的情爱和愤怒，能让他透过时间的布幔看清以后的道路吗？终于他读到了安娜的死，读到了那个诚实而热情的女人（他是多么地喜爱她啊）向她漂亮的年轻军官走去时在一个铁路小站莫名其妙地去死——对，在他看来太莫名其妙——书中的女主人公自己也不知道，在旅途的某一个地方她走下了火车，来到月台上，在人们惊奇的目光注视下，沿着月台走去，越走越远。这时候，将要收走她的生命的火车进站了……

主啊，饶恕我的一切吧。

这个高贵的女人划过了十字，在铁轨上躺下，枕木的寒冷和坚硬使她清醒了，天哪，我这是干什么啊？这一瞬间，她愧疚地想起，不该在和情人吵架时说爱情就是我的一切把他给吓着了，想起了她在彼得堡的漂亮庄园，曳地的长裙与银托盘上可口的糕饼。她想站起来，但火车，火车像一个陌生的男人一样压上了她的身子。机械和铁轮把她的最后一个念头碾得粉碎：

她阅读那本充满欺骗、痛苦和罪恶的书时点的那支蜡烛，突然爆发出前所未有的亮光，为她照亮了以前隐灭在黑暗中的一节，发出"毕毕剥剥"的声响，渐渐黯淡下去，终于永远熄灭了。

少年惊惧的眼光投向照着书页的那缕烛光，它飘忽着，一阵小小的风就可以把它扑灭。他把手掌拢起来，小小的光明在他的掌心跳跃着，好像一个舞蹈的小精灵。多好啊，他想，这就是生命。它可以轻易地抛掷出去，也可以在小心的守护中尽量长时间地燃烧。他把书哗哗地翻到从头，他想到那个热爱生活的女人在书中的第一次出现，就是在一个火车站。站名已记不真切。这个在书中484页上死去的女人，在第36页出现的时候，她正好从彼得堡来到莫斯科，在火车站，她碰到了后来的情人（悲剧的大门拉开了），漂亮的青年军官渥伦斯基伯爵，他们在出站的时候，突然发生了一个变故，一个道口看守员被火车轧死了。这个死之凶兆曾经让故事中的女主人公心惊肉跳，现在，它让少年被一种说不清是什么的东西击中了，他苍白的手指从这页翻到那页，他的眼里嚼着泪，他喃喃着，这都发生了些什么呀？一个可爱的女人让火车轧死了，她的丈夫、她爱过的或者爱着她的朋友还都好好地活着。就这些。但为什么我的心里会感到痛呢，就像突然而至的寒冷，让手在短暂的麻木后感到有一枚尖刺钻了进来。

关于俄罗斯大地和火车，我或许还应该说说那条横亘亚欧大陆的西伯利亚大铁路，它在赫尔岑、陀思妥耶夫斯基的文字中隐约出现过，它的一头连着高加索群山，另一头是俄罗斯大地的苦难和那些寒冷中吟成的诗歌。它把索尔仁尼琴送到了古拉格群岛，那里，知识分子正戴着脚镣敲打石头；它把日瓦戈医生从前线运回了莫斯科，而此时他的妻子已流亡到了巴黎……

283

19 世纪初叶，俄罗斯大地的歌手叶赛宁对一个居住在南俄草原上的朋友说，自己成了"农村最后一个诗人"。他说到了西伯利亚大铁路，说到了火车，他说火车这没有生命、陌生冷漠的巨掌，将扼杀他许多美妙的歌唱（火车是诗歌的敌人），所以他仇视它，决定"让风淹灭它们的嘶鸣"——

钢铁的客人马上就要来到，
它将要踏上天蓝的田间小路。
用它黑色的粗大笨重的掌心，
收割那映满绚丽朝霞的谷物。

——《"我是农村最后的诗人"——给马基恩霍弗》

1910 年 11 月 7 日，在偏僻荒凉的阿斯塔波沃小站，俄罗斯大地的良心——列夫·托尔斯泰停止了呼吸。在他去世前最后的清醒里，飘进屋子的冰凉气息，是不是让他想起了碾过安娜的那列宿命的火车？

托尔斯泰生命的最后几年，在他的亲人和朋友们中间越来越经常地谈到，不远的将来他要离开亚斯纳亚波利亚纳出走。但谁也没有想到，"把他从家里抛到了路上"的"那种绝望的爆发"，提早把死亡降临到了老人身上。旅途的风寒使一个八十二岁的老人患了病（他得的是肺病），当他在一个早晨坐上火车，生命已一点点地飞离了他的躯体。一个地主的早晨，这是他多年以前为自己做的一次安魂弥撒。

托尔斯泰与他的妻子、儿子们对立的那条界线，是他对俄罗斯千百万农民悲惨命运的同情，是他自觉意识到了某种极端的不合理——在这种制度下，一部分人占有全部的土地，游手好闲，而农民在一小块土地上，在饥饿和贫困中养活奴役和压迫自己的人。土地、地主和农民，是他在亚斯纳亚波利亚纳那幢白色房子的大饭厅里经常要和人谈到的问题。令他深感痛苦的是他处在一个虚伪的、两重性的位置上：一面是他的信徒在坐牢，在流放地受折磨；一面是他这个新宗教的传布者、反政府著作的作者，住在地主高大的邸宅里过着养尊处优的生活。他的日记记录了那种损耗他精神的痛苦："我没吃午饭。一想到自己卑劣地生活在那些饥寒交迫的人们中间就感到痛苦和烦恼。""真可耻，可耻极了。昨天骑马从一群砸石头的人身旁走过，就好像我在通过队列受到鞭笞一样。"他经常收到一些来信，指责他的生活与宣扬的学说不一致，他们在信中说，一个真正的革命者应该坐牢或者上绞架，应该否定财产，光着脚走路，"即使不能完全做到，也应该与此接近"。另外，一个大学生在信中向他呼吁："放弃伯爵的领地，把财产分给自己的亲人或穷人，自己分文不留，从一个城市乞讨到另一个城市。"这封狂热的信使老人激动万分，他说："如果不为女儿，我早就走了。"

这一年的 7 月 22 日，老人生活中出现了一个重大的转折。就在这一天，在格鲁蒙特的树林里，他签署了一份剥夺他的妻子和儿子们对他的文学遗产继承权的文件。因为在内心深处，他最大的愿望是把自己的作品变成人民的财富，他希望死后他的著作能无偿地为所有愿意阅读它们的人享用。他的妻子和儿子们出于自私的动机，千方百计想知道遗嘱的秘密，他在亚斯纳亚波利亚纳的生活变得更加复杂，更加的不堪忍受，憎恨、谎言甚至特务手段包围了老人。终于他出走了，离开了所有那些"把他当摇钱树的人"，离开了他憎恨的那个"老爷的王国"，离开了他自己的温良仁爱哲学的牢笼。他怀着这样的夙愿走了（这样的愿望他曾在给一个乡下农民朋友的信中说起过）：到乡村去，住在一个哪怕是最小，但却是单独的、暖和的小农舍里去，住到农民兄弟的中间去。

陪伴着托尔斯泰度过充满痛苦煎熬和紧张事件的最后一年的布尔加科夫，在托尔斯泰死后出版的日记中，记录了这一出走的经过：

1910 年 10 月 28 日，一个冬天的夜晚，和往常一样，托尔斯泰在亚斯纳亚波利亚纳庄园的书房里停下了一天的工作，吹熄了桌上的蜡烛，回到自己的卧室躺了下来。夜里 12 点多了，窗外是风声、雨声，托尔斯泰却睡意全无。过了一会儿，透过门缝他看见自己的书房里亮起了烛光，并听到了翻动纸张的沙啦沙啦声。那是他的妻子索菲亚，她为折磨自己的猜疑心所驱使，正在寻找立下遗嘱的字据。她的这一举止，在托尔斯泰已经满溢的忍耐之杯中又添加了最后一滴。出走的决定在他心中突然成形，再也不能更改。他从床上坐起来，就着烛光，给她留下了一封告别信：

我的离去定会使你伤心。为此我很抱歉，但请你理解并相信，除此一举我别无他法……我再也不能在我曾经生活过的那种奢侈环境中继续生活下去了。而我现在做的，正是我这样年纪的老人通常所做的事：离开世俗生活，独自宁静地度过此生最后的时日。

请你理解这点，即使你打听到了我在哪里，也不要来找我。你若来了只会恶化你我的处境，但绝不会改变我的决定。

……

随后他举着蜡烛，蹑手蹑脚地下楼，叫醒了家庭医生和马车夫。他这样平静地对他们说："我马上就要走了……永远离开。来吧，帮我收拾行装。"他只带了很少一点衣物和生活用品，在医生的坚持下，他又带上了皮大衣、手电筒和灌肠器（没有它有时候还很难办）。

他要走的心情是多么的急切。收拾好行装后，他亲自去马厩吩咐备马。但在黑暗中他迷了路，在灌木丛中的某个地方把帽子也弄丢了，只好光着头回来。由于天太黑，信差点燃了火把，马车夫的手颤抖着，把两匹马套了那辆旧的四轮马车，他的脸因过度的紧张淌着热汗。托尔斯泰也很激动，他帮助马车夫，亲自给一匹马套上了笼头。5点半钟，四轮马车驶出了庄园，溶进了比墨还黑的夜色中。过不了多久，就是雄鸡啼鸣、点火备炊的时辰了。

天亮的时候，他们到了亚先基火车站，在那儿，他们将乘坐8点钟的火车去南方（几乎与此同时，他在家中的妻子由于惊慌失措掉进了公园的池塘里）。透过候车大厅满是油污的玻璃窗，老人看见了喘着粗气的火车头，和远处铁路边破衣烂衫的捡煤渣的孩子，他的眼里含着热泪，他的脸像一个热病患者一样通红着。医生关切地问他是不是病了，托尔斯泰笑了："我以前过的确实是一种病态的生活，但现在我感到好多了，大地的气息吹进了我的胸膛。"

尽管如此，还是改变不了这场出走以悲剧来结尾。命运已经注定，这是老人最后一次乘坐火车巡视自己的国家和人民。从戈尔巴切沃到沙马尔金塔，长长的旅途中，火车无休止地颠动着，生命像受了惊的小鸟，在他羸弱的体内拍打着翅膀。终于在去顿河罗斯托夫的途中，阴霾的天气和长时间的颠簸使他病倒了，只好在梁赞—乌拉尔铁路的阿斯塔波沃小站下车。最先传出的消息是他得了支气管炎，后来又诊断为肺炎。他的妻子，那个势利的老太婆（我完全有理由这么认为），连夜从亚斯纳亚波利亚纳庄园赶来，但人们唯恐她的到来加重托尔斯泰的病况，把她阻在了车厢里。这几乎与通俗故事的结尾对那些恶女人的惩罚没什么两样了——她只好在愧疚的小虫子的噬咬下祈祷丈夫身体的好转。当她被允许进入站长住宅改建的简易病房时，托尔斯泰已人事不省。1910 年 11 月 7 日清晨，一颗伟大的心脏停止了跳动。在这之前，他对守候在身边的医生和朋友说出的最后一句完整的话是：世上有千百万的人在受苦，为什么你们只想到我一个？

四

上世纪 60 年代出生的一群人，在他们宁静枯淡的乡村生活里总是有一些亮色的。我前面说过，是火车，给他们送来了外面世界的声息。当他们长久地坐在铁路边，每一列火车在他们眼里都是新奇的，都像梦中的一样神秘。火车来的地方和它要去的地方，他们都没有去过，都是一个谜。

我记起了一本叫《远方》的苏联小说。这本卷了边的薄薄的小书，在我人生的初年是一笔多么巨大的财富啊。翻开小说的第一页，是一幅铁路小站的铅笔素描——"216 号信号站"。这是铁路沿线一个寂寞的小站，周围都是森林，冬天一下雪，到处都被雪盖着。火车经过这里，常常停也不停地向远方驶去。它让孩子

288

们在感到生活的寂寞的同时也向往着"远方"的美好。后来，这个僻静的地方也热闹起来了，造起了工厂，组织起了集体农庄，但农民与地主的斗争十分激烈，农庄主席被地主杀害了，这件事被小说中的主人公，一个叫白季迦的火车司机的儿子偶然发现了，但他怕暴露自己偷走地质勘测队员帐篷里的指南针的过失，不敢说出这一秘密。小说的最后，当然是这个孩子经过激烈的思想斗争，把这两件事说了出来（偷指南针和地主杀害农庄主席），帮助政府抓住了反动地主。我们的老师号召我们要向小说中的白季迦学习，好好学习天天向上，做一个用功的孩子，做一个对社会主义事业有用的孩子，而不能一不小心变成一个被人民唾弃的人（白季迦就差点变成了这样的角色）。但吸引着我把这本小书翻烂的原因并不在这个老套的故事。我喜欢书里的插图，那么多的插图，几乎都与火车有关，其中有一幅是一列急驶的火车上载着一长排坦克。我喜欢小说中的孩子看着火车呼啸而去时的忧伤和内心的向往（是的，我从小就是一个忧伤的孩子）。火车呜呜地叫着开来了，它喷着火星，闪着明亮的灯光，孩子们都看见了什么呀，餐车里白桌布上的鲜花，厨师的白色帽子，黄灿灿的车门拉手，一张向外张望的女人的脸……这一切飞一般就过去了，就好像鬼影似的，隔着车窗一闪就没有了，最后只看见尾车上闪亮的信号灯。这一切，多么的精致，白季迦和他的伙伴们喜欢，我也同样向往。或许这就是资产阶级情调，但它无论如何引不起我的愤怒。火车从西伯利亚驶来，火车向西伯利亚驶去，它总那样的匆匆忙忙赶着路，驰往更远的地方。在白季迦们的想象中，世界，正是顺着这不知所来又不知所终的铁路延展的。

对60年代出生的一代有着真切体悟的许晖，从郑州寄来了他的朋友韩磊的摄影作品。韩磊曾在中国最好的摄影杂志、现已停刊的深圳《现代摄影》干过三年，后又离开，给北京的一家杂志做美编，他有一个梦想是出一本摄影集，用"50幅照片上的中国"这个题目。作品中有一幅《铁路上的流浪者》，占据画面正中的是一个头发蓬乱的流浪少年，他的背后是路基、锃亮的铁轨，铁轨在画面雾蒙蒙的后景交汇成一个点。看得出来这个少年已流浪了许久，他的脸，黑而且脏，他的眼里燃烧着迷惘的激情。许晖说，这幅照片毋宁说拍的是韩磊自己，因为它呈现的流浪这种生存状态，是一种日常性痛苦。世界在铁路两头延伸，它复原的是我们共同的记忆。

关于这一代，我或许还可以给出一些更明确的代征：幻想（甚至梦游）的气质，天然的感伤，边缘和观望，对自我倾情（自恋？）和对未来的忧心。我曾在一篇叫《出生于六十年代》的文章里，把这种生活和情绪的形态称为：游走的一代。比我们年长的一茬人，在他们内心记忆深处，火车或许与充满激情和盲目冲动的生活有关，与某一政治事件有关。但对这一代来说，坐着火车走遍祖国已是一种可望不可即的梦想，我们至多像韩磊摄影中的那个少年，在冰凉的铁路上游走，坐着火车在城市和乡村之间一次次地穿梭。这不停地游走，带给我们一个个碎片似的记忆的群像：

——关于对距离和时间的一次妙不可言的感悟的记忆；关于一列火车在铁轨上横冲直撞的幻觉的记忆；关于另一列交错的火车里人们站在窗口的表情的记忆；关于一座座城市在第一道曙光里醒来的记忆；关于黑暗的旅途中，大地上千百个沉睡着的村庄的记忆（它们寂寞，寒微，沉默，被巨大的夜色压得缩成一团）；

关于一节节货车暗淡的锈红色、标在车厢上的字、货车张着大口的空虚模样的记忆；关于铁路平交道口的红色泥土以及信号灯的小小的坚强灯光的记忆（它给火车提供了使之安心的保证）；和关于一片尚未开发的土地、一片雨中的水杉林的记忆……

五

早些年，我乘一列慢班车去北方的一个城市，经过了一个个铁路小站。它们孤零零地躺在大地上（铁路线使他们与外面正在进行的生活保持了空间上的持续性），站台上的灌木丛，枝叶一色儿都是灰蒙蒙的，无数疲惫的脸孔像污浊的水流进了它空茫的眼，又流进车厢撒向沿途无数的村庄和城镇。火车经过一个小镇，我看见镇郊山坡上一个打猪草的女孩。一只小花狗跟着她，呜呜地叫。十一二岁的女孩，她凝神望着这巨蜥一样爬动的火车。我看见大风吹刮着她污脏的花裙子，看见了她眼里的羞涩和迷惘。

坐在我对面的是一对旅行结婚的夫妇，火车每在一个小站停留，年轻男子便在地图上指给妻子看他们所到的地方。后来，他们倦了，妻子把脸埋在他的胸前睡了过去，他也在打了几个哈欠后把头靠在车厢壁上沉入了梦乡。我一个人对着那张摊开的地图百无聊赖。突然，出现了一只金甲虫——它可能是被迅疾的大风从开着的窗口吹刮进来的，也可能是火车在某个小站停留的时候就飞进来的——现在，这只黄豆大小的金甲虫落在了地图上，迈开它细小的脚，开始了它在地图上的旅行。开始，它爬行的方向和我旅途的方向是一致的，在土黄色的华北平原上，它慢慢地移动着，一下，一下，非常的有耐心。当我再一次去看它时，它已渡过了黄河。它在一个叫昌平的地方磨蹭了一会儿，留下了一小摊含义不明的液体，突然又折向南行，与我们旅行的方向背道而驰了。它那些细长的脚的移动，快过了迄今为止人类发明的所有机械，几分钟后，它已越过了海南岛，进入南海一片广大的蓝色海域。这时候，它不能再往下爬了，因为地图在这里突然转了个90度的角，笔直垂下了。它踌躇了片刻，似乎在决定是不是终止这次地图上的旅行。慢慢地，它调转了头，沿着桌面的悬崖爬了过来。它登陆后首先抵达的省会城市是云南的昆明，在澜沧江边，它似乎犹豫过是不是渡河进入别国的国土，但肯定有一种我们不知道的法则使它在短暂的观望后继续留在了中国。这真是一只爱国的甲虫！它接下来的旅行线路很像是半个多世纪前我国内陆一次举世闻名的长途迁徙，它在青海附近的沙漠里有过一次三分钟左右的迷路，看着它进入迷宫一般的痴呆样，我好几次想我是不是应该伸出手帮它一把。但最后我终于没有这么做。倒不是我缺乏对小生命应有的同情，出于对它的尊重，出于对某种涵盖着我和它的世界的共同律令的敬畏，我觉得不应把我的意志强加给它这次自由的旅行，它就是跑到了莫斯科，我又能拿它怎么样呢？它坚定地、漠然地向着它还不知道的厄运爬去。它最后的结局与历史上某个农民起义领袖差不多，在西部一条著名的内陆河边，它触犯了旅行的戒律——它把地图的主人搁在桌上的一条手臂当作了一个需要它翻越的土坡，终于把那个年轻的男子惹火了。

呀，一只金甲虫！他伸出两只手指，把它的身子撮了起来。离开了地图的金甲虫，细细的脚可怜地蹬踏着，突如其来的灾难肯定把它给吓坏了。年轻男子把它放到脚下，啪！它的硬壳碎裂了，就像是谁放了一个短促的响屁。我，一个旁观者，自始至终看完了灾难怎样降临到一个小生命上，没有说一句话。长时间地观看金甲虫在地图上的旅行，我几乎忘记了我是在火车上，我是，在路上。

火车，一次次地穿过我和我的城市的火车，如今已是一把陈年的刀子。它切入记忆，就像锋利的刀片打开一只烂熟的水果。火车行进中流年似水。火车从遥远的外省驶来，搬弄着人群、爱情和紧俏的商品。没有一个人追得上火车就像没有一个人能拿自己的意志与命运较量。它是流逝的时间，世界的广延，是情爱场景中的一件道具，是机械时代扩展的铁臂。它是利益的容器，是绳索，是绝望的叹息，是记忆中的群像。它驶过去了，在我面前的纸上留下一道道美丽、感伤的擦痕。

某时某地，我看着火车在阳光下缓缓爬动……还要多少年，我才能坐在一把旧藤椅里，让记忆的河流这样沉潜地流动？现在，火车行进中挟动的巨大气流已经在把我伤害。从我的住处向北，过一条马路不远就是铁路。每天，火车呼啸而来又呼啸而去（这图景又实在又虚幻），车轮与铁轨的摩擦使空气中充满了铁的腥气，我就生活在这种仿佛大雨欲来前的气味里。有时，我也经由这条铁路去邻近的几个城市，看望我的朋友们。短暂的旅途中，我会在车窗外看见一些似乎很眼熟的场景，那些逝去的时光片断便又重新返回——恋爱中的女子，北方山坡上割草的女孩和她的狗，双河村的孩子们，和我一起失声痛哭的小弟——那一刻，我多么希望火车能带我回家，带着我重新拾回失去的时间。

但无可挽回地，我，我们所有的人，都将被带到一个陌生的地方下车，走在陌生的人群中。这是定数，不可更改。

在异地

路上的书

又要出发了。几天前我就开始想着路上带什么书来看，原则是：1. 不有趣的不带；2. 重的不带。也就是说要轻而有趣。卡尔维诺的小册子《未来千年文学备忘录》，这本诺顿讲演集译成中文不到七万字，放在行囊中实在够轻。轻，在卡尔维诺那里是"摆脱了世界之沉重的哲学家诗人那机敏的骤然跳跃"。机敏，跳跃。我喜欢这样的表述。最早买的一本送人了，2000年买过一本重读。后来又买过两本。时隔五年，这次把新的一本带上。我计划再过五年，去读另一本新的。《佩德罗·巴拉莫》，如果有可能，我愿意在这次旅途中再次打开它。尽管这是一本有些干燥的小说，带着被猛太阳晒裂了的石头的气味。第一次读是在1999年的长兴县，是云南人民版的全集，这次带的是浙江文艺版的"经典印象"里的一本。《婚礼的成员》？再说吧，我不是麦迷，她的《心是孤独的猎手》尽管不错，我还是在第200页上停住了。再一本是尤瑟纳尔的短篇集《东方奇观》，她在2005年夏天启示我写出了《岩中花树》。她那种高贵、优雅的叙述是真正骨子里的优雅，萨冈在她面前显得轻了，玛格丽特·杜拉斯则显出了一个酒徒的粗俗相。

其他呢？西蒙娜·薇依显然是不合适带到外头去的，她真诚的苦行主义会让我无所适从。《傅科摆》太重，纳博科夫的《文学讲稿》更重。算了，随意从书架上抽下几本吧。经验告诉我，往往是谋划带书的时间长，实际看书的时间少，如非我打算坐长途火车。

被一场台风改变的事物

被一场台风改变的事物：街上的人群，树，南塘河的水。空气的湿度，夜晚的睡眠，睡眠的深度。一次出远门的计划和一次变更了方向的阅读。

从松兰山到桐庐郡

9 日傍晚，抵象山县松兰山。即去看雨中的海。雾漫山冈，行云甚急。距上次在这里的海滨游泳，转瞬已五年。10 日上午，明吉先生陪同去县城郊外的东山村看了陈汉章先生故居。陈系北大历史系教授，师从俞樾，精文史考证，兼农学兵书，又广涉西学，1918 年应蔡元培之邀执教北大，与胡适、陈独秀及徐树铮等皆有交游。在这个现代中国思想风暴的中心，陈是一个守旧居中的人物。明吉先生是陈汉章的曾孙，说起先祖事迹倒背如流。我看陈汉章一生八百万字的著述，学问走的大抵是乾嘉一派，说他是这一清初以来重要学派的殿后者和总结者也不为过。陈的两本书我颇有兴趣，一是记述他上京会试经过的《北辕日记》，一是记述今已不存的南田县的一本志书《南田志略》，得悉当地政府正在出版二十一卷的全集，此两书当可谋来一读。下午去桐庐，三百

295

多公里路程下来，到富春江边的芦茨湾已是傍晚。山色如晦，水光还明亮着。此地去晚唐诗人方干的旧居白云源不远。1034年，范仲淹来睦州任职时的一句"重江乱山、目不可际"写尽此景，后两句，"怀想朋戚、宁莫依依"，也好。柳永的"烟漠漠、波似染、山如削"则似脂粉气太重，山水再怎么辽阔，才子眼中还是女子。江边酒寮饮酒至天黑，归住桐庐县城红楼。

在永嘉

12日在温州。13日，晨，过瓯江，沿楠溪江北行，进入永嘉腹部。这里的山水在一千五百年前曾经抚慰过官场失意的谢灵运。

在一个叫九丈甸园的地方换坐越野车。雨突然下大了。

雨落在竹叶和松树枝上，全是碎响。

在天目山

那一日在天目山，微雨，满地的银杏叶。此地是昭明太子萧统读书处。两年前夏天到此玩时，还满山跑着去找遗迹。其实还能看看的，也就我们这回下榻的天目山书院了。傍晚，走在竹林小径上时，小说家马叙说，就像到了他的老家泰顺县。上山没多久，天很快暗了。吃过晚饭，走了会山路，回房间继续看书、喝酒。这两日在山上读了哈罗德·品特的两个剧本：《地下室》《情人》。在品特的剧作里常有这样的发现，发生在一间密闭的房间里的闲聊与等待最后变成一个令人恐怖的重大的戏剧主题。地下室门内外的人互换了位置。脱下的羊毛衫盖在一盏亮着的灯上。像动物一样吮吸对方。这不无怪诞意味的一幕幕，像是一本哥特式小说里的场景，但指向却是十足的现代性:《地下室》透露的是日常闲聊中隐藏的危机，《情人》则是家庭的危机和人性的危机。

梅墟：现实一种

梅墟，一个距海十公里的新兴的工业小区。我 1994 年来到时，这里充满了创设初期的速度、嘈杂和无序，像一个闹哄哄的蜂房。市区的一些工厂业主看中了这里低廉的地价，纷纷来这里置买田产以谋发展，因此这里有许多资金堆垒的别墅和创造更多资金的厂区。走在梅墟的街道上，高大的建筑和装扮得富丽堂皇的商店前是成堆的泥沙和建筑垃圾。稻蚊在黄昏的街道上四处飞舞。几乎可以断定，这里不久前还是一片滨海的稻作区。

这里展示的是一种生活开始时的真貌：首先是物的占有，然后才有可能是剧院、公园、咖啡馆、交谈的需要和窗口飞出的琴声。而且我颇为惊讶地发现，梅墟的街上几乎没有一个少女。是的，我是说少女，好像她们的芳香更多地属于另一个完整的世界，而不只是在一个物的世界的包围中。

夜晚的梅墟，生活转向它另一面的宁静。几近圆满的月亮照着这里曾经的田野，曾经的村庄——但已没有了田野，没有了村庄。电视画面上出现了梅墟的街景和一些卫生死角的镜头，操着并不太标准普通话的女播音员正在对某种不健康的生活方式提出批评。不要绝望，绝望无济于事。生活正在流变中朝向好的一面。梅墟的大街上将出现少女们的身影，这不会是虚构。

永康县城

窗外的水塘，墨绿的池水映照着天空的停云。河边的砂砾路，午夜也不得安宁，像一个年老的散步者，沙啦，沙啦，沙啦。

这是 9 月，夏天的隐秘的心脏，在永康县城。行人蜷缩在树荫下，欲望穿越在酒店里。鱼一样的女子，哦，走到哪里都是你们的气味。

赶紧确定方位，这是南，这是北，这是茶杯和烟盒，这是叠好的内衣和毛巾，这是我的功课——在早晨的窗口读点校本的《陈亮集》。

去周庄途中

在旅途的某个地方雨停了。我要到达的地方，或许雨更为猛烈。

我看着运河上的白帆升起。一只船连着一只船，就像一条多节的昆虫，在水里游，在远远的天边游。它要去的地方，此刻阳光在乌云边游走。我要到达的地方，或许雨更为猛烈。

运河一夜

子夜的平原多么辽阔，受冻的星星长出了绒毛。缓慢的河流，飞驰的心，不紧不慢的旅程——那么多天了，我还像一只蚂蚁，在大地上漫游。

早晨，我对着河水洗漱，你还在舟中酣睡。你睡姿不太好，鼾声太响，还老磨牙。

我沏好茶等你醒来，想着你梦中呼喊的女人，她的名字写在水上，在运河里走了一整夜。

从三清山到婺源

晚上决定住在三清山上，山腰依山而建的一排石屋里。远远看去，白色的屋宇重叠着，像是缩微了的布达拉宫。坐缆车四十分钟，再步行数百级台阶才到下榻的日上山庄。此处海拔一千三百余米，到了黄昏，山气升上来，空气潮湿得都可以攥出一把水来。进了房间第一件事就是开好电热毯。旅馆的台阶上全是水，一不留神就会滑倒。房间的走廊，一边是房门，一边对着的就是山岩。山石上涂了黑色的防水漆，看上去像是舞台的布景。晚饭后坐在阳台上，星大，且亮，周遭里全是黑了。风里有树的香气。山上多蚊蚋，关了门，夜的黑从没有关严实的门里挤进来，更黑的则是远远近近的山体了。

夜深了，无事看张大春的《本事》三则，"我与我妻子的赋格练习"，"强力春药"，"猴王案考"。

晨起去的"西海岸"，是三清山的西侧，近四公里的栈道，全从山壁斜出，因是黄昏，日光照到的山峰是明亮的，背光的另一面黑暗已在渐渐地滋长。再一日走东线，山势更高敞些。千年树龄的杜鹃随处可见，因花期已过，花已呈白色。

傍晚车进婺源县。婺源处浙、皖、赣三省交界地，旧属徽州，是皖南的一个县，后划归江西省。明清以来有名的徽商在这里的乡村建造了许多很有特色的民居，从而使这一带被传言为"中国最美的乡村"。婺源县还是影响了中国思想史一千余年的宋朝理学家朱熹的出生地，延续千年的文脉使得这里的每一个村子都秉承了诗书传家的中国传统。晓起、汪口、李坑，一个上午在三个满是樟木香味的村子走下来，我越来越认定这样一个想法：尽管村庄的日常生活已经或正在成为一个标本，但村庄这一社群里还是深藏着中国传统的秘密。

住在婺源的县城紫阳镇，晚饭在一家叫"天然居"的饭店，说是此地最好的饭店了，但塑料酒杯和方格桌布上的塑料桌纸，总给人潦草局促之感。毛血旺、红辣椒、炒岩耳、土鸡煲，这些土菜对嗜辣的我来说却还是乐胃的。吃过饭在老县城走了一圈，出了一身汗，很好。

废弃的火车站边的一个梦

20 日住鹰潭国际大酒店。火车站边上的站前街一路到底，有一家席殊书屋，得张灏写梁启超的两本，及关于罗家伦的一本杂七杂八的传记，出自罗的女儿。说它杂，是因为写的少，编选的多。

21 日在上饶，夜宿三清大酒店，不远处就是一个废弃的火车站。听当地人说，这个火车站上个星期刚搬走。晚上去这个废弃的火车站的广场散步，一个多么庞大的货物堆场和情感遗址。我站在空旷的候车广场，看着一束灯光打着一只被丢弃的黑包。突然出现那么多人，就像身前身后长出的青草。

那个晚上我梦见了小燕，这是我第一次梦见一个虚构的人物——她在梦中出现的时候，身上集中了令人感伤的许多女性的特点。在废弃的火车站旁的一家发廊里，她坐在镜前的升降椅上，乌黑的头发像水蛇缠绕在理发师手上。她发现了镜中的我，看着我笑，就好像我一直在镜中。高高盘起的发，把我熟悉的脸变圆了，且大了一圈。我心痛的，是她眼中的空洞。

　　她没有说话，全是我一个人喋喋不休的呓语：我记得你左乳的黑痣，下巴右侧一块人字形的疤痕，那是你五岁那年，在江边旧居的庭前空地上追赶一只蜜蜂摔进乱石丛中留下的。我还记得十五到十八岁的你，一次次吃力的追赶：糟糕的代数，总也到不了终点的女生长跑项目（八百米？一千五百米？），一个智力平庸的女孩（你别不高兴），开花的年龄里混沌的美艳，你奔跑时跳动的乳房总是悬挂在我自渎的夜晚。很快地，这追逐成了一场场绝望的奔逃。逃离春天的花粉，逃离真真假假的爱情，逃离职业：从幼儿园教师，到电台播音员，到宣传部文员，直到逃入一间带阁楼的房子，煲养生粥，把午睡当药，晚餐后半小时弹奏一支海顿的练习曲。你的丈夫——我见过他——一个外科医生，爱穿黑色西装，手有些凉。一个性无能者。你身上的血液把你同人群隔离，你想这就是命运，但没有人知道，你暗夜里的潮湿与忧伤……

　　接下来的场景是在一个房间，透过白色窗帘可以看到雨中的花园。"别开窗，你只需看积满水汽的窗玻璃上流动的花的颜色。"我这样对她说。不知她有没有听懂我的话，只是像一条冬眠的蛇，向我的怀里钻。

电影中的声色与旅途中的山色树色

从长沙坐火车，一路经益阳、汉寿、常德、临澧、石门去张家界，四百多公里、五个小时的车程，装了一耳朵车轮的咣当和打牌的喧闹声。

因为去的是湘西北，整理行装的时候想到了带一本与这一带有关的书，对着书架发了半天呆还是没找到。路上忽然想起，怎么就忘了沈从文呢？

张家界在上个世纪 80 年代的中叶还是个小县城，全赖旅游业的兴起，渐成了一个地级市的规模（听介绍说旅游年收入三十个亿，占整个国民收入的一半）。下了火车就去黄龙洞。沿途的山体都如刀劈斧削（石英砂地貌）。洞分四层，移步换景，入口窄小，内里则宽敞曲折。从卡夫卡、陀思妥耶夫斯基以来，洞穴一直是梦的形态。但它还是时间的形态：它凝固在这千百根如阳具般挺立的钟乳石上，它在变长，在变粗，一万年一厘米，一厘米一厘米，多少个一万年过去了啊。

夜宿武陵源风景区的索溪峪镇。以前这里是个小山村。一条长街，一边全是宾馆酒店，一边则全是商铺。还有当地政府的引资广告牌。像是受了洞内风寒，感冒了，嚼着当地的一种姜糖祛寒，一个人回到房间看书。

天子山。黄石寨。金鞭溪。如果没有心情的投射，这些地方我还是会很快就忘了的。在溪边走的那个下午，小令在电话里告诉我，她正在看基耶斯洛夫斯基的电影，"三色"中的《白》。她告诉我：

"他被赶出了那只箱子，他正在被殴打……"

"他有钱了……"

"他正在偷看自己的葬礼……"

"他们在做爱……"

"他用望远镜看着她……"

"她用手势说爱他……"

"他流着泪笑着……"

这样的体验我从未有过，电影里的声色，和山色树色一样变动。

在山东

一夜火车后，窗外已是北方的景色。醒来发现枕了一夜的帕慕克的《伊斯坦布尔》弄皱了。泰安站下车，登泰山。自中天门起坐索道缆车至南天门，经天街，至碧霞宫，复从索道下。夜宿泰安，一个人在房间看了《剪刀手爱德华》。第二日在曲阜，看了孔庙、孔府、孔林。孔林中有孔子六十四代孙、《桃花扇》的作者孔尚任墓，不得往。下午自曲阜去济南，两小时的车程，看刘鹗的《老残游记》。在趵突泉看李清照。从泉城广场打车去山东大学附近的闵子骞路桃源酒店，和山东的小说家朋友相聚。车过潍坊，天空不再似济南时的灰蒙一片。晚至蓬莱，天色明净，蓝得可爱。饭后出去走，有细月。路上看完了《老残游记》，小说写得好看，到后半部分老残和他的知县朋友赎出了两个青楼女子，有了读书人狎游的习气。中间申子平上桃花山一节，于结构虽不均衡，却写得清奇。山中遇虎，深山中弹琴说话的女子，都写得好。次日

303

晨即起往游蓬莱阁。《老残游记》即以此处为背景的一个梦境开篇。这里的海域是渤海与黄海的交界。自蓬莱始，中间烟台，三小时到半岛最东端的威海。即往刘公岛。1888年北洋水师在此成立，又在六年后的中日甲午海战中覆灭。中国知识人现代意识的觉醒，实以此事的刺激为肇始。岛上有海军提督署，现为甲午海战博物馆。经丁公路，又经邓公路（为纪念丁汝昌和邓世昌而命名）环岛一周，时常会看到英式风格建筑，这是因为1898年后威海和香港一并借给了英国，英国皇家海军常驻扎在刘公岛（一个不错的殖民地故事的场景）。闻一多《七子之歌》之四即写到威海、刘公岛被英割据一事。岛上有光绪年建造的水师学堂校舍，并陈列有打捞上来的"济远号"残骸：主炮台、甲板、铁锚、鱼雷等。从威海去刘公岛，船行约二十分钟，回来时竟坐在船上睡着了。从威海出发，中经烟台、莱阳，四小时后车抵青岛。看崂山太清宫。这里的山体朴拙，有古风，可能是看了太清宫里的一株古树后，短篇小说作家蒲松龄写下了一篇关于花神的小说《绛雪》。再抵市区，走栈桥，登小鱼山看旧城。旧城颇多德据时代建筑，皆红瓦，精巧。小鱼山有康有为在青岛的居所，恍惚间竟没去。但大概方位还是记住了。我很高兴在山东境内开始了史景迁写17世纪郯城故事的《王氏之死》的重读。夜住青岛饭店，同样高兴的是在这家有着七十年历史的老饭店里开始写这次出行的经历。

在西安

下午2点走出咸阳机场时，头顶明晃晃的太阳一下让人有种轻微的晕眩。看了乾陵的无字碑和七节碑，转至扶风县的法门寺。

这里是唐朝历代皇帝迎佛骨的所在。法门寺塔下有地宫，藏有佛祖舍利子。从西安—宝鸡高速公路径去西安，凡一百余公里，这条路是两年前去甘肃天水走过的。天近黄昏，沿途成片的玉米地上升起了帐幔一般的薄雾。

吃过晚饭，打车去内城的古城墙上走。距第一次来西安五年了，五年了，世界变了那么多，我却好像在一个河湾搁浅了，殊为不乐。

骊山贵妃出浴处的墙上，有刘旦宅白描手绘《长恨歌》本事，为五年前未见。又去碑林博物馆看从南北朝至隋、唐间的石狮、石虎、石佛，物象的变化隐约可见外来文明逐渐汉化的过程。

过临潼，东行百余公里至华阴市，去看西岳华山。西岳庙是皇家陵庙，初建于西汉，现存建筑大多为明清时重修。从远处看山体，线条分明，绝类国画中的勾皴笔法。从索道至海拔一千六百米处的北峰，满山的人，登山几无道可走。

这一路断断续续在看的是史景迁的《曹寅与康熙》，此书写曹雪芹的祖父、江宁织造曹寅，以及人物背后的制度。这是史景迁1966年完成的一部作品，还显得较为拘谨，不像后来的《王氏之死》和《中国皇帝》放得开。"曹寅可能在十四岁或者十五岁来到内务府申请合适的职务"，"曹寅很可能在第二营……""可能也是在这个营盘，曹寅有机会练习他的箭术"，"曹寅很可能真的在古北口写下这些朴素的诗"……通篇这种不确定的语气，客观上是因为史籍中有关曹寅的记载太少，只好探幽抉微，但也见出了西人在学术上的顶真。

看了《内务府》《北京与苏州，诗歌与社交》两章，曹寅这个皇室宠臣确实有点意思，他在两种文化之间取得了微妙的平衡：

一边是在不脱农耕社会痕迹的满人中间生活和工作,一边则是在广阔的汉人朋友圈子中、在成熟的文人传统中写诗、饮酒、漫游。看到曹寅与李煦以密折向皇帝打小报告,及曹家的起起落落,这书才好看了起来。不过那时也快到此行的终点了。

再一日,出西安城,北行二百余公里,至黄陵县。桥山上有轩辕墓(不久前连战、宋楚瑜回大陆的祭祖仪式就是在这里)。山上多柏树,树龄多在千年。山前有河,名沮河。

从黄陵县向东,再行二百余公里,过洛川,至位于宜川县的壶口瀑布。我记下了第一眼看到黄河的时间:下午5点11分。黄河由前方四五百米的河床突地收缩为四十余米,落差六十米,由是,倾倒的水瀑激起漫天的飞沫与水雾。其时太阳已将落入群山,如钢炉的火焰般彤红的一片,汪动在大河之上。

这里已是陕西与山西的交界处了。

由此再北行二百公里,就是延安了。

在太原

13日,晨起驱车前往大同,车程三百六十公里。这里已是雁门关外,路旁山体,除却乱草,几无植被。云影停留在山冈,半日不见移动。再向北行,树木渐稠。1877年,英国传教士李提摩太来到太原府赈灾,曾这样描述这个地区:"到达山区后,布满乱石的道路崎岖不平,车行十分困难,于是我骑骡子前进。正是十一月,天气非常寒冷,在穿越一个山中隘口时,我的一个脚后跟冻伤了……在严寒之中骑在骡子背上跋涉一天之后,走进一家旅店,躺在底下燃烧着木柴的炕上,实在舒服得很。山西省的首府太原坐落在一片南北绵延差不多一百英里、宽三十多英里、海拔大约三千尺的高原上，靠近它的北部边缘。"李提摩太后曾参与创办山西大学，这次准备旅途读物时带上了一本他的在华回忆录。

云冈石窟开凿于北魏，这是继敦煌莫高窟、麦积山石窟后我到过的第三个石窟群。大同以产煤闻于世，市内到处都在破土施工，只看了一处九龙壁，这是朱元璋分封大同的一个儿子朱桂所建代王府的照壁，建于明洪武二十五年（1392），其他建筑皆无存。大同还是明末清初大儒傅山的祖籍地，只是他后来迁居到了忻州、阳曲（太原）。白谦慎先生的《傅山的世界》对之考据甚详。白氏先治国际政治史，再研书法史，这本书对遗民生活的描摹在细节上可补赵园《明清之际士大夫研究》之阙。上周在杭州晓风偶遇小说家但及，一时心痒又作推荐。这次带的《傅山的交往和应酬》谈"朱衣道人"案，也见功力。

14 日，晴。"二十里的莜面三十里的糕，浑源县的姑娘不用挑"，说的就是恒山脚下的浑源县。在这里看了悬空寺。崖壁之下，有檐翼然，寺如一只巨大的蝙蝠般吸附于此，已有一千五百余年。再去应县，看著名的木塔。木塔全称佛宫寺释迦塔，系辽宋对峙时所建。下午去五台山，塬上时见烽火台，树种多为杨树、榆树，进入五台山区，始见成片的白桦林。可能是近黄昏了吧，略感凉意。导游说上周这里还下了一场大雪。晚餐后大队人马坐车回去了，乘着酒力，几人步行一时许，唯见明月在天，树影匝地。

15 日，晴。一早，由菩萨顶、显通寺而塔院寺，一路而下。这里多是黄教寺院，为康熙时改建或扩建。白塔更早，建于元大德五年（1301），塔前的延寿殿，是为万历皇帝生母祈福而建。相比这三处的皇家气派，山下的五爷庙就要世俗得多了。傍晚回到太原，仍住青龙酒店。

16日，晴。出太原城，至晋中的平遥古城。这里是徐继畬的老家，1850年，时任福建巡抚的徐受乌山事件冲击，心灰意懒之下回到了这"传统中国的心脏地带"，做一名教授八股文的馆师。二十年后他再获起用，入总理衙门，但飞速变化着的时代已让这位19世纪50年代最优秀的思想家难有作为。他在七十多岁回到这座古城后不久就死了。登城墙，看老街，还有日升昌票号。转至祁县乔家大院，大红灯笼依然高挂。又至太原郊外的晋祠。祠中的周柏，几乎游人都要一到，但我更感兴趣的是表现北宋仕女生活的三十余尊彩塑，眉眼之间，神情宛然。山的另一侧有傅山纪念馆，时间仓促不得往，泉上亭子，"难老"二字为傅山手书。

在东京的小令

我答应过小令，要给她看行走时的文字。所以总带着个本子，像《诗经》里的民歌搜访者一样，到哪儿总记下一些。我曾告诉她去年在松兰山海滨浴场的感受：白色的牙齿唾咬着黑岩，呼吸里有着汗水的气息。我说这个蹩脚的比喻，是想把欲望转化为艺术的情色。把她逗笑得不行。

现在重看这些在路上的文字，耳边一直响着电影《薇罗尼卡的双重生命》里的一支曲子，《两生花》。那是小令推荐我听的。那个唱歌的女孩，在一场突降的大雨里，唱出最后一个音符，擦掉额前的水珠，笑着，然后死了。"她笑的样子真是好看极了。"小令说。

仿如黑的夜色四处走散，渐成晨光

白鸟未眠。那人窗前的露水与雾，呵，这件薄的衣裳！

轻笼住了她的肩头和心上。

"她却先死于人间。"

我想对小令说的是，这一切如果不记下来，是不是也会成为
"窗前的露水与雾"，日光之下，消弭于无形？

这样的话，总不能当面说出来的。好像一说就矫情得不行。
现在说与小令，她也不知。这会儿，怕是人都到东京了。

东京的此刻，该已是睡眠的时间了。

博采雅集，文苑英华

《大观丛书》

第一辑

《活在古代不容易》（史杰鹏 著）

《快刀文章可下酒》（邝海炎 著）

《时光的盛宴：经典电影新发现》（谢宗玉 著）

《你不知道的日本》（万景路 著）

第二辑

《私家地理课》（赵柏田 著）

《壮丽余光中》（李元洛、黄维樑 著）

《一心惟尔》（傅月庵 著）

《这些人，那些书》（祝新宇 著）